KNUT HAMSUN
Prix No

Esclaves de l'amour

NOUVELLES TRADUITES DU NORVÉGIEN

TRADUCTION, CHRONOLOGIE ET BIBLIOGRAPHIE
PAR RÉGIS BOYER

CALMANN-LÉVY

DU MÊME AUTEUR
Aux Éditions Calmann-Lévy

MYSTÈRES.

LE DERNIER CHAPITRE.

VICTORIA.

SOUS L'ÉTOILE D'AUTOMNE.

UN VAGABOND JOUE EN SOURDINE.

LA DERNIÈRE JOIE.

BENONI.

ROSA.

SUR LES SENTIERS OÙ L'HERBE REPOUSSE.

FEMMES À LA FONTAINE.

ENFANTS DE LEUR TEMPS.

LA VILLE DE SEGELFOSS.

PAN.

RÊVEURS.

LE CERCLE S'EST REFERMÉ.

Paru dans Le Livre de Poche :

LA FAIM.

MYSTÈRES.

ESCLAVES DE L'AMOUR

Titre original de la nouvelle
extraite du recueil *Kratskog* (1903)
KJAERLIGHETENS SLAVER

I

Écrit par moi. Écrit ce jour pour soulager mon cœur. J'ai perdu ma place au café, et mes jours heureux. Tout, j'ai tout perdu. Et le café, c'était le café Maximilian.

Soir après soir, un jeune monsieur vêtu de gris venait avec deux amis s'asseoir à l'une de mes tables. Il venait tant de messieurs... Tous avaient une parole aimable pour moi. Celui-là, rien. Il était grand et mince, des cheveux souples et noirs et des yeux bleus qui, de temps à autre, posaient sur moi leur regard. Sur sa lèvre supérieure, une petite moustache s'était mise à pousser.

Fort bien. Au début, il ne devait rien avoir contre moi, cet homme.

Il vint une semaine d'affilée. Je m'étais habituée à lui, il me manquait quand il ne venait pas. Un soir, je ne le trouvai pas. Je fis le tour du café ; finalement, je le découvris près d'un des gros piliers, à côté de l'autre porte d'entrée ; il était assis avec une dame du cirque. Cette dame était en robe jaune et ses longs gants lui montaient plus haut que les coudes. Elle était jeune, elle avait de beaux yeux sombres, et les miens étaient bleus.

Je ne restai qu'un instant à écouter de quoi ils parlaient, elle lui reprochait quelque chose, elle était fatiguée de lui, elle lui demandait de s'en aller. Au fond de mon cœur, je dis : Bien chère mademoiselle, pourquoi ne vient-il pas à moi !

Le lendemain soir, il entra avec ses deux amis et prit place à l'une de mes tables ; car je faisais le service de cinq tables. J'allai vers lui comme d'habitude, mais je rougis et fis semblant de ne pas le voir. Lorsqu'il me fit signe, j'avançai.

Je dis :

« Vous n'étiez pas là hier.

« Qu'elle a la taille fine, notre serveuse ! » dit-il à ses camarades.

Je demandai : « De la bière ?

— Oui », répondit-il.

Et, courant presque, j'allai chercher les trois demis.

II

Quelques jours passèrent.

Il me donna une carte de visite en disant :

« Portez cela à... »

Je pris la carte avant qu'il eût fini et la portai à la dame en jaune. Dans l'intervalle, je lus son nom : Wladimierz T.

Lorsque je revins, il me regarda d'un air interrogateur.

« C'est fait, dis-je.

— Vous n'avez pas eu de réponse ?

— Non. »

Alors, il me donna un mark et dit en souriant :

« Pas de réponse, c'est aussi une réponse, n'est-ce pas ? »

Toute la soirée, il resta à regarder la dame et ses compagnons. A onze heures, il se leva et se rendit à sa table. Elle l'accueillit froidement ; en revanche, ses deux messieurs s'entretinrent avec lui et lui posèrent en souriant des questions pleines de malice. Il ne resta là que quelques minutes et, lorsqu'il revint, je lui fis remarquer qu'il avait renversé de la bière sur l'une des poches de son paletot. Il ôta celui-ci, se retourna vivement en jetant un coup d'œil vers la table de la dame du cirque. J'essuyai le paletot et il me dit en souriant :

« Merci, esclave. »

En l'aidant à le passer, je lui caressai le dos à la dérobée.

Il s'assit, abîmé dans ses pensées. L'un de ses amis redemanda de la bière et je pris son demi pour le remplir. Je voulus prendre aussi le demi de T.

« Non », dit-il en posant sa main sur la mienne.

A ce contact, je perdis l'usage de mon bras, et il dut le remarquer car il retira aussitôt sa main.

Le soir, je priai pour lui deux fois, à genoux devant mon lit. Et de joie, j'embrassai ma main droite, qu'il avait touchée.

III

Un jour, il me donna des fleurs, plein de fleurs. Il avait acheté à la fleuriste presque tout le contenu de son panier au moment d'entrer ; elles étaient fraîches et rouges. Il les laissa longtemps devant lui sur la table. Aucun de ses amis ne l'accompagnait.

Aussi longtemps que je le pus, je restai à le regarder derrière un pilier, en pensant : Wladimierz T., il s'appelle.

Une heure, peut-être, passa. Il regardait continuellement la pendule.

Je lui demandai :

« Vous attendez quelqu'un ? »

Il me regarda d'un air absent et dit soudain :

« Non, je n'attends personne. Qui attendrais-je ?

— Je pensais seulement que, peut-être, vous attendiez quelqu'un, repris-je.

— Tenez, dit-il. C'est pour vous. »

Et il me donna cette masse de fleurs.

Je dis merci, mais je ne parvins pas à parler, juste à murmurer. Je fus emportée par une joie écarlate, je me retrouvai hors d'haleine près du comptoir où j'avais quelque chose à commander.

« Que voulez-vous ? demanda la serveuse.

— Qu'est-ce que vous en pensez ? demandai-je à mon tour.

— Ce que j'en pense ? dit la serveuse. Vous êtes folle ?

— Devinez qui m'a donné ces fleurs », dis-je.

Le régisseur passa.

« Vous n'avez pas servi sa bière au monsieur à la jambe de bois, l'entendis-je dire.

— C'est Wladimierz », dis-je en me dépêchant d'aller porter la bière.

T. n'était pas encore parti. De nouveau, je le remerciai quand il se leva. Il tressaillit et dit :

« En fait, je les avais achetées pour une autre. »

Soit, il les avait peut-être achetées pour une autre. Mais c'est moi qui les avais reçues. Je les avais reçues avant celle à qui elles étaient destinées. Et il m'avait laissée aussi l'en remercier. Bonne nuit, Wladimierz.

IV

Le lendemain, il pleuvait.

Je pensai : « Vais-je mettre ma robe noire ou ma verte, aujourd'hui ? La verte. C'est la plus neuve, donc je la prends. » J'étais très joyeuse.

Quand j'arrivai à l'arrêt, il y avait une dame qui attendait le tramway sous la pluie. Elle n'avait pas de parapluie. Je lui offris le mien, mais elle déclina poliment. Alors, je refermai mon parapluie pendant que j'attendais. Ainsi, la dame ne sera pas seule à être mouillée, pensai-je.

Le soir, Wladimierz vint au café.

« Merci pour les fleurs d'hier, dis-je fièrement.

— Quelles fleurs ? demanda-t-il. Ne parlons plus de ces fleurs.

— Je voulais vous en remercier », dis-je.

Il haussa les épaules et répondit :

« Ce n'est pas vous que j'aime, esclave. »

Ce n'était pas moi qu'il aimait... soit. Je ne m'étais pas attendue à cela et je ne fus pas choquée. Mais je le voyais chaque soir, il s'asseyait à l'une de mes tables, pas à une autre, et c'était moi qui lui servais sa bière. Soyez remercié d'être retourné à la même place, Wladimierz.

Le lendemain soir, il arriva tard. Il dit :

« Avez-vous beaucoup d'argent, esclave ?

— Non, malheureusement, répondis-je, je suis une pauvre servante. »

Alors, il me regarda et dit en souriant :

« Vous ne me comprenez sûrement pas. J'ai besoin de quelque argent jusque demain.

— J'ai un peu d'argent, j'ai cent trente marks chez moi.

— Chez vous, pas ici ?

Je répondis :

« Attendez un quart d'heure et accompagnez-moi quand on fermera, je l'aurai. »

Il attendit ce quart d'heure et m'accompagna. Seulement cent marks, dit-il. Il marcha tout le temps à mes côtés, ne me laissant jamais passer devant ou derrière, comme font bien des fois les beaux messieurs.

« Je n'ai qu'une chambrette, dis-je, lorsque nous nous arrêtâmes au portail de ma maison.

— Je ne monte pas, répondit-il. J'attends ici. »

Il attendit.

Quand je fus redescendue, il compta l'argent et dit :

« Il y a plus de cent marks. Je vous donne dix marks de pourboire. Si, si, vous m'entendez, je veux vous donner dix marks de pourboire. »

Et il me tendit l'argent, me souhaita bonne nuit et s'en alla. Au coin de la rue, je le vis s'arrêter et donner un skilling à la vieille mendiante boiteuse.

V

Le lendemain soir, il se plaignit tout de suite de ne pouvoir me rendre l'argent. Je lui fus reconnaissante de ne pas le pouvoir. Il reconnut franchement l'avoir dilapidé.

« Que dire, esclave ! dit-il en souriant. C'est la dame en jaune, vous savez ! »

« Pourquoi appelles-tu esclave notre serveuse ?

demanda l'un de ses amis. Tu es plus esclave qu'elle, non ? »

« De la bière ? » demandai-je en les interrompant.

Peu après, la dame en jaune entra. T. se leva et s'inclina. Il fit une courbette si profonde que ses cheveux lui tombèrent devant le visage. Elle passa devant lui et s'assit à une table solitaire, mais en réservant deux chaises. T. alla aussitôt à sa table et s'assit sur l'une des chaises. Deux minutes après, il se leva et dit à haute voix :

« Bon, je m'en vais. Et je ne reviendrai jamais plus.

— Merci », répondit-elle.

De joie, mes jambes se dérobaient sous moi, je courus au comptoir pour dire quelque chose. Je dus raconter qu'il ne reviendrait jamais plus la voir. Le régisseur passa, il me fit une vive réprimande, mais je n'en eus cure.

Lorsque le café fut fermé, à minuit, T. m'accompagna jusqu'au portail de chez moi.

« Cinq des dix marks que je vous ai donnés hier », dit-il.

Je voulus lui donner les dix, et il les accepta aussi, mais il m'en rendit cinq comme pourboire. Et il ne voulut pas écouter mes protestations.

« Je suis si heureuse ce soir, dis-je. J'oserais bien vous prier de monter ; mais je n'ai qu'une toute petite chambrette.

— Je ne monterai pas, répondit-il. Bonne nuit. »

Il s'en alla. Il repassa devant la vieille mendiante mais oublia de lui donner l'obole, bien qu'elle ait fait une courbette. Je courus jusqu'à elle, lui donnai un petit quelque chose en disant :

« C'est de la part de celui qui vient de passer, le monsieur en gris.

— Le monsieur en gris ? demanda la femme.

— L'homme aux cheveux noirs, Wladimierz.

— Êtes-vous sa femme ? »

Je répondis :

« Non. Je suis son esclave. »

VI

Puis il déplora, plusieurs soirs de suite, de ne pouvoir me rendre mon argent. Je le priai de ne pas me faire cette peine ; il disait cela si haut, tout le monde pouvait l'entendre et il y en eut plusieurs que cela fit rire.

« Je suis un scélérat et un misérable, dit-il. Je vous ai emprunté de l'argent et ne suis pas capable de vous le rembourser. Je voudrais me trancher la dextre contre cinquante marks. »

Cela m'affligeait d'entendre ces propos et je réfléchissais à la façon dont je pourrais lui trouver de l'argent, bien que je n'en fusse pas capable.

Il me dit encore :

« Et puis, si vous me demandez comment les choses vont pour moi, je vous dirai que la dame en jaune est partie avec son cirque. Je l'ai oubliée. Je ne me la rappelle plus.

— Et pourtant, tu lui as de nouveau écrit une lettre aujourd'hui, dit un de ses amis.

— C'était la dernière », répondit Wladimierz.

J'achetai une rose à la fleuriste et la lui mis à sa boutonnière, du côté gauche. Ce faisant, je sentais son haleine sur mes mains, je parvins à peine à enfoncer l'épingle.

« Merci », dit-il.

Je réclamai les quelques marks dont je disposais

encore à la caisse, et je les lui donnai. C'était une somme insignifiante.

« Merci », redit-il.

Je fus heureuse toute la soirée jusqu'à ce que soudain, Wladimierz déclare :

« Avec ces quelques marks, je vais m'en aller une semaine. Lorsque je reviendrai, vous aurez votre argent. » En voyant mon émotion, il ajouta : « c'est vous que j'aime ! » Et il me prit la main.

Je fus décontenancée qu'il veuille s'en aller sans dire pour où, bien que je le lui aie demandé. Tout, le café tout entier, les lustres, les nombreux clients, tout se mit à tourner autour de moi, je n'y résistai pas, je lui agrippai les deux mains.

« Je vous reviendrai dans une semaine », dit-il en se levant rapidement.

J'entendis le régisseur me dire :

« Vous allez être renvoyée. »

« Fort bien, pensai-je. Qu'est-ce que ça fait ! Dans une semaine, Wladimierz me revient !... » Je voulus le remercier, je me retournai... il était parti.

VII

Une semaine après, je trouvai une lettre de lui, un soir, en rentrant chez moi. Il était désespéré, il disait qu'il s'était mis à la recherche de la dame en jaune, qu'il ne pourrait jamais me rendre mon argent, qu'il était dans la pire détresse. Puis il s'accusait de nouveau d'être une âme abjecte, et au bas de la page, il avait écrit : « Je suis l'esclave de la dame en jaune. »

Je m'affligeais nuit et jour, je ne pouvais rien faire

d'autre. Une semaine après, je perdis ma place et je me mis à en chercher une autre. Pendant la journée, je m'offrais à servir dans d'autres cafés et dans des hôtels, je sonnais aussi chez des personnes privées, proposant mes services. Cela ne réussit pas. Tard le soir, j'achetais moitié prix tous les journaux et lisais les petites annonces en rentrant chez moi. Je pensais : peut-être que maintenant, je trouverai quelque chose qui nous sauverait, Wladimierz et moi...

Hier soir, j'ai trouvé son nom dans un journal, il y était question de lui. Je suis sortie aussitôt, sortie de la maison, j'ai déambulé dans les rues, et je suis revenue ce matin. Peut-être ai-je dormi en un endroit ou en un autre, ou bien je suis restée assise dans un escalier sans pouvoir marcher davantage ; je ne sais pas.

J'ai relu le journal aujourd'hui. Mais c'est hier soir, quand je suis arrivée chez moi, que je l'ai lu d'abord. Pour commencer, j'ai joint les mains, puis je me suis assise sur une chaise. Peu après, je me suis assise sur le plancher en m'adossant à une chaise. Je passais le plat de mes mains sur le plancher tout en réfléchissant. Peut-être ne réfléchissais-je pas ; mais le vide bruissait dans ma tête et je n'avais plus conscience de moi-même. Et puis, j'ai dû me lever et sortir. Arrivée au coin de la rue, je me rappelle avoir donné à la vieille mendiante un skilling en disant :

« C'est de la part du monsieur en gris, vous savez ?

— Vous êtes peut-être sa fiancée ? » demanda-t-elle.

Je répondis :

« Non, je suis sa veuve... »

Et j'ai traîné par les rues jusqu'à ce matin. Et maintenant, j'ai relu le journal.

Il s'appelait Wladimierz T.

LE CONQUÉRANT

Titre original de la nouvelle
extraite du recueil *Kratskog* (1903)

EROBREREN

I

Un groupe de jeunes gens s'en allaient à la rame vers l'île. L'un de ces messieurs, jeune et grand, se dressa dans la barque et récita des poèmes ; on pouvait l'entendre de la côte. Toutes les dames l'écoutaient. Seule, la plus jeune, une personne vive aux cheveux blonds et aux narines mobiles, préférait suivre des yeux le beau rameur et lui souriait derrière le dos des autres.

Le récitant en fut mécontent. Il lut ses poèmes d'une voix plus forte, son visage prit des couleurs.

Soudain, il s'arrêta. Il se tourna vers la beauté inattentive sur son banc, derrière lui, et dit :

« Vous avez raison, mes poèmes ne sont pas bons. Mais je peux raconter quelque chose aussi quand nous arriverons à terre, je m'en tirerai peut-être mieux. »

Toutes les dames applaudirent, se réjouissant de ce qu'il raconterait, peut-être, sur ses voyages, car ses aventures étaient nombreuses. Mais celle qui n'avait pas daigné entendre ses poèmes n'était pas davantage ravie. Et le monsieur était de plus en plus fâché.

« Que voulez-vous donc ? demanda-t-il dans sa détresse.

— Ce que je veux ? Je ne vous comprends pas, répondit-elle, étonnée. Je m'appelle Andrea. Je n'ai rien de particulier, je me réjouis seulement d'avoir pu faire partie de cette promenade. »

Et elle avait vraiment l'air de penser ce qu'elle disait, la gredine.

Ils accostèrent, sortirent le vin, remplirent les verres et burent. Mais loin derrière le fourré bas, près du rivage, Andrea et le rameur avaient dû s'en aller chercher des œufs d'oiseaux de mer, car le vent portait leurs rires, de temps à autre, jusqu'au groupe.

« Maintenant, il faut que vous racontiez ! cria-t-on.

— Faites chercher tout le monde, qu'Andrea vienne aussi », répondit-il. Puis il alla même jusqu'à monter personnellement sur une pierre en appelant Andrea d'une voix pressante et chaude.

Et Andrea vint. Elle le regarda d'un air interrogateur.

« Mademoiselle, c'est pour vous que je raconte, dit-il de telle sorte que tous entendirent. Vous êtes là comme une croix d'argent dans le soleil. Ce n'est pas seulement votre beauté qui est grande, c'est votre jeunesse, votre adorable jeunesse. Vous m'en enivrez, j'en deviens fou. Regardez donc vos bras, comme le sang leur court sous la peau. Oh oui ! Il n'y a que pour vous que je veuille raconter. »

Mais Andrea regardait les autres, gênée et troublée, et elle s'assit.

Alors, il raconta.

Il y passa une demi-heure. Cette voix ne s'éteignait pas, il semblait plein d'une émotion farouche et superbe, et le compagnon de voyage dont il parlait avait vécu des choses extraordinaires.

« Est-ce que je vous ennuie ? demanda-t-il.

— Non, non ! » crièrent les messieurs et les dames.

Andrea ne répondit pas.

Il demanda :

« Pourquoi ne répondez-vous pas ? Car c'est pour vous que je parle. Attendez un peu, il me reste à dire que l'homme dont il est question ne fut absolument pas heureux. Tout allait bien et il triomphait dans ces petits combats, dans ces aventures galantes, mais un jour, il fut saisi d'un grand amour durable, et alors, il perdit.

— Bravo ! » dit Andrea, les yeux baissés, racontez cela.

Le conquérant fut désarçonné par ce calme. La froideur de la demoiselle lui fit perdre contenance. Il luttait avec une réelle virilité pour la réduire. Les autres dames laissaient faire car plus d'une connaissait son cœur inconstant. Que le sort tombe sur une aujourd'hui, il tomberait sur une autre demain, quand d'autres parties de son âme verdiraient.

Andrea continua :

« Racontez cela !

— Pourquoi donc ? répondit-il. Votre froideur me glace. Mesdames et messieurs, voici le soir. »

Ils repartirent. Sur le chemin du retour, il donna au rameur, sans raison, une violente gifle et prit les rames lui-même. Il ne voyait rien, n'entendait rien, il ramait comme un ours.

Arrivés à terre, Andrea vint soudain à son côté. Il lui saisit le bras et dit, tremblant, d'une pâleur mortelle :

« Ne me torturez pas davantage, je n'y résiste pas, décidez maintenant. Jamais je n'ai aimé personne comme vous ; dites ce qu'il me faut faire : vivre ou mourir.

— Vivre ! répondit-elle joyeusement. Je t'ai constamment aimé, depuis le premier moment que je t'ai vu. Pourquoi crois-tu que je t'ai torturé aujourd'hui ? Ah ! Je me suis torturée davantage et j'ai souffert comme jamais encore... » Et elle le regarda de ses grands yeux étonnés, et elle l'appela son prince et son dieu...

Pendant quelques jours, son bonheur fut parfait. La victoire avait été douce et il en jouit comme à chaque fois. Puis son ancien malheur reprit la parole, la lassitude survint, l'épuisement après le combat, la malédiction. Il s'en alla en cachette, disparut, se rendit à la ville la plus proche, n'écrivit pas, n'envoya pas de message, ne revint pas.

II

Depuis deux jours, il était arrivé à cet hôtel pour touristes où ne passaient que de rares gens. Tout était merveilleusement ennuyeux dans cette ville, il ne se passait rien, son cœur était calme et fatigué.

Puis, un après-midi, il rencontra une dame dans l'escalier. Elle descendait, lui montait, il ôta son chapeau et la salua au passage. Elle disparut dans le jardin. Le patron de l'hôtel, en guise de renseignement, dit qu'elle venait d'arriver à l'hôtel et qu'elle était en compagnie de son père.

Une longue robe verte, un grand chapeau noir et une cravache : voilà ce qui l'avait arrêté dans l'escalier ; à peine si elle l'avait regardé, une seconde seulement, d'un coup d'œil oblique puis elle était soulevé, d'une main, un pan de sa robe et était passée.

Il descendit dans le jardin à sa suite. Il était sept heures, la rosée du soir s'était mise à tomber.

« La rosée tombe », dit-il en marchant vers elle.

Étonnée, elle regarda cet intrus.

Du doigt, il montra ses chaussures.

Alors, elle se détourna pour s'en aller.

« Excusez-moi, dit-il encore, ce n'est pas pour vous parler que je vous ai suivie ; mais la rosée tombe, les allées et l'herbe sont humides, déjà. C'est cela que je voulais vous dire, car vous ne connaissez peut-être pas les lieux, ici.

— Mais oui, merci, je vois que la rosée tombe, répondit-elle.

— Je vous ai saluée dans l'escalier, continua-t-il. C'est moi qui me trouvais là. Le regard fugitif que vous m'avez lancé m'a fait quelque chose. »

Alors, enfin, elle demanda :

« Que voulez-vous ? »

Son cœur se mit à battre, il perdit l'équilibre, il s'écria :

« Voyez, prenez ce que vous désirez, je vous donne tout ce que j'ai si vous croyez que je vous voulais quelque chose. Je voulais seulement me tenir devant vous et vous regarder un peu. Il faut que vous conveniez que vous êtes étonnamment belle.

— Je n'ai jamais rien entendu de pareil », dit-elle, glaciale et offensée.

Elle détourna de lui son regard pour contempler un parterre de roses et lui tourna le dos. Il voulut améliorer un peu son intervention et saisit l'occasion de dire :

« Pensez donc, le vent murmure parmi toutes ces roses que vous êtes en train de regarder. Je les ai écoutées. Et si elles étaient en train d'écouter, et que ce murmure fût leur langage ? Écoutez si, par hasard, elles disent quelque chose. »

Elle s'en allait déjà.

« Ce que je viens de dire en dernier lieu, était-ce mal aussi ? demanda-t-il, angoissé.

— Mais voyons, ce ne sont pas des roses, ce sont des coquelicots, répondit-elle.

— Ah bon ! des coquelicots ! dit-il alors. Est-ce que ce murmure que font les têtes des fleurs ne pourrait être les voix dont elles se parlent ? »

Elle était partie. Il n'avait pas encore fini de parler que le loquet de la grille du jardin était retombé.

Bon.

Dans un état d'esprit bizarre, il alla jusqu'à un banc et s'assit. La beauté frappante de cette inconnue l'avait captivé d'un coup. Quand sonna la cloche du dîner, il se leva et monta à la salle à manger dans une tension extrême. Et si elle venait s'y asseoir ! Et s'il la saluait !

Elle vint. Elle tenait à nouveau sa cravache à la main. Son père l'accompagnait, un beau vieillard, l'allure d'un officier.

A présent, il s'agissait de bien s'y prendre, de s'incliner et de s'asseoir exactement en face d'eux. Je vais le faire ! pensa-t-il. Et il le fit.

La belle rougit fortement. Le père et sa fille parlaient de leur voyage du lendemain, le vieillard s'enquérait à la cantonade de l'itinéraire, des routes, des hôtels. Et le pauvre conquérant qui, jamais encore, n'avait connu les itinéraires et les routes, réfléchit en hâte et donna des renseignements précieux. Lorsque le repas fut terminé, il alla se présenter. Excellent... excellent : ils connaissaient l'un et l'autre son nom.

Dans le couloir, il retint soudain la fille de l'officier et dit :

« Un seul mot, mademoiselle : ne partez pas demain. Restez. Je veux vous montrer des sites remarquables, si tant est qu'il y en ait ici, la cascade, les chantiers navals. Demain soir, je me jetterai à vos pieds en vous remerciant. »

La belle ne parvint pas à poursuivre son chemin tout de suite, elle l'écouta patiemment.

Puis il ajouta :

« Ma vie est entre vos mains. »

Elle sourit.

« Pour prévenir un malentendu, je tiens à vous faire remarquer que je suis en route pour me rendre chez mon fiancé et que je m'en vais demain, dit-elle.

— Non ! » cria-t-il en frappant le sol du pied. Et il lui saisit la main, la pressa, l'embrassa.

Elle se dégagea, leva sa cravache et lui donna au visage un coup cinglant. Il se calma aussitôt et se redressa. Une strie rouge éclata sur sa joue gauche.

Elle le contempla un instant et laissa retomber sa cravache.

« Vous m'avez frappé, dit-il, mais cela ne fait rien. Recommencez, c'est une joie pour moi, chaque fois. »

Mais la tête penchée, les yeux rivés au sol, elle partit en hâte, monta l'escalier et se rendit à sa chambre...

Le lendemain, elle ne partit pas. Elle alla visiter les sites, la cascade, les chantiers navals. Comme l'univers était changé, et comme son cœur était soudain empli de la plus délicieuse folie ! Non, elle n'aurait jamais fait ce voyage sinistre dans le Sud, vers l'homme qu'elle n'aimait plus, si son père, l'officier, ne lui en avait donné l'ordre. Mais elle reviendrait, elle serait très vite de retour. Et elle donna sa main au conquérant.

« Je viens avec vous, dit-il, je vous suis, dès demain. Nous nous retrouverons, mon unique amour ! »

III

Suivit — comme à chaque fois — une période brève, quelques heures pendant lesquelles il déambula dans une ivresse sans pareille, ne voyant et n'entendant rien d'autre que sa bien-aimée. Elle télégraphia à quelques heures d'intervalle et écrivit une lettre, deux lettres sur du papier parfumé. Il lut ces belles paroles avec la joie la plus vive et circula avec, en son for intérieur, comme une vivante floraison.

Les heures volèrent. Pourquoi ne partait-il pas la rejoindre ? Dans l'état de ravissement où il était, il négligeait de quitter l'hôtel et de prendre le départ. Deux jours après, il n'était pas encore parti parce qu'il n'avait pas le cœur d'abandonner ces lettres enchanteresses qui ne cessaient d'arriver. Et d'ailleurs, pourquoi y en avait-il tant ? Les premières étaient les plus ardentes. Bien entendu, toutes, elles étaient comme de petites roses pour son cœur. Mais ensuite, elles se firent trop peu rares.

Un soir, il laissa la lettre de la belle sans l'ouvrir jusqu'au lendemain matin. Pensez donc ! Il ne l'ouvrait plus immédiatement, de ses doigts tremblants ! Il la lut tranquillement au matin, s'habilla et descendit.

Dans la salle à manger, il rencontra une dame en

tenue de voyage. Elle et sa compagnie venaient d'arriver. C'était une artiste, une tendre jeune fille dans sa première tournée, pleine de rires, ardente et pétillante dans ses expressions. Elle était sous la garde de sa mère.

Il salua. Elle sourit et répondit d'un signe de tête. Son sourire était rouge. Il avait pensé s'en aller ce jour-là. Il ne s'en alla pas. Était-ce le destin ? Il saisit la première occasion d'offrir ses services à la jeune artiste, il voulait lui montrer des curiosités, l'assister. Ils décidèrent d'une heure où il la mènerait aux chantiers navals.

Il arriva une heure trop tôt. Il pleuvait, il attendit héroïquement. Cela ne fait rien, se dit-il, je suis heureux comme un dieu parce que je suis mouillé, trempé à cause d'elle.

Il resta là deux heures, n'entendant et ne voyant qu'elle. Enfin, sa mère arriva. Elle venait dire que sa fille le priait de l'excuser, elle ne pourrait venir, il lui fallait absolument aller rendre visite à quelques amis en ville. Et la vieille mère ne demanda pas s'il avait attendu longtemps, s'il était mouillé, s'il s'était enrhumé.

Il alla à sa chambre. Il erra de lieu en lieu dans cet hôtel assommant, en proie à la pire impatience. Combien de temps pouvait-on rester chez des amis ? Qu'est-ce qu'une artiste pouvait bien diable avoir à discuter avec ses amis pendant si longtemps !

Il se fit tard, ce fut la nuit, il lui fallut se mettre au lit sans l'avoir vue. Dormir, il ne le put ; il alluma les deux bougies et les laissa brûler. Comme il avait la tête lourde et sombre et avec quelle affliction ses yeux fixaient le papier peint du mur !

Il entendit le portail s'ouvrir et attendit un moment, puis il se leva d'un bond et s'habilla. Il avait découvert à quel endroit se trouvait la chambre de l'artiste, il s'y rendit. Elle était rentrée, il l'entendait à l'intérieur ; peu après, son bras nu, tenant ses chaussures, dépassa de la porte qui fut refermée et l'on tourna la clef. Bonne nuit, bonne nuit tranquille, ô superbe ! Il s'agenouilla et embrassa les deux petites chaussures comme un bouffon et comme un fou. Alors, il se promit que, le lendemain, il mettrait un terme à cela, il lui ferait ses aveux, vaincre ou mourir.

Mais le lendemain, la dame et sa compagnie étaient parties. Il se renseigna sur le chemin qu'elle avait pris et découvrit qu'elle était allée vers le nord, à destination de la ville la plus proche.

Le même matin, la fille de l'officier avait écrit : Venez dans le Sud ! Tout y est en fleur à présent !

Et il s'en alla sans prendre haleine vers le nord.

LA DAME DU TIVOLI

Titre original de la nouvelle
extraite du recueil *Siesta* (1897)

DAMEN FRA TIVOLI

C'était en été, pendant le concert du chœur de Paris au Tivoli. Pour me promener, j'avais remonté Slottsbaken ; arrivé au sommet, je fis demi-tour et redescendis jusqu'au Tivoli.

Une grande foule s'était rassemblée là pour écouter chanter le chœur de Paris.

Je rencontrai un camarade à qui je parlai à mi-voix ; pendant ce temps, à l'intérieur, le chœur commença, son chant était porté jusqu'à nous en accents étouffés, par saccades. Tout à coup, je me sentis agité, un malaise nerveux me saisit, je me mis involontairement sur le côté en répondant au hasard aux propos de mon ami. Je trouvai le calme quelques minutes, sur quoi le même malaise inexplicable revint. Au même instant, mon camarade dit :

« Qu'est-ce que cette dame qui te regarde ? »

Je me tournai rapidement. Une dame se tenait juste derrière moi : mon regard rencontra deux yeux de l'espèce la plus singulière, des yeux bleus, voilés, qui ne cillaient pas.

« Je ne la connais pas », répondis-je en détournant le visage.

J'étais très agité. Ces yeux continuaient de reposer sur moi, je les sentais me brûler la nuque, sans répit ; ils me faisaient l'impression d'être de métal, ils me heurtaient par-derrière tels deux fers glacés.

Nerveux comme je l'étais, il ne m'était plus possible de supporter ce regard. M'étant retourné une fois encore pour m'assurer que je ne connaissais vraiment pas cette dame, je quittai ma place et m'en allai.

Quelques jours après, j'étais assis, avec une de mes connaissances, un jeune lieutenant, sur un banc, juste en face de l'horloge de l'Université. Nous contemplions les gens qui allaient et venaient à l'heure de la promenade. Alors, je vis dans la foule deux yeux, des yeux glacés, voilés, qui étaient dirigés vers nous et je reconnus aussitôt la jeune dame du Tivoli. Elle continua de nous fixer tout en passant et le lieutenant, curieux, demanda si je savais qui elle était.

« Absolument pas, répondis-je.

— Il faut qu'elle connaisse l'un de nous, dit-il en se levant ; il pourrait bien se faire que ce soit moi. »

Pendant ce temps, la dame s'était assise sur le banc voisin. Nous fîmes quelques pas vers elle, je tirai le lieutenant par le manteau pour qu'il passe avec moi.

« Pas de bêtises ! dit-il, il va de soi que nous allons la saluer.

— Ah bon ! » me contentai-je de dire en faisant demi-tour avec lui.

Il salua et se nomma. Pouvait-il avoir la permission de s'asseoir sur son banc ? Et sans autre cérémonie, il s'assit.

Il lui parla et elle lui répondit aimablement, mais distraitement ; au bout d'un certain temps, il s'était emparé de son ombrelle, qu'il tripotait. Je restai là tout le temps, à regarder, je me sentais un tout petit peu gêné sans savoir au juste ce que je devais faire.

Un petit gamin s'en vint à passer, des fleurs dans un panier. Le lieutenant qui était expert pour savoir ce qu'il fallait faire le héla aussitôt et lui acheta quelques roses. Ne lui serait-il pas permis d'en fixer une sur le sein de la dame ? Après un demi-refus, elle lui en donna finalement la permission. Le lieutenant était un bel homme, je ne fus absolument pas surpris qu'elle lui permît de telles avances.

« Mais elle est perdue ! » dit-elle aussitôt. Elle arracha la rose de sa boutonnière et le regarda fixement un instant, effrayée. Tout en la jetant loin dans la rue, elle ajouta d'une voix basse : *Elle fait penser à un cadavre d'enfant !*

Je ne m'arrêtai pas spécialement sur ces mots, mais j'observai minutieusement l'émotion de la dame.

Sur la proposition du lieutenant, nous fîmes un tour. Nous montâmes à Slotsparken. En cours de route, la dame se mit, tout à fait sans raison, à parler d'un enfant qu'elle avait vu et qui était enterré maintenant. Nous n'ajoutâmes rien. Peu après, elle mit la conversation sur Gaustad, disant à quel point ce devait être affreux d'être incarcéré là *quand on n'était pas fou*.

« Oui, dit le lieutenant, mais ça n'arrive pas de nos jours.

— Si, c'est arrivé précisément à la mère de cet enfant », répondit la dame.

Alors, le lieutenant se mit à rire. Que diable ! dit-il.

Elle avait parlé d'une voix agréable et son langage était celui d'une femme cultivée ; je pensai qu'elle pouvait être un peu exaltée ; peut-être même un rien hystérique, chose que semblait dire aussi l'ardeur maladive de ses yeux. Sinon, je ne croyais pas qu'il lui manquât quelque chose. Cependant, j'avais peine à la suivre dans sa façon de passer brusquement d'un sujet à un autre, cela me dispersait, elle me fatiguait. Aussi m'arrêtai-je et pris-je congé. En partant, je vis que le lieutenant et elle s'enfonçaient davantage dans le parc, je ne sais où ils allaient, je ne regardai pas en arrière.

Une semaine passa. Un soir que je descendais en flânant Karl Johan[1], je retrouvai la dame du Tivoli. Alors que nous arrivions à la même hauteur, nous ralentîmes involontairement tous les deux le pas et, avant que j'aie eu le temps de réfléchir, je me trouvai marcher à ses côtés.

Nous parlâmes de quantité de choses sans importance en suivant lentement le trottoir. Elle me dit son nom — un nom de famille bien connu — et me demanda le mien. Avant que j'aie pu répondre, elle me posa la main sur le bras et dit :

« Oh non ! ce n'est pas la peine, je le connais.

— Oui, dis-je, mon ami le lieutenant est toujours tellement prêt à rendre de tels services. J'ose demander : de quel nom m'a-t-il appelé ? »

Mais sa pensée était déjà ailleurs, elle montra du doigt le Tivoli et dit : « Voyez ! »

Un homme à vélo montait et descendait en l'air dans un océan de torches enflammées. C'était « l'homme sur le tire-bouchon ».

« Irons-nous là-bas ? demandai-je.

— Trouvons-nous un banc », répondit la dame.

Elle prit la tête, nous traversâmes Drammensvei et entrâmes dans le parc où elle choisit l'endroit le plus obscur que l'on pût trouver. Puis nous nous assîmes.

J'essayai aussitôt de lancer un sujet de conversation. Mais cela ne réussit pas ; elle m'arrêta d'un

1. La rue principale d'Oslo.

petit geste implorant : « Ne voulais-je pas être assez gentil pour me taire complètement un instant ? — Volontiers ! » pensai-je, et je me tus. Je me tus une demi-heure d'affilée, sans interruption. La dame restait immobile ; dans l'obscurité, je pouvais voir le blanc de ses yeux, et qu'elle me regardait constamment à la dérobée. Finalement, je m'effrayai à demi de ce regard perçant, ce regard de malade mental, j'étais tout près de me lever, mais je me contins et fouillai de la main ma poitrine, à la recherche de ma montre.

« Il est dix heures », dis-je.

Pas de réponse. Ses yeux reposaient, roides, sur moi. Soudain, elle dit sans faire un seul mouvement :

« Pourriez-vous avoir le courage de déterrer un cadavre d'enfant ? »

Je me sentis pour de bon affreusement mal à l'aise. Je voyais de plus en plus clairement que j'avais affaire à une folle ; en même temps, ma curiosité luttait en moi aussi et je ne voulais pas en rester là. Aussi dis-je en la regardant :

« Un cadavre d'enfant... oui, pourquoi pas ? Je peux fort bien vous y aider.

— Parce qu'il a été enterré vivant, dit-elle, et il faut que je le revoie.

— Oui, bien entendu, répondis-je, il faut que nous déterrions votre enfant. »

Je l'observai intensément. Elle fut attentive aussitôt.

« Pourquoi dites-vous que c'était mon enfant ? demanda-t-elle. Je n'ai pas dit cela, je dis seulement que je connais la mère. Je vais tout vous raconter. »

Et cette personne, qui, autrement, n'était pas capable de mener une seule conversation raisonnable et suivie, se mit alors à raconter une longue histoire sur cet enfant, une remarquable histoire qui me fit la plus profonde impression. Elle racontait spontanément et de façon convaincante, avec beaucoup de concentration ; il n'y avait pas de lacunes dans sa relation, pas de faute dans son langage ; et il ne me vint plus à l'idée qu'elle eût quelque chose de défectueux dans le raisonnement.

Une jeune dame — elle ne dit simplement pas que cette jeune dame était elle-même — avait, un certain temps auparavant, appris à connaître un monsieur qu'elle se mit à aimer beaucoup et auquel, pour finir, elle se fiança. Ils passaient beaucoup de temps ensemble, ouvertement dans la rue et en cachette dans les coins ; ils se rendaient l'un chez l'autre à une heure donnée, lui chez elle, elle à son logis, ou bien ils se rencontraient dans l'obscurité sur ce même banc où nous étions assis. Et puis les choses tournèrent mal, bien entendu, et un jour, on découvrit à la maison dans quel état était la jeune fille. On envoya chercher le médecin de famille — la dame mentionna son nom, un de nos praticiens bien connus — et sur son conseil, la jeune fille fut envoyée dans une ville de province. Là, elle fut placée chez une sage-femme du lieu.

Le temps passa, l'enfant naquit, le médecin de famille d'ici, de Kristiania, se rendit, fort remarquablement, sur place, en province, et la jeune mère était encore alitée quand on vint lui annoncer que son enfant était mort. Mort-né ? Non, il avait vécu quelques jours.

Or, l'enfant n'était tout simplement pas mort. D'un bout à l'autre, on ne voulut pas laisser la mère voir son enfant ; finalement, le jour de l'enterrement, on le lui apporta, dans son cercueil. « Et alors, il n'était pas mort, je vous le dis, il était vivant, il avait du sang aux joues et il remua deux ou trois fois les doigts de la main gauche. » Malgré les lamentations de la mère, on entreprit néanmoins d'enterrer l'enfant. Le médecin de famille et la sage-femme dirigèrent toute l'opération.

Le temps passa, la mère se remit et se rendit — encore malade — chez elle, dans la capitale. Là, elle raconta ouvertement à quelques amies la raison de son déplacement en province, et occupée comme elle l'était de son enfant, elle ne cacha pas sa crainte qu'il ait été enterré vivant. Et la jeune fille s'affligeait et souffrait ; chez elle, on la toisait de haut. Même son fiancé avait disparu, on ne le trouvait nulle part.

Un jour, il y eut une voiture devant la maison de ses parents ; elle allait faire un tour en voiture. Elle s'assit, on démarra et le cocher la conduisit à... Gaustad. Le médecin de famille reparut. Pourquoi l'emmenait-on à un asile d'aliénés ? Était-elle réellement devenue folle ? Ou bien avait-on peur qu'elle parle un peu trop haut de l'enfant ?

Le temps passa ; à Gaustad, on l'employait à jouer du piano pour les fous. Au demeurant, là-bas, on n'avait en elle rien trouvé à redire, sauf, peut-être, un degré élevé de faiblesse, un relâchement de la volonté. Eh oui ! on lui demandait d'essayer de se servir de sa volonté, de se rendre dure. N'est-ce pas, il était comique de lui rendre de la vigueur pour dévoiler le crime contre son enfant !... Puis elle se relâcha de nouveau. Elle s'affligeait et souffrait ; elle ne parvenait pas à trouver une seule personne pour l'aider en cette affaire... « Si vous, vous ne venez pas ? » me dit-elle.

Bien entendu, le récit de la dame me parut fortement romanesque. Néanmoins, je me sentais certain qu'elle-même y croyait. Le tout était trop bellement et trop chaleureusement raconté pour être inventé et je considérai qu'il pouvait y avoir du moins un peu de vérité dans cette histoire : par exemple, qu'elle avait réellement eu un enfant. Pendant sa maladie, elle s'était peut-être trouvée trop faible pour reconnaître que l'enfant était mort et dans un moment de fièvre, la pensée lui était venue qu'on l'avait fait mourir. Aussi dis-je :

« L'enfant est-il enterré ici, à Kristiania ?

— Non, il a été enterré là où j'étais malade, répondit-elle.

— Ainsi, c'était votre enfant ? » dis-je rapidement.

A cela, elle ne répondit rien ; elle se contenta de me regarder de côté. Son regard s'était fait farouche et soupçonneux.

« Il va de soi que je vous aiderai autant qu'il sera en mon pouvoir, dis-je calmement. Quand nous mettrons-nous en route ?

— Demain, dit-elle, animée, cher ami, demain !

— Bon ! » dis-je.

Et nous convînmes de nous retrouver à sept heures le lendemain soir, c'est à cette heure-là que le train devait partir.

J'attendis devant la gare jusqu'à l'heure dite, bien résolu de tenir ce que j'avais promis. Sept heures sonnèrent, elle n'arrivait pas. Le train partit, je restai à attendre, j'attendis jusqu'à huit heures, on ne voyait toujours pas la dame. Enfin, alors que j'étais sur le point de rentrer chez moi, elle arriva, courant plus que marchant et vint vers moi. Et au vu et au su de chacun à l'entour, sans saluer, sans préambule, elle dit, haut et distinctement :

« Vous pouvez comprendre que je vous ai menti hier soir, vous saisissez sans doute que tout cela était plaisanterie.

— Bien entendu, répondis-je, un peu embarrassé

par le ton incongru de la dame, bien entendu, je comprends.

— Oui, n'est-ce pas ? dit-elle. Mais vous auriez bien pu prendre la chose au sérieux et alors, que Dieu aie pitié de moi !

— Pourquoi donc implorer la grâce de Dieu ?

— Venez ! me dit-elle en me tirant par le bras. Et puis, plus un mot de cela, s'il vous plaît, ajouta-t-elle.

— Comme vous voudrez, répondis-je, je consens à tout. »

Nous montâmes la rue Rosenkrantz, vers le Tivoli, traversâmes Drammensvei et tournâmes de nouveau pour entrer dans le parc ; la dame menait constamment la marche. Nous nous assîmes sur notre vieux banc et reparlâmes d'une quantité de choses différentes ; comme d'habitude, sa pensée ne cessait de faire des bonds ; sinon, elle était assez intéressante. Elle rit même deux ou trois fois en fredonnant parfois une chanson.

A dix heures, elle se leva et me pria de la suivre. Je lui offris, plus par plaisanterie que sérieusement, mon bras. Elle me regarda.

« Je n'ose pas ! » répondit-elle gravement.

Nous allâmes vers le Tivoli et écoutâmes le vacarme, de l'extérieur. Alors de nouveau, « l'homme au tire-bouchon » glissa en l'air. La dame eut d'abord très peur pour lui, elle me saisit violemment le bras comme si c'était elle qui se trouvait en danger de tomber ; sur quoi elle reprit son entrain. « Et s'il glissait à l'extérieur ! Et si ce pauvre cavalier tombait et se retrouvait à genoux dans une chope de bière sur une des tables ! » Et elle riait tellement que cette idée lui faisait venir les larmes aux yeux.

C'est dans la meilleure humeur que nous revînmes

vers nos foyers ; de nouveau, elle fredonnait une mélodie. Dans une rue obscure, près d'une maison avec un petit escalier de fer, noir, à l'extérieur, elle s'arrêta soudain et regarda fixement devant elle, effrayée. Étonné, je restais là. Elle montra la première marche de l'escalier et dit d'une voix rauque :

« Le petit cercueil avait exactement cette taille. »

Alors, en vérité, je me fâchai. Je haussai les épaules en disant :

« Allons, on recommence ! »

Elle me regarda. Et lentement, très lentement, ses yeux s'emplirent de larmes ; à la lueur des fenêtres les plus basses de la maison, je vis que ses lèvres tremblaient. Égarée, elle se tordait les mains. Un instant après, elle avança d'un pas et dit :

« Cher, gentil ami, pardonnez-moi !

— Bien entendu », répondis-je. Et nous passâmes outre. Devant sa porte, elle me prit soudain la main pour me dire bonne nuit.

Plusieurs semaines passèrent pendant lesquelles je ne vis pas trace de l'étrange dame. J'étais fâché contre moi-même pour ma candeur, j'étais de plus en plus certain qu'elle m'avait raconté des mensonges. Bon ! pensais-je, de toute façon, qu'elle aille au diable désormais.

Et puis j'étais au théâtre, un soir, à regarder *L'Union des jeunes*[1]. Au second acte, je me sentis soudain saisi d'inquiétude, il y avait quelque chose en dehors de moi qui agissait sur mes nerfs, je ressentais le même malaise que l'autre fois, devant le Tivoli, pendant le concert du chœur de Paris. Je me retournai rapidement — exactement ! voilà de

1. Pièce de Henrik Ibsen.

nouveau ma dame, qui me fixait de son regard enflammé !

Je rentrai la tête dans les épaules, me tortillai sur mon siège, regardai avec force Daniel Heire ; mais la soirée entière, j'eus la sensation désagréable d'être transpercé par-derrière par ces yeux mélancoliques qui jamais ne cillaient. Je me levai et m'en allai car la pièce était terminée.

Je fus absent de la ville quelques mois. Quand je revins, j'avais complètement oublié la dame du Tivoli, je n'avais pas pensé à elle une seule fois. Elle avait disparu de mon conscient aussi soudainement qu'elle était venue.

Un des derniers soirs de brouillard, je faisais les cent pas dans Torvgaten, entre Dampkjøkkenet et la pharmacie Elefant. J'observais comment les gens se heurtaient dans le brouillard. Il devait y avoir un bon quart d'heure que je déambulais çà et là en ce lieu quand je pensai : maintenant, je fais ce dernier tour jusqu'à la pharmacie, puis je vais chez moi. Onze heures avaient sonné. Donc, je me rendis une fois encore à la pharmacie. A la lueur du réverbère le plus proche, je vis une personne venir vers moi. Je m'écartai un peu... la personne suivit ; je bondis rapidement du côté opposé, vers la gauche, pour éviter une collision... et je vis deux yeux me regarder fixement à travers le brouillard.

« La dame du Tivoli ! » murmurai-je, pétrifié.

Elle vint tout près de moi, avec son regard roide, le visage partiellement crispé ; d'une main, elle portait son manchon. Elle me regarda un instant.

« C'était *mon* enfant ! » dit-elle avec insistance. Puis elle fit demi-tour et disparut dans le brouillard.

VICTOIRE DE FEMME

Titre original de la nouvelle
extraite du recueil *Stridende Liv* (1905)

KVINDESEIR

J'étais receveur de tramway à Chicago. Pour commencer, j'avais été affecté à la ligne de Halsted, une ligne de tramways à chevaux qui partait du milieu de la ville pour descendre tout en bas, jusqu'au marché aux bestiaux. Nous qui étions de service de nuit, nous n'avions pas tellement confiance en cette ligne à cause des nombreuses personnes louches qui prenaient ce chemin, de nuit. Il ne nous était pas permis de tirer sur les gens ou de les tuer à cause de la prime de dédommagement que, dans ce cas, la compagnie des tramways devait payer ; pour ma part, je n'avais pas de revolver non plus, il me fallait me fier à la chance. Au demeurant, on n'est jamais complètement désarmé : j'avais la manivelle du frein, on pouvait l'enlever en un instant et elle était d'un grand secours. Je n'en eus l'usage qu'une seule fois.

En 1886, je passai sur mon tramway chaque nuit des fêtes de Noël sans que rien ne se produisît. Un important groupe d'Irlandais sortit du marché aux bestiaux et remplit complètement ma voiture. Ils chantaient à tue-tête. Ils étaient ivres et avaient emporté leurs bouteilles, et firent des difficultés pour payer bien que nous nous fussions déjà mis en route. Voilà maintenant une année entière qu'ils donnaient à la compagnie cinq cents matin et soir, dirent-ils ; maintenant, c'était Noël et ils ne voulaient pas payer. Ce qu'ils disaient n'était pas dépourvu de sens mais je n'osai les dispenser de payer par crainte des « espions » qui étaient au service de la compagnie et surveillaient l'honnêteté des receveurs. Un agent de police monta. Il resta quelques minutes, émit quelques mots pour dire que c'était Noël et parler du temps, puis redescendit puisque nous étions chargés de la sorte. Je savais fort bien que, sur une seule parole de l'agent de police, tous les passagers auraient dû payer leurs cinq cents ; mais je me tus. Pourquoi ne nous avez-vous pas dénoncés ? demanda l'un. J'ai considéré que c'était inutile, répondis-je, c'est à des gentlemen que j'ai affaire. Certains se mirent alors à se moquer de moi comme il faut, mais il y en eut deux ou trois pour prendre mon parti et ils s'arrangèrent pour payer tous.

Pour le Noël suivant, j'étais sur la ligne de Cottage. C'était un changement d'importance. J'avais maintenant un train de deux, parfois trois voitures qui étaient tirées par un câble souterrain. Les habitués de ce quartier étaient des gens chics et il me fallait collecter mes pièces de cinq cents avec des mains gantées. En revanche, il ne s'y passait rien de passionnant et l'on se lassait bientôt de regarder et d'écouter les gens des villas.

Pourtant, un petit événement devait avoir lieu au Noël 1887.

La veille de Noël, dans la matinée, je descendis en ville avec mon train ; cette fois, j'étais de service de jour. Un monsieur monta, qui me fit un peu la conversation ; quand il fallut que je passe d'une voiture à l'autre, il attendit que je revienne à la plate-forme arrière où était ma place, et il se remit à bavarder. Il avait dans les trente ans, le teint pâle, des moustaches. Il était habillé très chic mais sans manteau, bien qu'il fît passablement froid.

« Je suis parti tel que j'étais, dit-il, je voulais arriver avant ma femme.

— Le cadeau de Noël, fis-je remarquer.

— Exactement ! » répondit-il en souriant.

Mais c'était un curieux sourire, une grimace de la bouche, un rictus.

« Combien gagnez-vous ? » demanda-t-il.

Ce n'est pas là une question extraordinaire au pays des Yankees et je déclarai ce que je gagnais.

« Voulez-vous gagner un petit extra de dix dollars ? » demanda-t-il.

Je répondis que oui.

Il sortit son portefeuille et me tendis le billet sans autre commentaire. Il fit remarquer qu'il avait confiance en moi.

« Que dois-je faire ? » demandai-je.

Il désirait voir mon horaire, et dit :

« Vous avez huit heures aujourd'hui ?

— Oui.

— Lors de l'une de vos tournées, vous allez me rendre service. Ici, au coin de la rue Monroe, nous passons sur une fosse qui mène au câble souterrain. Il y a un couvercle sur cette fosse : ce couvercle, je le soulèverai et je descendrai.

— Vous voulez vous tuer ?

— Pas tout à fait. Mais je veux faire semblant.

— Ah !

— Vous arrêterez votre train et me tirerez du trou malgré ma résistance.

— C'est ce que l'on fera.

— Merci. Pour le reste, je ne suis pas fou, chose

que, peut-être, vous croyez. Je fais tout cela à cause de ma femme, elle va voir que je veux mourir.

— Votre femme sera donc dans mon train en même temps ?

— Oui. Elle s'assoira dans *the grip*. »

Je pris un air étonné. *The grip*, c'était la voiture ouverte, sans cloisons, où se tenait le conducteur. Il faisait froid sur *the grip* en hiver et peu de gens s'y plaçaient.

« Elle sera sur *the grip*, reprit l'homme. Elle a promis, dans une lettre à son amant, de se mettre là aujourd'hui et de lui faire signe qu'elle viendra. J'ai lu la lettre.

— Bien. Mais je dois vous rappeler de faire vite pour enlever le couvercle de la fosse et descendre dans le trou. Sinon, un autre train arrivera sur nous. Nous roulons à trois minutes d'intervalle.

— Je sais tout cela, dit l'homme. Le couvercle sera détaché quand j'arriverai. Il l'est déjà, en ce moment même.

— Encore une chose : comment pourrez-vous savoir par quel train viendra votre femme ?

— J'en serai averti par téléphone. J'ai des gens pour conduire ses pas. Et ma femme sera vêtue de fourrure brune. Vous pourrez facilement la reconnaître, elle est très belle. Si jamais elle devait s'évanouir, vous la mènerez à la pharmacie du coin de Monroe. »

Je demandai :

« Avez-vous également parlé à mon conducteur ?

— Oui, dit l'homme. J'ai payé au conducteur la même chose qu'à vous. Mais je ne veux pas que vous et lui plaisantiez sur cette affaire. Vous n'en parlerez pas entre vous.

— Non.

— Vous prendrez place sur *the grip* quand vous

vous approcherez de la rue Monroe et vous ferez bien le guet. Quand vous verrez ma tête, au-dessus de la fosse, vous donnerez l'ordre d'arrêter et le train s'immobilisera. Le conducteur vous aidera à me maîtriser et à me tirer de la fosse malgré ma volonté bien affirmée de mourir. »

Je réfléchis un peu à toute l'affaire et dis :

« Il me semble que vous auriez pu épargner votre argent et ne mettre personne au courant de votre conduite. Il vous aurait suffi de descendre dans le trou.

— Mais bon Dieu ! s'écria l'homme, je pars du principe que le conducteur ne m'aura pas remarqué ! Que vous ne m'aurez pas remarqué ! Personne !

— Vous avez raison. »

Nous parlâmes encore de choses et d'autres. L'homme resta jusqu'au terminus et lorsque mon train fit demi-tour, il me raccompagna.

Au coin de la rue Monroe, il dit :

« Voilà la pharmacie où vous emmènerez ma femme si elle s'évanouit. »

Puis il descendit...

J'étais plus riche de dix dollars ; Dieu soit loué, il y avait des jours heureux aussi dans la vie ! Pendant tout l'hiver, j'avais porté une couche de journaux sur le dos et sur la poitrine à cause de la neige, j'émettais à chaque mouvement des craquements si gênants que les camarades faisaient de moi des gorges chaudes. A présent, on allait entre autres choses avoir les moyens d'acheter un gilet de fourrure d'une merveilleuse épaisseur. Quand les camarades viendraient, la prochaine fois, me bousculer pour m'entendre craquer, je ne le supporterais pas...

Je fis deux, je fis trois tours jusqu'à la ville ; il ne se passa rien. Alors que j'allais sortir de la station Cottage pour la quatrième fois, une jeune dame monta et s'assit sur *the grip*. Elle portait un vêtement de fourrure brune. Comme je m'avançais vers elle pour recevoir le paiement, elle me regarda en face. Elle était très jeune et très belle, des yeux bleus absolument innocents. Ma pauvre, vous allez sûrement éprouver une grande peur aujourd'hui, pensai-je ; mais vous devez avoir fait une petite bêtise et maintenant, vous allez être punie. En tout cas, cela va être une joie pour moi que de vous emporter prudemment vers la pharmacie.

Nous roulâmes en direction de la ville.

De ma plate-forme, j'observai que, soudain, le conducteur se mettait à parler avec la dame. Que pouvait-il avoir à lui dire ? De plus, il n'avait pas le droit de bavarder avec les passagers pendant le service. A mon grand étonnement, je vis la dame se rapprocher d'un siège encore du conducteur qui, debout à sa machine, l'écoutait dans une grande tension.

Nous continuâmes de rouler vers la ville, arrêtant, prenant des gens, arrêtant, laissant des gens descendre. Les choses allaient leur cours. Nous nous approchions de la rue Monroe. Je pensai : le jeune homme excentrique a choisi son endroit avec sagacité, le coin de la rue Monroe est un lieu tranquille où on ne le dérangera guère quand il descendra dans la fosse. Et je pensai encore que, de temps à autre, j'avais vu des gens de la compagnie des tramways dans ces fosses, en train de remettre en ordre les choses qui s'y étaient déréglées. Mais qu'un homme eût l'idée de rester debout dans le trou quand le train passerait, il serait purement simplement écourté de plusieurs pouces ; la griffe de *the grip* qui descendait jusqu'au câble lui arracherait la tête.

Lorsque nous ne fûmes plus qu'à une rue de la rue Monroe, j'avançai sur *the grip*.

Le conducteur et la dame ne parlaient plus. Le conducteur avait fait un signe de tête comme s'il était d'accord sur quelque chose, puis il avait regardé droit devant lui en filant à toute vitesse. C'était le Grand Pat, l'Irlandais.

« Mets un peu de mou ! » lui dis-je dans le jargon habituel. Cela signifie : va un peu plus doucement ! Car je voyais un point noir au milieu de la ligne et ce pouvait bien être une tête humaine qui dépassait du sol.

Je regardai aussi la dame. Elle avait les yeux fixés sur le même point et se tenait ferme sur son siège. Déjà inquiète d'un accident possible ! pensai-je ; que ne va-t-elle faire en voyant que c'est son propre mari qui veut mourir !

Mais le grand Pat ne réduisit pas la vitesse. Je lui criai qu'il y avait quelque chose dans la fosse — pas de changement. Nous voyions maintenant distinctement la tête. C'était le jeune fou qui se trouvait dans son trou, le visage tourné vers nous. Alors, je portai mon sifflet à ma bouche et donnai fortement le signal de l'arrêt. Pat conduisit à la même vitesse ; dans un quart de minute, il y aurait un accident. Je tirai sur la cloche pour la faire sonner, puis je bondis et m'emparai du frein. Trop tard. Le train passa dans un vacarme par-dessus la fosse avant de s'arrêter.

Je descendis d'un bond, bouleversé. Je me rappelais seulement que je devais m'emparer d'un homme qui me résisterait. Mais je remontai immédiatement sur *the grip*, complètement abasourdi. Le conducteur était comme bouleversé, lui aussi, il demandait absurdement s'il y avait eu quelqu'un dans la fosse et comment il s'était fait qu'il n'avait pas stoppé. La jeune dame criait : « Affreux ! Affreux ! » Elle avait le visage livide et s'agrippait convulsivement à son siège. Mais elle ne s'évanouit pas. Peu après, elle descendit de *the grip* et alla son chemin.

Il y eut un grand attroupement. Nous trouvâmes la tête de l'accidenté sous la dernière voiture. Son corps était resté dans la fosse. La griffe de la machine l'avait attrapé sous le menton et avait emporté sa tête. Nous enlevâmes le mort de la ligne. Un agent de police arriva, qui devait l'emporter. Il inscrivit aussi force noms ; en ce qui me concerne, tous les passagers pouvaient témoigner que j'avais sonné et sifflé et finalement saisi le frein. Pour le reste, les gens du tramway eux-mêmes pourraient déposer des rapports à notre bureau.

Le grand Pat me demanda mon couteau. Je me mépris sur ses intentions et dis qu'il y avait eu assez d'accidents. Le grand Pat sourit alors et me montra son revolver : ce n'était pas pour faire des bêtises qu'il voulait le couteau, au contraire, c'était pour tout autre chose. Lorsqu'il eut le couteau, il me dit au revoir : maintenant, il ne pouvait rester davantage en service ; cela lui faisait de la peine, mais il faudrait que je conduise moi-même mon train jusqu'au terminus. Ensuite, j'aurais un autre conducteur. Et il m'expliqua comment m'y prendre. Pour le couteau, il fallait que je le lui laisse, dit-il, il pénétrerait sous un porche tranquille et détacherait les boutons de son uniforme.

Sur quoi il s'en alla.

Il n'y avait pas d'autre issue, je dus conduire moi-même jusqu'à la station ; plusieurs trains derrière moi m'avaient rattrapé et attendaient que je me mette en route. Et comme j'avais déjà un peu l'habitude de la machine, on partit sans mésaventure.

Un soir entre Noël et Nouvel An, comme je n'étais pas de service, je flânais dans la ville. Arrivé à une gare de chemin de fer, j'entrai un instant pour regarder la circulation intense. J'arrivai sur l'un des quais et regardai un train qui allait partir. Soudain, j'entendis appeler mon nom. Un homme souriant se tenait sur le marchepied d'un wagon et m'appelait. C'était le grand Pat. Il fallut un peu de temps pour que je le reconnaisse car il portait de beaux habits et s'était débarrassé de sa barbe.

Je poussai une petite exclamation.

« Chut ! Pas si fort ! Comment s'est passée l'affaire ? demanda Pat.

— Nous avons été soumis à une enquête, répondis-je. On est à ta recherche. »

Pat dit :

« Je m'en vais dans l'Ouest. Ça donne quoi, de rester ici ? Sept, huit dollars la semaine, dont quatre pour vivre. Je vais prendre de la terre, je serai farmer. J'ai de l'argent, ça va de soi. Si tu veux venir avec moi, nous nous trouverons une bonne terre près de Frisco.

— Je ne peux pas m'en aller, répondis-je.

— J'y pense tout à coup, voici ton couteau. Merci de me l'avoir prêté. Non, tu vois, il n'y a pas d'avenir dans les tramways. Avant aujourd'hui, j'ai servi trois ans sans avoir trouvé l'occasion de m'évader. »

Le train siffla.

« Oui, au revoir, dit Pat. Écoute, combien as-tu reçu de l'homme que nous avons écrasé ?

— Dix dollars.

— Moi aussi. En fait, c'était un bon payeur. Mais la femme, encore plus.

— La femme ?

— La jeune femme, oui. J'ai passé une petite transaction avec elle. Elle n'en était pas à mille ou deux mille dollars près, car elle voulait se débarrasser de son mari. C'est grâce à son argent que, maintenant, je peux commencer une vie plus facile. »

UN FIEFFÉ GREDIN

Titre original de la nouvelle
extraite du recueil *Kratskog* (1903)

EN AERKESKJAELM

Chers lecteurs !... J'ai rencontré cet homme dans un cimetière. Je ne fis rien pour lier conversation, mais lui se jeta aussitôt sur moi. Je m'étais simplement assis sur un banc où il se trouvait déjà, et je dis :

« Est-ce que je dérange ? »

C'est ainsi que cela commença.

« Vous ne dérangez pas du tout, répondit-il en me faisant de la place. Je me contente de rester ici à regarder ce "royaume mort". » Il me montra les tombes d'un geste de la main.

Nous étions au cimetière du Christ.

Au fur et à mesure que la matinée progressait, il y avait de plus en plus d'activité, les maçons et les ouvriers étaient arrivés l'un après l'autre, le vieux gardien se trouvait déjà dans sa guérite, à lire les journaux. Çà et là, on voyait des femmes en noir qui plantaient ou arrosaient des fleurs, ou coupaient l'herbe devenue trop haute. Et les oiseaux gazouillaient, en haut dans les grands châtaigniers.

Il m'était tout à fait inconnu. C'était un jeune homme, grand et trapu, vêtu d'habits assez usés. Il n'était pas rasé. Les rides de son front, sa voix autoritaire, son habitude de ciller pensivement quand il parlait lui donnaient cet air que l'on appelle « vieux et expérimenté ».

« Vous êtes étranger ici ?

— Je suis parti de chez moi neuf ans », répondit-il.

Il se rejeta en arrière, étendit les jambes et regarda le cimetière. Des journaux allemands et français dépassaient de la poche de son manteau.

« Que c'est triste, un cimetière comme celui-ci ! dit-il. Tant de morts en un même lieu. Tant de force exploitée et si peu d'accomplie.

— Comment cela ?

— C'est le cimetière des militaires. »

« Ah ! ah ! Paix éternelle ! » pensai-je.

Il poursuivit :

« Mais le plus odieux de tout, c'est le culte de la mort, cette façon de déplorer.

— Une pieuse inutilité... »

Il fit un geste rapide et se redressa.

« Savez-vous qu'il y a une fortune de granit sur ces tombes ? Et puis, on éparpille des fleurs précieuses sur le sable, on se procure des bancs confortables pour s'asseoir et pleurer, on érige des idoles sacrées en pierre tirée des carrières de Grefsenåsen... une fortune pétrifiée. Ce cimetière est un des lieux les moins faillis de la ville... Oui, n'est-ce pas, cela vous donne à penser, poursuivit-il. Une fois ici, cette richesse reste là, elle est immobile car elle est morte. Elle ne réclame que sa gestion, c'est-à-dire sa surveillance, ses larmes, ses fleurs qui flétrissent sur les buttes de sable. Des couronnes jusqu'à cinquante couronnes la pièce. »

« Socialiste ! pensai-je... un compagnon artisan en voyage qui est allé à l'étranger et a appris le cri contre le capital... le capital... »

« Êtes-vous étranger, vous aussi ? demanda-t-il.

— Oui. »

Puis il se renversa de nouveau sur le banc, cligna des yeux et pensa, cligna des yeux et pensa.

Un couple de personnes âgées passa, portant tous deux un bâton, le dos voûté, recueillis, échangeant des chuchotements... peut-être des parents en route vers une tombe. Une rafale de vent déferla, fit tourbillonner la poussière et flétrir les restes de fleurs, provoquant un bruissement léger parmi les feuilles qui se déplaçaient dans les allées et que le soleil avait désséchées.

« Voyez-vous ! dit-il soudain sans changer de position, uniquement avec un mouvement des yeux, voyez-vous la dame qui vient vers nous ? Faites attention à elle quand elle passera. »

Rien n'était plus facile. Elle nous frôla presque de sa robe noire et son voile effleura nos chapeaux. Une petite fille qui portait des fleurs la suivait, une femme marchait derrière, portant râteau et arrosoir. Elles disparurent toutes les trois dans la courbe qui menait à la partie inférieure du cimetière du Christ.

« Eh bien ? demanda-t-il.

— Eh bien ?

— Vous n'avez rien remarqué ?

— Rien d'anormal. Elle nous a regardés.

— Pardon, elle m'a regardé. Vous souriez, vous voulez m'assurer qu'il n'y aura pas de querelle entre nous sur cette affaire. Le fait est qu'elle est passée il y a quelques jours. J'étais ici, je parlais au fossoyeur, j'essayais de lui inculquer un tout petit peu de défiance envers son activité respectable.

— Pourquoi cela ?

— Parce qu'il fouille la terre en vain, pour le grand dam de ce qui doit vivre d'elle. »

« Ainsi, un pauvre libre penseur égaré ! pensai-je à part moi ; où est-il écrit dans la parole divine qu'un cadavre ne doit pas être mis en terre ? Tu commences à m'ennuyer ! » Voilà tout ce que je pensais.

« J'étais là à parler au fossoyeur. C'est péché, disais-je. La dame passa, elle entendit mes propos et me regarda. Je parlais de péché en un lieu saint. A propos : avez-vous remarqué la vieille femme avec son arrosoir et son râteau dans ses mains fatiguées ? Et son dos, comme il était courbé ! Cette créature s'est littéralement épuisée jusqu'à en perdre la santé, dans ses efforts pour fouiller et dévaster la terre, source de vie. Mais vous avez bien vu : 3 — trois — pas derrière la noble dame qui allait descendre s'affliger sur une tombe. Bien, en fait, ce n'était pas cela. Avez-vous vu ce que la petite fille portait ?

— Des fleurs.

— Des camélias. Des roses. Vous avez vu cela ? Des fleurs à une couronne pièce. De belles fleurs qui mènent une vie extrêmement délicate ; que le soleil brûle un peu, elles meurent. Dans quatre jours, on les jettera par-dessus la barrière du jardin, là-bas, puis on les remplacera par de nouvelles. »

Alors je répondis au libre penseur et dis :

« Mais les pyramides étaient encore plus chères ! » Cela ne fit pas l'effet attendu. Il parut avoir déjà entendu cette objection.

« En ce temps-là, on n'était pas dans le besoin, dit-il. De plus, l'Égypte était le grenier à grain de tout l'Empire romain, le monde n'était pas tellement dans la gêne. J'ai quelque expérience de la gêne dans laquelle il est maintenant. Ce n'est pas moi personnellement qui en ai fait l'expérience, c'est quelqu'un d'autre ; tout ce que je sais, c'est que la pyramide dans le désert est une chose, une tombe moderne, bien entretenue, en est une autre. Regardez autour de vous ici ! Des centaines de tombes, des monuments pour de grosses sommes, des cadres de granit de Grefsenåsen à 3,60 couronnes de l'aune, du gazon d'Ekeberg à 2,50 couronnes la brasse carrée. Sans parler des inscriptions et des raffinements exécutés sur les piliers de pierre eux-mêmes ; polis ou nature, taillés ou fendus, rouges, blancs et verts ; regardez donc cette masse de terre gazonnée ! J'en ai parlé au fossoyeur ; il y a eu trop de demandes, on ne trouve presque plus de terre gazonnée. Or, je vous prie de réfléchir seulement à ce qu'est la terre gazonnée ici-bas : c'est la vie. »

J'objectai alors qu'au nom de l'idéalisme, on ne pouvait, on ne devait pas spolier cette même vie. Que les gens trouvent le temps de dépenser un peu de terre gazonnée pour leurs chers morts, cela devait bien avoir une toute petite signification éthique. Et d'ailleurs, c'est encore ce que je pense aujourd'hui.

« Voyez-vous, dit violemment l'homme, on pourrait faire vivre des familles, élever des enfants, sauver des épaves avec ce qui est dilapidé quotidiennement ici. Je sais que la jeune dame là-bas est en train d'enterrer des camélias pour une valeur de deux robes d'enfant à la vente de charité. Quand le deuil en a les moyens, il devient gourmand. »

Très certainement, c'était un socialiste et peut-être même était-ce un anarchiste que cela amusait de prendre le contre-pied des choses graves. Je l'écoutais avec de moins en moins d'intérêt.

Il poursuivit :

« Et puis, il y a un homme là-haut, le gardien. Savez-vous ce qu'il a à faire, en dehors de déchiffrer son journal ? Il doit garder les tombes. Il y a de l'ordre dans le culte de la mort. Je lui ai dit en arrivant aujourd'hui que si je voyais un enfant voler des fleurs pour acheter des livres d'école là-haut, une petite fille, maigre et inquiète, chiper un camélia pour acheter de quoi manger, je ne la dénoncerais pas, je l'y aiderais. "Je dis que c'est péché", a dit le vieux gardien. "Péché", a-t-il dit. Un homme affamé vous arrête un jour dans la rue et demande quelle heure il est. Vous tirez votre montre — faites attention, alors, à ses yeux ! Il tire la montre à soi en un éclair et s'enfuit en courant. Vous avez alors deux possibilités. Vous pouvez dénoncer le vol et vous retrouverez alors, deux ou trois jours après, votre montre déposée chez un prêteur sur gages, puis le pécheur lui-même suit dans les vingt-quatre heures. Ou bien vous pouvez vous taire. C'est l'autre possibilité. Vous pouvez ne rien dire... En fait, je suis un peu fatigué, j'ai veillé toute la nuit.

« Ah bon ! Bien, la journée s'avance. J'ai mon travail. »

Je me mis en devoir de partir.

Il désigna du doigt la mer et les jetées.

« J'ai circulé par les petits passages, en bas, j'ai cherché à découvrir comment la misère et le vice dorment, la nuit. Vous allez entendre ! Il se passe des choses tellement étranges :

Un soir il y a neuf ans, j'étais ici, en ce lieu... je crois même que c'était sur ce même banc... il est arrivé une chose que je ne peux oublier. Insensiblement, il s'était fait très tard, les visiteurs étaient rentrés chez eux ; un tailleur de pierre allongé sur le ventre, là-bas, sur une dalle de marbre et qui gravait une inscription avait finalement cessé son travail, il passa sa veste, fourra ses outils dans toutes ses poches et s'en alla. Le vent s'était levé, il secouait comme il faut les marronniers, une grande croix de fer qui se trouvait près d'ici — elle a dû disparaître maintenant — oscillait un peu sous son souffle. Moi aussi, je reboutonnai ma veste et j'étais sur le point de m'en aller quand le fossoyeur remonta la courbe, là, sans manteau, tête nue et demanda sans s'arrêter si une petite fille en robe jaune, portant un cartable, était passée.

Je ne me rappelais pas l'avoir vue. De quoi s'agissait-il, d'ailleurs ?

« Elle a volé des fleurs », dit le fossoyeur, toujours en hâte.

Je restai tranquille, attendant qu'il revînt.

« Vous l'avez trouvée ?

— Non. Mais j'ai fermé le portail. »

Il aurait fallu organiser une véritable battue, la petite était très certainement encore dans le cimetière et cela pouvait devenir grave, maintenant. Car c'était la troisième qui avait chipé des fleurs ce jour-là. Des écolières, des petites filles habiles qui comprenaient fort bien que c'était péché. Que dites-vous ? Elles les vendent, elles en font des bouquets et les vendent. Voilà de jolis enfants, non ?

Je descendis avec ce fossoyeur et l'aidai un bon moment à chercher la petite. Mais elle était bien cachée. Nous nous adjoignîmes le gardien, nous cherchâmes à trois, nous ne la trouvâmes pas. Le crépuscule venant, nous abandonnâmes notre recherche.

« Où est la tombe où l'on a commis le vol ?

— Là. Une tombe d'enfant aussi. A-t-on jamais vu ça ? »

J'allais jusque-là. Or, il apparut que je connaissais cette tombe, car la petite fille morte, je l'avais fort bien connue, nous l'avions enterrée le matin même. Les fleurs avaient disparu, y compris les miennes propres, je ne les voyais nulle part.

« Il faut continuer à chercher, dis-je aux autres. C'est une chose infâme ! »

En fait, le fossoyeur n'avait rien à voir avec cela, il participa tout de même à la recherche, pour le principe. Et de nouveau, nous nous mîmes en quête tous les trois. Soudain, dans le bas, près de la courbe, j'aperçus un petit être, une gamine, recroquevillée par terre derrière les gros piliers polis du médecin général With, et qui me regardait fixement. Elle était minuscule, le cou enfoncé dans les épaules.

Mais je la connaissais ! C'était la sœur de la morte.

« Chère enfant, comment peux-tu rester ici si tard ? » dis-je.

Elle ne répondit pas, ne bougea pas. Je la soulevai de terre, saisis son cartable et lui demandai de me suivre jusque chez elle. « La petite Hanna ne veut absolument pas que tu restes ici si tard à cause d'elle », dis-je.

Alors, elle me suivit. Je lui parlai :

« Mais sais-tu qu'une vilaine petite fille a volé les fleurs sur la tombe de Hanna ? Une petite fille en robe jaune, l'as-tu vue ? Bon, on va sûrement la trouver tout à l'heure. »

Elle continua de me suivre sans répondre.

« Voilà ! Vous la tenez ! cria tout à coup le fossoyeur. Vous tenez la voleuse !

— Quoi ?

— Quoi ! Mais c'est elle que vous tenez par la main. »

Force me fut de sourire.

« Non, vous vous trompez. Ce n'est pas la voleuse. C'est une jeune sœur de celle qui a été enterrée aujourd'hui. Elle s'appelle Elina, je la connais. »

Mais le fossoyeur était tout à fait sûr de son affaire. Le gardien la reconnut aussi, en particulier à la cicatrice rouge qu'elle avait d'un côté du menton. Elle avait volé des fleurs sur la tombe de sa sœur et la pauvre n'était pas même capable de s'excuser d'une parole.

Or j'attire votre attention sur ceci : il y avait longtemps que je connaissais ces deux sœurs, nous avions habité un long moment dans la même pauvre bâtisse en arrière-cour et elles jouaient souvent sous ma fenêtre. De temps à autre, elles étaient ennemies furieuses et se battaient ; mais c'étaient de braves petites filles toutes les deux : vis-à-vis des autres, elles se défendaient mutuellement. Cela, elles n'avaient guère pu l'apprendre d'autrui, la mère était une méchante bonne femme qui était rarement à la maison et le père... elles devaient avoir chacune le sien, d'ailleurs... elles ne l'avaient jamais connu. Ces deux enfants avaient, pour vivre, un réduit à peine plus grand que cette pierre tombale, là, et comme ma chambre se trouvait juste au-dessus de la leur, il m'arrivait souvent de me mettre à la fenêtre et de regarder chez elles. C'était Hanna surtout qui commandait, elle avait deux ou trois ans de plus et, en bien des choses, elle était prévoyante comme une adulte. C'était toujours elle qui sortait la boîte en fer-blanc quand il leur fallait une tranche de pain, et l'été, lorsqu'il faisait très chaud dans l'arrière-cour, c'est aussi Hanna qui avait la bonne idée de fixer un vieux journal en haut de la fenêtre pour écarter le plus fort du soleil. Très souvent, je notais aussi qu'elle faisait réciter ses leçons à sa sœur avant qu'elles aillent à l'école. Hanna était une enfant sérieuse et mal constituée, sa vie fut courte.

« Fouillons son cartable », dit le fossoyeur.

Et, exactement, les fleurs étaient dedans. Je reconnus même les deux, trois miennes.

Que fallait-il dire ? Elle était là, la petite pécheresse, qui se raidissait en nous regardant. Je la secouai, l'interrogeai : elle se taisait. Alors, le fossoyeur parla de la police et emmena la gamine.

Arrivée au portail, elle dut comprendre ce qui allait se passer car elle dit tout à coup :

« Mais... où est-ce que je vais aller ? »

Le fossoyeur répondit :

« Au commissariat de police.

— Je ne les ai pas volées », dit-elle.

Elle ne les avait pas volées ? Pourtant elle les avait dans son cartable, nous l'avions vue, pour ainsi dire... Mais elle reprit avec angoisse qu'elle ne les avait pas volées.

Dans le portail, la manche de la robe de la petite Elina se prit au verrou et fut presque arrachée. Son bras maigre luisait à l'intérieur.

On se rendit au commissariat. Je suivis. On donna quelques explications ; mais on ne fit rien de plus d'Elina, autant que je sache. Et pour ma part, je ne devais plus la revoir, car je partis en voyage et restai absent neuf ans.

Mais à présent, je suis mieux renseigné sur cette affaire. C'est insensé, la façon dont nous nous conduisîmes. Bien entendu, elle n'avait pas volé les fleurs ; et puis, même si elle l'avait fait ? Je dis seulement : pourquoi pas ? A-t-on jamais vu pareille folie, nous l'avions écrasée ; pourtant, aucun juge ne peut nous condamner pour cela ; nous l'avions pincée, nous l'avions remise à la justice. Je vous le dis, j'ai revue Elina, je peux vous conduire à elle.

Il fit une pause.

« Si vous comprenez ce que je veux dire, écoutez ! Oui, dit l'enfant malade, puisque je vais mourir, il y aura sûrement des fleurs, peut-être beaucoup de fleurs, parce que la maîtresse enverra certainement un bouquet et la bonne Mme Bendiche enverra peut-être toute une couronne. »

Mais cette malade est sage comme une vieille personne, elle a grandi trop fort pour vivre et puis la maladie a aiguisé incroyablement sa sagacité. Quand elle parle, l'autre se tait, une sœur plus petite qui s'efforce de comprendre. Elles habitent là toutes seules et la mère n'est jamais à la maison ; de temps en temps, Mme Berniche envoie à manger, elles ne meurent pas de faim. Maintenant, les sœurs ne sont jamais ennemies, il y a longtemps, longtemps qu'elles se querellaient, elles ont complètement oublié leurs brouilles lors de leurs jeux.

Seulement, continue de penser la malade, les fleurs ne sont pas choses splendides au point de ne pas flétrir, elles aussi. Et des fleurs fanées, ce n'est guère une chose à avoir sur sa tombe. Un mort, ça ne peut pas les voir, il n'y a pas de chaleur en elles non plus. En revanche, est-ce qu'Elina pouvait se rappeler les chaussures qu'elles avaient vues, une fois, à la vente de charité ? Elles, elles étaient chaudes !

Elina se rappelait les chaussures. Et pour montrer à sa sœur comme elle était intelligente, elle lui parla très précisément de ces chaussures.

On n'était pas tellement loin de l'hiver maintenant. Il y avait de fameux courants d'air qui montaient du plancher, là, près de la fenêtre, le torchon à vaisselle était tout raidi par le gel, là-bas, au clou. Sûrement qu'Elina pourrait avoir une pareille paire de chaussures.

Les deux sœurs se regardent. Elina n'est pas bête au point de ne pas comprendre cela.

Oui, elle pourrait prendre les fleurs et les vendre. Certainement. Il y avait tant de gens à se promener dans la rue, le dimanche, et qui voulaient bien des fleurs. Bien souvent, ils s'en allaient à la campagne, une fleur à la boutonnière, on voyait souvent des messieurs menant leur voiture, une fleur à la boutonnière. Ils achèteraient sûrement les fleurs.

Elina demanda si elle ne pourrait pas acheter un petit chapeau.

Oui, s'il reste de l'argent. Mais d'abord, elle devait acheter les chaussures.

Elles en convinrent entre elles. Cela ne regardait personne, les deux enfants en avaient délibéré. Elina devait veiller à prendre les fleurs le soir même, avant qu'elles ne fanent.

Quel âge avait-elle cette malade ? Douze, treize ans, je pense. Ce n'est pas toujours une affaire d'âge. J'ai eu une sœur qui apprit le grec alors qu'elle n'était pas encore plus grande que cela.

Or donc, Elina ne se tira pas bien de cette affaire. Pour être punie, elle ne le fut pas ; la police ne fit que lui inspirer une petite terreur innocente, elle en fut quitte à bon compte. Puis la maîtresse se chargea d'elle. Se charger d'un enfant, c'est le mettre à part, l'éprouver, l'avoir à l'œil. On rappelait Elina lors des récréations : « Petite Elina, attends un peu s'il te plaît, je veux te parler ! » Puis on l'exhortait aimablement et résolument, on lui rappelait l'affaire à temps et à contretemps, on lui imposait de prier Dieu qu'il lui pardonne.

Mais alors, n'est-ce pas, il y a quelque chose qui craque en elle.

Elina devient apathique, elle se présente sans s'être débarbouillée, elle oublie ses livres à la maison. Soupçonnée, poursuivie de regards inquisiteurs, elle prend l'habitude de se dérober aux regards de l'institutrice, d'éviter de regarder les gens en face. Elle s'aplatit sous les coups d'œil rapides et furtifs qui lui donnent une expression d'évaporée. Puis un jour, elle est confirmée, le pasteur lui donne un opuscule sur le péché contre un certain commandement, tout le quartier a son opinion sur l'avenir qui l'attend. Alors, elle disparaît du quartier, de la petite chambre. Le soleil brille sur la ville, les gens flânent par les rues, une fleur à la boutonnière ; elle-même se donne un petit tour à faire à la campagne, en voiture...

Or, je l'ai rencontrée de nouveau ce soir. Elle habite en bas, elle était sous un portail, elle m'a murmuré quelque chose. Elle n'aurait pu m'éviter. J'avais entendu sa voix et je reconnaissais la cicatrice rouge. Mais, Dieu ! comme elle était devenue grasse !

« Venez, c'est moi, dit-elle.

— Oui, c'est moi aussi, ai-je répondu. Comme te voilà devenue grande, Elina ! »

Grande ? Qu'est-ce que c'était que ce verbiage ? Elle n'avait pas le temps de faire la conversation. Si je ne voulais pas rentrer avec elle, il ne fallait pas rester là davantage à faire peur aux autres.

Je dis mon nom, lui rappelai l'arrière-cour, la petite Hanna, tout ce que je savais. « Entrons et parlons un peu ! » dis-je alors.

Comme nous entrions, elle demanda :

« Vous donnez quelque chose à boire ? »

Voilà ce qu'elle était.

Pensez donc ! Si Hanna aussi avait été là, nous serions restés tous les trois à parler de choses et d'autres.

Elina eut un rire grinçant.

« Qu'est-ce que c'est que ces bêtises-là ? Vous retombez en enfance ? »

Elle cracha furieusement devant elle.

Hanna ! Hanna ! Est-ce que je croyais qu'elle était toujours une enfant ? Toutes ces histoires de Hanna, c'était il y avait bien trop longtemps ; qu'est-ce que c'était que ces bêtises-là ! Est-ce qu'elle irait vous chercher quelque chose à boire ?

Volontiers !

Elle se leva et sortit.

J'entendais des voix alentour dans les pièces voisines, des bouchons qui sautaient, des jurons, de petits cris. Des portes s'ouvraient et se refermaient. De temps en temps, dans le couloir, on appelait une fille de service qui recevait un ordre.

Elina revint. Elle voulut s'asseoir tout contre moi, sur mes genoux. Elle alluma une cigarette.

« Pourquoi ne faut-il pas que je m'assoie tout contre toi ? demanda-t-elle.

— Parce que ce n'est pas cela que je veux de vous, répondis-je.

— Bon, alors, vous allez payer le vin et partir. »

Je dis :

« Asseyez-vous, restez tranquille, nous allons bavarder un peu. Bien entendu, je vais vous indemniser pour l'heure. » Et je lui donnai quelque argent, je ne comptai pas, mais cela faisait pas mal d'argent.

Alors, elle fut aussitôt joyeuse et complaisante, et elle s'assit gentiment. Mais nous ne pûmes avoir aucune conversation. Si je l'interrogeais, elle prenait d'abord le temps de chanter un bout de chanson ou d'allumer une nouvelle cigarette avant de répondre. Des jours anciens, elle ne voulait pas entendre parler. La vieille arrière-cour crasseuse, il y avait bien de quoi se la rappeler ! Lui permettrait-on aussi d'apporter à la femme de service, dans le couloir, un verre de vin ?

Bien entendu !

« Je vais vous dire, dit-elle, c'est que cette femme est ma mère. Elle est notre femme de service, à nous, les filles. C'est moi qui l'ai aidée à avoir cette place. Elle gagne très bien. »

Elle emporta le vin dans le couloir et revint :

« Skål ! vieil ami ! » dit-elle.

Et nous bûmes de ce vin.

De nouveau, elle voulut s'asseoir sur mes genoux.

« A la longue, est-ce que ce n'est pas assommant, ici ? demandai-je.

— Assommant ? Non. Pourquoi ne faut-il pas que je m'assoie tout près de toi ?

— Il y a combien de temps que vous êtes ici ?

— Je ne sais pas au juste. Peu importe. Skål ! encore une fois ! »

Nous bûmes. Elle chanta de nouveau un bout de chanson, sans voix, pure sottise, une chanson de revue.

« Où avez-vous appris cette chanson ?

— Au Tivoli.

— Vous y allez souvent ?

— Oui, quand j'en ai les moyens. Mais maintenant, je n'ai plus les moyens. La propriétaire m'a couru après pour son argent aujourd'hui. La propriétaire prend un loyer tellement élevé, il lui faut tellement d'argent avant qu'il nous reste quelque chose... Peut-être, tu pourrais me donner un peu plus d'argent ? »

Dieu soit loué, il me restait un peu d'argent à lui donner.

Elle le reçut sans remerciements, et sans la moindre réaction, mais elle ressentit peut-être une petite joie intérieure. Elle me demanda de commander une bouteille de vin encore. Il fallait me mettre complètement à sec, devait-elle penser.

Le vin arriva.

Alors, elle voulut aussi me faire connaître. Elle voulut appeler quelques-unes des autres filles et leur donner du vin. Les filles arrivèrent. Elles portaient des jupes courtes, amidonnées, qui frou-

froutaient quand elles se déplaçaient ; leurs bras étaient nus et elles avaient les cheveux courts.

Elina me présenta, elle se rappelait bien comment je m'appelais. Elle dit en minaudant que je lui avais donné beaucoup d'argent, que j'étais un bon vieil ami à elle et qu'elle pouvait me demander autant d'argent qu'on voudrait, elle l'aurait. Ç'avait toujours été ainsi. Tellement j'étais riche.

Les filles burent et devinrent joyeuses, elles aussi, elles renchérissaient les unes sur les autres pour dire des gaillardises et entonner des bribes de chansons. Comme je disais un mot aux autres aussi, Elina devint jalouse, elle se fit revêche et désagréable. Or c'était à dessein que je parlais aussi aux autres, c'était pour amener Elina à devenir plus communicative et à me donner un aperçu de son état d'esprit. Toutefois, cela n'eut pas l'effet escompté ; elle rejeta la tête en arrière et se donna quelque chose à faire. Finalement, elle se saisit de son manteau et se prépara à sortir.

« Vous voulez sortir ? » demandai-je.

Elle ne répondit pas, elle fredonnait d'un air supérieur tout en mettant son chapeau. Soudain, elle ouvrit la porte qui donnait sur le couloir et cria :

« Gina ! »

C'était sa mère.

Celle-ci arriva, marchant lourdement, traînant les pieds dans de vastes pantoufles ; elle frappa, entra et resta dans l'ouverture de la porte.

« Tu dois épousseter la commode tous les jours, j'ai dit ! ordonna impérieusement Elina. Qu'est-ce que c'est que cette cochonnerie-là ! Va dire à d'autres que tu as fait un grand nettoyage, tu comprends. Et les photographies, là-bas, il faut les essuyer chaque jour aussi, avec un chiffon. »

La mère dit : « Oui ! » et voulut repartir. Elle avait le visage tout ridé et les joues creuses. Elle écoutait sa fille docilement et la regardait avec attention pour ne rien oublier.

« Montre-moi que tu t'en souviens ! » dit Elina.

La mère répondit : « Pour sûr ! » et s'en alla. Elle ferma doucement la porte derrière elle pour ne pas faire de tapage. Sinon, elle avait un air grossier, elle aussi.

Elina s'était habillée. Elle se tourna vers moi et dit :

« Voilà, le mieux maintenant, c'est de payer le vin et de vous en aller.

— Merci ! » dirent les filles en vidant leurs verres.

Je fus un peu abasourdi.

« Le vin ? dis-je. Oui, attendez un peu ! Je croyais vous avoir donné de l'argent pour ce vin ; j'en ai peut-être encore. » Je mis de nouveau la main à la poche.

Les filles se mirent à rire.

« Ah bon ! c'est ça, sa richesse ! Tu disais avoir reçu tellement d'argent de lui, Elina, et voilà qu'il ne peut pas payer le vin ! Ha ! ha ! ha ! »

Alors Elina devint furieuse pour mon compte :

« Dehors ! cria-t-elle. Je ne veux plus vous voir ici. De l'argent ! Il en a à ne savoir qu'en faire ! Tenez ! vous allez voir ce qu'il m'a donné ! » Et elle jeta triomphalement billets et pièces de monnaie sur la table. « Il a payé et pour le vin et pour moi, regardez ! Vous n'avez jamais vu autant d'argent d'un coup. Je peux payer la propriétaire pour deux mois, vous comprenez ça ! J'ai dit ça seulement pour l'agacer un peu, pour plaisanter un peu avec lui. Et fichez-moi le camp ! »

Et il fallut que les filles sortent. Elina eut un rire grinçant et nerveux en refermant la porte.

« Je ne veux vraiment plus d'elles ici, dit-elle pour s'excuser. En fait, ce sont des garces assommantes, que je ne fréquente pas. Tu ne les trouves pas assommantes, toi aussi ?

— Non, je n'ai pas trouvé, répondis-je pour l'humilier davantage. Elles répondaient quand on les questionnait, elles racontaient ce que je voulais savoir d'elles. C'étaient des filles aimables.

— Alors, tu peux t'en aller, toi aussi ! me cria Elina. Suis-les donc si tu en as envie. Je ne te retiens pas. » Par sécurité, elle reprit l'argent qu'elle avait jeté sur la table.

« Je voudrais bien vous demander quelque chose, dis-je, si vous pouviez consentir à vous asseoir tranquillement et à m'écouter.

— Me demander quelque chose ! répondit-elle avec mépris. Je n'ai rien à faire avec toi. Il doit s'agir de Hanna, de nouveau ? Tout ce chichi sur Hanna, ça me casse les pieds. C'est pas ça qui me fait vivre.

— Mais il ne pourrait pas vous arriver de vouloir en finir avec cette vie-là ? » demandai-je.

Elle fit semblant de ne pas m'avoir entendu, elle se remit à tournailler dans la pièce en faisant de l'ordre, et en sifflotant pour se donner l'air crâne.

« En finir avec cette vie-là ? dit-elle en se tenant soudain devant moi. Pourquoi donc ? Où irais-je ? Avec qui me marierais-je, penses-tu ? Qui voudrait d'une pareille femme ? Et servir, je ne le veux pas.

— Mais vous pourriez essayer de vous installer à la campagne et de commencer une vie honorable.

— Foutaises, foutaises ! Assez ! Te voilà devenu missionnaire ? Pourquoi me faire passer à la campagne ? Tout va très bien pour moi, je ne me crève pas, dans aucun domaine. Écoute, on prend encore un peu de vin ? Seulement tous les deux. Pas avec les autres... Gina ! » cria-t-elle par la porte.

Elle commanda du vin, but et devint de moins en moins attrayante. Il n'y avait rien de correct à tirer d'elle, elle fredonnait sans arrêt des bribes de chansons de music-hall tout en réfléchissant. Puis elle recommença de boire et ses façons devinrent repoussantes. Elle voulut à diverses reprises s'asseoir sur mes genoux. Elle me tirait la langue en disant : Regarde donc ! Finalement, elle demanda tout à trac :

« Tu restes ici cette nuit ?

— Non, répondis-je.

— Alors, je sors », dit-elle.

Le narrateur se tut.

« Eh bien ? demandai-je.

— Que feriez-vous si vous vous trouviez devant un pareil choix ? Resteriez-vous ou partiriez-vous ? Voilà la question. Et savez-vous à quoi je me décidai ? »

Il me regarda.

« Je restai ! dit-il.

— Vous *êtes resté* ? demandai-je, bouche bée. La nuit ? Chez la fille ?

— Je suis un être ignoble, dit-il.

— Mais par le Ciel, à quoi pensiez-vous ! Vous étiez ivre !

— Ça aussi. En fin de compte. Mais avant tout, je ne suis pas moins répugnant et pitoyable que les autres. Voilà l'affaire. C'était une femme dont je connaissais l'histoire, une histoire émouvante et saisissante ; ce me fut une étrange volupté que de me dépraver. Comprenez-vous cela ? Donc, je restai. Et dans quel océan de dépravation n'avons-nous pas sombré ? »

Cet infâme cynique secoua la tête sur son propre compte.

« Et maintenant, je veux redescendre chez elle, poursuivit-il. Il est encore possible de faire quelque chose. Bon, vous pensez que je ne suis pas l'homme qu'il faut ? Pourtant, je ne suis peut-être pas aussi mauvais que vous le croyez. Vous pensez à l'histoire de cette nuit ? Rappelez-vous : si je n'étais pas resté, un autre serait venu, et, à un tel échange, elle aurait vraisemblablement perdu. Si tant est qu'elle dût choisir ses fréquentations, je crois qu'elle pouvait en confiance me choisir, moi ; je suis délicat et compréhensif, je n'oublie pas un instant non plus de m'opposer. Mais ce qui est remarquable, c'est que c'est précisément ce trait en moi qui l'échauffait. Elle l'a dit elle-même. Tu t'opposes si délicieusement ! a-t-elle dit. Que faut-il faire vis-à-vis d'une telle femme ? Et puis, penser qu'elle s'est trouvée si mal en point, dans son cœur, uniquement à cause de ces fleurs ! C'est là que ça a commencé. S'il avait été permis de cueillir des fleurs sur les tombes, ce serait maintenant une honnête femme. Et voyez, c'est là que nous l'avons pincée, et j'ai aidé à le faire, j'y ai aidé ! »

De nouveau, il secoua la tête et s'abîma dans son universelle affliction.

Finalement, il se réveilla, comme d'un assoupissement.

« J'ai sûrement abusé de vous. Je sens moi-même que je suis fatigué. Savez-vous l'heure qu'il est ? »

Je voulus prendre ma montre. Je ne l'avais pas, je l'avais laissée chez moi.

« Merci, ça n'a pas d'importance, dit-il en se levant. Il allongea ses jambes, tira sur son pantalon. Tenez, voilà la noble dame qui revient, le deuil est terminé, la petite fille ne porte plus de fleurs. Les fleurs reposent là-bas, des roses et des camélias. Dans quatre jours, elles seront fanées. Si une petite fille s'empare de ces fleurs pour s'acheter des chaussures, je ne crois pas que ce soit péché... »

L'homme me regarda une minute entière, se rapprocha de moi et éclata d'un rire silencieux, bouche bée.

« Vous voyez, c'est ce genre d'histoires qu'il faut raconter, dit-il. Elles ont une valeur marchande. Mille mercis, très honoré auditeur ! »

Il ôta son chapeau, s'inclina et s'en alla.

Je restai, déconcerté à l'extrême. Il m'avait d'un coup plongé dans un tourbillon de désarroi, il avait entortillé ma claire compréhension des choses. Ce cochon, il avait passé toute la nuit chez les filles ! La fille ? Une fameuse blague ! Il m'avait berné, son émouvant récit était pure invention du début à la fin. Mais qui était-il donc, ce fieffé gredin ? Si je le retrouve, ça fera du bruit ! Il a peut-être lu cette histoire quelque part, il l'a apprise par cœur ; elle n'était pas des plus mauvaises, ce type avait du talent. Ha ! ha ! ha ! par mon âme, il m'avait mené par le bout du nez, et comme il faut !

Je rentrai chez moi, dangereusement perplexe. Je cherchai ma montre. Elle n'était pas sur la table. Je me frappai le front : on avait volé ma montre ! Bien entendu, il avait volé ma montre quand il était assis à côté de moi. Ho ! ho ! Par l'enfer !

Il y avait deux solutions. Je pouvais porter plainte et récupérer ma montre dans quelques jours chez un prêteur sur gages. Puis, sans doute, le voleur serait pincé aussi, immédiatement après. Ou bien, je pouvais me taire. C'était l'autre solution.

Je me tus.

[illegible]

Le texte [illegible]

[illegible] Mais on [illegible]

[illegible] histoire [illegible]

[illegible]

ZACHAEUS

Titre original de la nouvelle
extraite du recueil *Kratskog* (1903)

ZACHAEUS

I

La paix la plus profonde règne sur la Prairie. Sur des miles, pas un arbre en vue, pas une maison, rien que le blé et l'herbe verte, à perte de vue. Loin, très loin, petits comme des mouches, on voit des chevaux et des gens au travail, ce sont les faucheurs assis sur le siège de leurs machines, qui alignent les andains d'herbe coupée. On n'entend que le cri des sauterelles, et quand, par hasard, l'air le porte, un autre son atteint l'oreille, le crépitement des faucheuses, là-bas, à l'horizon. De temps à autre, ce bruit semble étrangement proche.

L'endroit, c'est la ferme de Billybony. Elle est absolument seule dans l'Ouest immense, sans voisins, sans aucune liaison avec le monde, et il y a plusieurs jours de marche jusqu'à la plus proche bourgade de la Prairie. A distance, ses maisons ont l'air de rochers minuscules dans l'immense mer de blé. En hiver, la ferme n'est pas habitée ; mais à partir du printemps jusque fin octobre, quelque soixante-dix hommes travaillent au blé. Il y a trois hommes à la cuisine, le cuisinier et ses deux assistants, et il y a vingt ânes à l'étable, en plus des nombreux chevaux. Mais pas de femmes, pas une seule femme à la ferme de Billybony.

Au soleil, la température est de 102 degrés Fahrenheit, ciel et terre tremblent dans cette chaleur, pas un seul vrai souffle de vent pour rafraîchir l'air. Le soleil semble un marais en feu.

Du côté des maisons aussi, tout est tranquille mais, venant de la vaste remise au toit de bardeau qui sert de cuisine et de réfectoire, on entend les voix et les pas du cuisinier et de ses apprentis qui circulent en toute hâte. Ils font un feu d'herbes dans les énormes cuisinières et la fumée qui déferle des cheminées est mêlée d'étincelles et de flammes. Quand la nourriture sera prête, on la portera dehors dans des cuves de zinc et on la chargera sur des voitures. Puis les ânes seront attelés et les trois hommes emporteront les vivres dans la Prairie.

Le cuisinier est un énorme Irlandais, quarante ans, cheveux gris, l'allure militaire. Il est à demi nu, chemise ouverte, son thorax est comme une meule de moulin. Tout le monde l'appelle Polly parce que, pour ce qui est du visage, il ressemble à un perroquet.

Polly a été soldat dans un des forts du Sud, il est lettré, il sait lire. C'est pour cela qu'il a apporté à la ferme un livre de chansons et, de plus, un vieux numéro de journal. Ces trésors, il ne permet à personne d'y toucher. Il les a posés sur une étagère de la cuisine pour les avoir à portée de la main dans ses instants de loisirs. Et il s'en sert assidûment.

Seulement, Zachaeus, son minable compatriote qui est presque aveugle et porte des lunettes, s'est, une fois, emparé du journal pour le lire. Il eût été vain d'offrir à Zachaeus un livre ordinaire dont les petits caractères formeraient un brouillard pour lui, en revanche, c'était pur plaisir que d'avoir en main le journal du cuisinier, et de s'attarder sur les gros caractères des publicités. Mais le cuisinier s'aperçut aussitôt de la disparition de son trésor. Il alla trouver Zachaeus dans son lit et lui arracha le journal. Puis il y eut une violente et risible altercation entre ces deux hommes. Le cuisinier traita Zachaeus de bandit au cœur noir et de fils de chienne. Il lui fit claquer ses doigts sous le nez en demandant s'il avait jamais vu un soldat et s'il connaissait les aménagements d'un fort. Non, hein ! Alors, qu'il prenne garde à lui, garde à lui, Dieu sait ! Ta gueule ! Combien gagnait-il par mois ? Est-ce qu'il avait une propriété à Washington et sa vache avait-elle vêlé hier ?

Zachaeus ne répondit rien ; mais il accusa le cuisinier de faire de la nourriture crue et de servir du gâteau de pain avec des mouches dedans. Va-t'en au diable et emporte ton journal ! Lui — Zachaeus — était un homme honnête, il aurait remis le journal à sa place une fois qu'il l'aurait étudié. Reste pas là à cracher sur le plancher, espèce de chien crotté !

Et les yeux aveugles de Zachaeus faisaient comme deux billes d'acier dur dans son visage furieux.

A dater de ce jour, il y eut une haine éternelle entre les deux compatriotes...

Les voitures de vivres se répartissent par la Prairie, chacune nourrissant ses vingt-cinq hommes. Les gens arrivent de tous côtés en courant, s'emparent de la nourriture et se jettent sous les voitures et sous les ânes pour avoir un peu d'ombre pendant leur repas. Au bout de dix minutes, la nourriture est absorbée, le contremaître est déjà en selle, il redonne l'ordre de travailler et les voitures de provisions repartent pour la ferme.

Et tandis que les assistants du cuisinier lavent et nettoient tasses et bassines après le repas, Polly, pour sa part, s'assoit à l'ombre, à l'arrière de la maison, et lit pour la millième fois ses chants et ses couplets de soldats dans le cher livre qu'il a apporté de son fort dans le Sud. Et alors, de nouveau, Polly est soldat.

II

Le soir, alors que c'est déjà le crépuscule, sept chariots de foin rentrent lentement de la Prairie avec les ouvriers. La plupart se lavent les mains dans la cour avant d'entrer dîner, certains aussi se peignent. Il y a là toutes les nations et plusieurs races, il y a des jeunes et des vieux, des immigrés d'Europe et des vagabonds natifs d'Amérique, tous plus ou moins mauvais garçons et dévoyés.

Les plus nantis de la bande ont un revolver dans la poche arrière de leur pantalon. En général, on mange à toute vitesse sans rien dire de particulier. La plupart respectent le contremaître, qui mange avec eux et veille au bon ordre. Dès que le repas est terminé, les gens vont immédiatement se reposer...

Or il se trouva que Zachaeus devait laver sa chemise. Elle était si raide de sueur qu'elle lui rongeait le dos quand le soleil cuisait.

La soirée était calme, tout le monde était allé se coucher, on n'entendait plus qu'une seule conversation à mi-voix dans le grand dortoir plongé dans la nuit.

Zachaeus alla jusqu'à la cuisine, où il y avait

plusieurs récipients remplis d'eau. C'était l'eau du cuisinier, il la recueillait soigneusement, les jours de pluie, parce que l'eau de Billybony est trop dure, trop chargée de potasse pour que l'on puisse y laver son linge.

Zachaeus s'appropria un des récipients, enleva sa chemise et se mit à la frotter. La soirée était tranquille et glacée, il avait bien froid, mais il fallait nettoyer cette chemise et il sifflotait même un peu pour se donner du cœur à l'ouvrage.

Alors, le cuisinier ouvrit soudain la porte. Il tenait une lampe, un large rayon de lumière tomba sur Zachaeus.

« Ah ! ah ! » dit le cuisinier.

Il posa la lampe sur la marche de l'escalier, se dirigea tout droit sur Zachaeus et demanda :

« Qui est-ce qui t'a donné cette eau ?

— Je l'ai prise, répondit Zachaeus.

— C'est mon eau ! cria Polly. Et tu l'as prise, espèce d'esclave, menteur, voleur, fils de chienne. »

Zachaeus ne répondit rien de plus, il se contenta de reprendre son accusation sur les mouches dans le pudding.

Le bruit que faisaient les deux hommes attira les gens du dortoir, ils étaient là, par groupes, gelés, écoutant avec le plus grand intérêt cette altercation.

Polly leur cria :

« C'est pas formidable, ce qu'il a fait, ce petit porcelet ! Mon eau personnelle !

— Prends ton eau ! dit Zachaeus en renversant le récipient. Je n'en ai plus besoin. »

Le cuisinier lui mit le poing sous le nez et demanda :

« Tu le vois, celui-là ?

— Oui, répondit Zachaeus.

— Je vais t'en faire goûter.

— Ose voir ! »

Puis il y eut le bruit de quelques coups rapides, donnés et rendus simultanément. Les spectateurs poussaient hurlement sur hurlement. C'était leur façon d'exprimer leur approbation et leur satisfaction.

Zachaeus ne persévéra pas longtemps. L'Irlandais aveugle et courtaud était déchaîné comme un rat, mais il avait les bras trop courts pour pouvoir parvenir à quelque chose contre le cuisinier. Pour finir, il recula de côté en flageolant, de trois ou quatre pas, et tomba à la renverse.

Le cuisinier se tourna vers la foule :

« Fort bien, le voilà étendu. Qu'il y reste, c'est un soldat qui l'a abattu.

— Je crois qu'il est mort », dit une voix.

Le cuisinier haussa les épaules.

« Parfait ! » répondit-il orgueilleusement. Il se faisait l'impression d'être un grand triomphateur invincible en présence du peuple, il rejetait la tête en arrière pour souligner sa réputation, il devenait littéraire.

« Qu'il aille au diable, dit-il, qu'il reste là. Est-ce que c'est l'Américain Daniel Webster ? Il arrive, il veut m'apprendre à faire du pudding, moi qui ai fait la cuisine pour des généraux ! C'est-t-y un colonel dans la Prairie, je demande ? »

Il fallut bien que tout le monde admire le discours de Polly.

Alors, Zachaeus se releva et dit, hargneux et récalcitrant comme devant :

« Viens-y donc, espèce de couillon ! »

Les gens hurlèrent de ravissement ; pour le cuisinier, il sourit avec compassion et répondit :

« *Nonsense !* Autant me battre avec cette lampe ! »

Sur quoi il prit la lampe et rentra lentement et dignement.

Il refit noir dans la cour et l'on retourna au dortoir. Zachaeus ramassa sa chemise, la tordit soigneusement et la mit. Puis, à pas traînants, il suivit les autres vers sa couchette pour s'y reposer.

III

Le lendemain, Zachaeus était agenouillé dans l'herbe, dans la Prairie, à huiler sa machine. Le soleil était tout aussi implacable, et ses yeux étaient pleins de sueur derrière ses lunettes. Soudain, les chevaux avancèrent de quelques pas, qu'ils aient eu peur de quelque chose ou qu'un insecte les ait piqués. Zachaeus poussa un cri et fit un bond. Peu après il se mit à agiter la main, allant et venant à grands pas.

Un homme qui menait la râteleuse un peu plus loin arrêta son cheval et demanda :

« Qu'est-ce qui se passe ? »

Zachaeus répondit :

« Viens m'aider un instant. »

L'homme arrivé, Zachaeus lui montra une main ensanglantée et dit :

« J'ai un doigt tranché, ça vient d'arriver. Cherche le doigt, je ne vois pas. »

L'homme chercha le doigt et le trouva dans l'herbe : il y avait eu deux phalanges tranchées. Il commençait déjà à flétrir, on aurait dit un petit cadavre.

Zachaeus prit le doigt dans sa main, le regarda comme s'il le reconnaissait et remarqua :

« Oui, c'est bien lui. Attends un peu, tiens-le un instant. »

Zachaeus sortit sa chemise de son pantalon et en déchira deux bandes ; avec l'une des bandes, il pansa sa main, dans l'autre, il enroula le doigt coupé qu'il fourra dans sa poche. Puis il remercia son camarade de son aide et remonta sur sa machine.

Il tint le coup presque jusqu'au soir. Quand le contremaître apprit son accident, il le disputa et l'envoya aussitôt à la ferme.

La première chose que fit Zachaeus fut de cacher le doigt coupé. Il n'avait pas d'alcool, il versa de l'huile à machine dans une bouteille, y lâcha le doigt et reboucha bien. Il posa la bouteille sous sa paillasse, dans sa couchette.

Toute la semaine, il resta à la ferme. Il avait de violentes douleurs à la main et il dut rester couché complètement immobile nuit et jour, il avait des élancements dans la tête et de la fièvre aussi, il souffrait et se morfondait excessivement. Jamais il n'avait connu une pareille inertie, pas même quelques années plus tôt quand la mine avait explosé, lui blessant les yeux.

Pour rendre sa situation misérable encore pire, le cuisinier Polly venait en personne à son lit apporter à manger et exploitait l'occasion pour agacer le blessé. Les deux ennemis s'offrirent maintes bonnes prises de bec pendant cette période et il arriva plus d'une fois que Zachaeus dût se retourner vers le mur en serrant silencieusement les dents parce qu'il était trop impuissant pour se battre.

Ces journées douloureuses passaient et revenaient, passaient et revenaient avec une insupportable lenteur. Dès que cela lui fut possible, Zachaeus commença à s'asseoir un peu dans sa couchette ; pendant la grande chaleur du jour, il gardait la porte ouverte sur la Prairie et sur le ciel. Souvent, il restait bouche ouverte, à écouter le bruit des faucheuses, loin, bien loin, et il parlait alors à haute voix à ses chevaux comme s'il les avait devant soi.

Mais le méchant Polly, le retors Polly ne pouvait pas le laisser en paix non plus. Il venait et refermait la porte sous prétexte qu'il y avait un courant d'air, qu'il y avait un terrible courant d'air et qu'il ne fallait pas que Zachaeus s'exposât aux courants d'air. Alors, Zachaeus, hors de lui, s'extrayait de sa couchette et jetait une botte ou un tabouret sur le cuisinier, il aurait voulu de tout son cœur le rendre infirme à vie. Mais la chance n'était pas avec Zachaeus, il y voyait trop mal pour pouvoir viser et il ne touchait jamais son but.

Le septième jour, il avait déclaré qu'il voulait déjeuner dans la cuisine. Le cuisinier avait répondu qu'il ne voulait absolument pas de sa visite. On en resta là. Ce jour-là aussi, Zachaeus eut à manger dans sa couchette. Il demeurait là, complètement abandonné, à se tordre d'ennui. Or il savait que la cuisine était vide, le cuisinier et ses aides étaient partis porter le déjeuner dans la Prairie, il les avait entendus partir en chantant et en criant pour faire la nique au reclus.

Zachaeus sortit de sa couchette et se rendit en titubant à la cuisine. Il regarda autour de lui, le livre et le journal étaient à leur place, il s'empara de celui-ci et revint en trébuchant au dortoir. Puis il essuya ses lunettes et se mit à lire les attrayantes grosses lettres des réclames.

Une heure passa, deux heures passèrent... Les heures passaient tellement vite à présent. Zachaeus entendit enfin les voitures de ravitaillement qui revenaient, et la voix du cuisinier qui ordonnait à ses aides de faire la vaisselle comme d'habitude.

Zachaeus comprit que maintenant, on s'apercevrait de la disparition du journal, c'était le moment précis où le cuisinier se rendait à sa bibliothèque. Il réfléchit une seconde, puis il fourra le journal sous sa paillasse. Peu après, il ressortit en hâte le journal et se le glissa tout contre la peau. Il ne le rendrait pas, jamais de la vie !

Une minute s'écoula.

Alors, des pas lourds se dirigèrent vers le dortoir. Zachaeus était allongé, fixant le plafond.

Polly entra.

« Qu'est-ce qui se passe, c'est toi qui as mon journal ? demanda-t-il en s'arrêtant au milieu de la pièce.

— Non, répondit Zachaeus.

— C'est toi qui l'as ! » siffla le cuisinier en s'approchant.

Zachaeus se leva.

« Je n'ai pas ton journal. Va-t'en au diable ! » dit-il, furieux.

Alors, le cuisinier jeta le malade par terre et se mit à chercher dans la couchette. Il retourna la paillasse et inspecta la couverture du pauvre hère plusieurs fois sans trouver ce qu'il cherchait.

« C'est toi qui l'as, continuait-il de dire ; et quand il lui fallut s'en aller, il était déjà dans la cour de la ferme, qu'il se retournait et répétait :

— C'est toi qui l'as pris. Tu ne perds rien pour attendre, mon bon ami ! »

Alors, Zachaeus rit de l'autre, méchamment et de bon cœur, et dit :

« C'est ça, c'est moi qui l'ai pris. J'en avais besoin, espèce de porc crotté. »

Le visage de perroquet du cuisinier devint rouge sang, son regard de canaille prit une expression sinistre. Il regarda Zachaeus en répétant à mi-voix :

« Tu ne perds rien pour attendre ! »

IV

Le lendemain, il y eut un orage, de la pluie, de formidables trombes d'eau qui fouettaient les bâtiments comme des giboulées de grêle et remplirent dès le matin les récipients du cuisinier. Tous les ouvriers étaient à la ferme, certains rapiéçaient les sacs de blé pour l'automne, d'autres réparaient des outils et des instruments abîmés et repassaient les couteaux sur les meules.

Quand on appela pour déjeuner, Zachaeus se leva de sa couchette et voulut suivre les autres au réfectoire. Toutefois, il fut abordé devant la porte par Polly qui apportait sa nourriture. Zachaeus objecta que, désormais, il avait résolu de manger avec les autres, sa main allait mieux et il n'avait plus de fièvre. Le cuisinier répondit que s'il ne voulait pas de la nourriture qu'on lui apporterait, il n'aurait rien. Il lança le plat de fer-blanc sur la couchette de Zachaeus et demanda :

« Peut-être que c'est pas assez bon pour toi ? »

Zachaeus revint à sa couchette et n'insista pas. Le mieux était de prendre la nourriture qu'on lui donnait.

« Qu'est-ce que cette bouffe de cochon que t'as encore préparée aujourd'hui ? se contenta-t-il de grommeler en s'emparant du plat.

— Du poulet », répondit le cuisinier. Et il y avait une lueur bizarre dans ses yeux alors qu'il faisait demi-tour pour sortir.

« Du poulet ? marmonna Zachaeus en examinant

le plat de ses yeux aveugles. C'est plutôt de la saloperie, espèce de menteur ! Mais c'est de la viande avec de la sauce. »

Et de cette viande, il mangea.

Soudain, il eut en bouche un morceau qu'il ne comprit pas. Cela ne se laissait pas couper, c'était un os avec de la viande coriace autour ; après l'avoir grignoté d'un côté, il le sortit de sa bouche et le regarda. Il n'a qu'à garder son os, ce chien, marmonna-t-il en se dirigeant vers la porte pour examiner la chose de plus près. Il retourna le morceau plusieurs fois. Soudain, il revint en toute hâte à sa couchette et jeta un coup d'œil sur la bouteille qui contenait son doigt coupé... La bouteille était là mais le doigt avait disparu.

Zachaeus se rendit au réfectoire. Il s'arrêta, livide, visage crispé, après avoir passé la porte, et dit au cuisinier à portée d'oreille de tout le monde :

« Dis donc, Polly, est-ce que ce n'est pas mon doigt, ça ? »

Sur quoi il brandit un objet.

Le cuisinier ne répondit pas, il se mit à ricaner doucement à sa table.

Zachaeus brandit un autre objet et dit :

« Et ça, Polly, est-ce que ce n'est pas l'ongle que j'avais au doigt ? Je ne le reconnais pas ? »

Aux tables, chacun faisait attention maintenant aux extraordinaires questions de Zachaeus ; on le regardait avec étonnement.

« Qu'est-ce qui t'arrive ? demanda quelqu'un.

— J'ai trouvé mon doigt, mon doigt coupé dans la nourriture, expliqua Zachaeus. Il l'a fait cuire, il l'a mis dans le plat. Voici l'ongle aussi. »

Alors, il y eut soudain un éclat de rire à toutes les tables, les gens riaient à qui mieux mieux :

« Il a fait cuire ton propre doigt pour te le

donner ? Tu l'as mordu, je vois, tu l'as grignoté sur un côté.

— Je ne vois pas bien, répondit Zachaeus. Je ne savais pas... Je ne pensais pas... »

Puis brusquement, il se tut, fit demi-tour et repassa la porte.

Il fallut que le contremaître ramène le calme dans le réfectoire. Il se leva, héla le cuisinier et dit :

« Est-ce que tu as fait cuire le doigt avec le reste de la viande, Polly ?

— Non, répondit Polly. Dieu du ciel, non. Pour qui me prenez-vous ? Je l'ai fait cuire à part, dans une autre casserole... »

L'histoire du doigt cuit devint un sujet de joie inépuisable pour la bande durant l'après-midi. On en discutait, on en riait aux larmes. Le cuisinier connut un triomphe comme jamais encore dans sa vie. Zachaeus, lui, avait disparu.

Zachaeus était parti dans la Prairie. L'orage persistait, il n'y avait pas un abri nulle part ; mais Zachaeus marchait dans la Prairie, allant de plus en plus loin. Il portait sa main malade en écharpe, la protégeant de son mieux contre la pluie. Pour le reste, il était transpercé de la tête aux pieds.

Il poursuivit sa marche. Quand vint le crépuscule, il s'arrêta, regarda sa montre à la lueur d'un éclair puis revint par le même chemin. Il marchait à pas lourds, pondérés, à travers le blé, comme s'il avait soigneusement calculé son temps et sa vitesse. Vers huit heures, il était revenu à la ferme.

Il faisait tout à fait noir. Il entendit que les gens étaient au réfectoire et comme il jetait un coup d'œil par la fenêtre, il lui sembla voir le cuisinier, et qu'il était de bonne humeur.

Il s'éloigna du bâtiment, alla à l'étable où il se mit à l'abri et fixa l'obscurité du regard. Les sauterelles s'étaient tues, tout était silencieux, la pluie tombait toujours ; de temps à autre, un éclair sulfureux déchirait le ciel pour retomber dans la Prairie, au loin là-bas.

Enfin, il entendit les gens sortir de table et se rendre au dortoir en jurant et en courant à fond de train pour ne pas être mouillés. Zachaeus attendit encore, patiemment et posément, une bonne heure, puis il se rendit vers la cuisine.

Il y avait encore une lumière à l'intérieur. Il vit un homme près de la cuisinière et il entra tranquillement.

« Bonsoir », dit-il.

Le cuisinier le regarda avec étonnement, puis déclara :

« Tu ne peux rien avoir à manger ce soir. »

Zachaeus répondit :

« Bien. Mais donne-moi un peu de savon, Polly. Je n'ai pas pu nettoyer ma chemise hier soir, il faut que je la lave.

— Pas dans mon eau, dit le cuisinier.

— Si, justement. Je vais en prendre là, au coin.

— Je ne te le conseille pas.

— Je peux avoir du savon ? demanda Zachaeus.

— Je vais te donner du savon, répondit le cuisinier. Fous le camp ! »

Et Zachaeus sortit. Il prit l'un des récipients, l'emporta jusqu'au coin, juste sous la fenêtre de la cuisine, et se mit à faire un violent clapotis. Le cuisinier entendit et sortit.

Ce jour-là, il était important et supérieur comme jamais, il marcha droit sur Zachaeus, bras écartés, résolu et furieux.

« Qu'est-ce que tu fais ici ? » demanda-t-il.

Zachaeus répondit :

« Rien. Je lave ma chemise.

— Dans mon eau ?

— Bien entendu. »

Le cuisinier s'approcha, se pencha sur le récipient pour le reconnaître et fouilla dans l'eau à la recherche de la chemise.

Alors Zachaeus tira son revolver du bandage de sa main blessée, le posa tout contre l'oreille du cuisinier et tira.

Il y eut un bruit mat dans la nuit mouillée.

V

Quand, très avant dans la nuit, Zachaeus entra dans le dortoir pour se mettre au lit, quelques camarades se réveillèrent dans leurs couchettes. Ils demandèrent ce qu'il avait fabriqué si longtemps dehors.

Zachaeus répondit :

« Rien. Au fait, j'ai descendu Polly. »

Les camarades se redressèrent sur le coude pour mieux entendre.

« Tu l'as descendu ?

— Oui.

— Nom de Dieu ! Où l'as-tu touché ?

— A la tête. Je lui ai transpercé l'oreille, de bas en haut.

— C'est le diable ! Où l'as-tu enterré ?

— Dans la Prairie, à l'ouest. J'ai mis le journal entre ses mains.

— Vraiment ! »

Puis les camarades se recouchèrent pour dormir.

Un moment après, l'un d'eux demanda encore :

« Il est mort tout de suite ?

— Oui, répondit Zachaeus, presque tout de suite. La balle a traversé le cerveau.

— C'est la meilleure façon de tirer, approuva le camarade. Si ça traverse le cerveau, c'est la mort. »

Puis le calme se fit dans le dortoir. Tout le monde dormait...

Le lendemain, il fallut que le contremaître désigne un nouveau cuisinier, un des anciens aides qui, donc, devenait chef et se trouvait profondément heureux de ce meurtre.

Les choses allèrent leur train jusqu'à l'automne. On ne parla pas davantage du décès de Polly, le pauvre diable était mort et enterré dans la terre à blé, à un endroit où les épis étaient saccagés. Il n'y avait rien d'autre à y faire.

Quand vint le mois d'octobre, les ouvriers de Billybony descendirent à la ville la plus proche pour boire le pichet des adieux entre eux et se quitter. En cet instant, ils étaient tous meilleurs amis que jamais, ils s'étreignaient et se régalaient mutuellement de bon cœur.

« Où t'en vas-tu, Zachaeus ?

— Je m'en vais un peu plus loin vers l'ouest, répondit Zachaeus. Dans le Wyoming peut-être. Mais pour l'hiver, je retournerai dans les forêts d'abattage.

— Alors, on s'y retrouvera. Au revoir, à bientôt, Zachaeus. Bon voyage ! »

Et les camarades s'égaillèrent dans toutes les directions, dans le vaste pays yankee. Zachaeus alla dans le Wyoming.

Et la Prairie resta comme une mer sans fin sur laquelle le soleil d'octobre brille en longs rayons qui ont l'air de poinçons.

UNE MOUCHE TOUT A FAIT BANALE, DE TAILLE MOYENNE

Titre original de la nouvelle
extraite du recueil *Siesta* (1897)

EN GANSKE ALMINDELIG FLUE,
AV MIDDELSSTØRRELSE

Elle entra en volant par ma fenêtre ouverte, un jour, alors que j'étais en train d'écrire, et se mit à danser autour de ma tête : c'est ainsi que nous fîmes connaissance. Visiblement, elle se sentait attirée par ma lotion capillaire. Je fis de grands gestes réitérés pour la chasser, mais elle n'en eut cure. Ce fut alors que je pris mes ciseaux à papier.

Ces ciseaux à papier que j'ai sont grands et magnifiques, je m'en sers comme de cure-pipe et de pincettes, j'enfonce également, avec, des clous dans les murs ; dans ma main experte, c'est une arme redoutable. Je les balançai plusieurs fois en l'air et la mouche s'enfuit.

Mais peu après, elle revint et reprit la même danse. Je me levai et déplaçai ma table jusqu'à la porte. La mouche suivit. Je vais te jouer un tour, pensai-je. Et je m'en allai sans tambour ni trompette me laver les cheveux. Cela fit effet. La mouche, penaude, se posa sur l'abat-jour de ma lampe et ne bougea pas.

Tout se passa bien pendant un long moment, je poursuivis mon travail et progressai. Seulement, à la longue, il devint un peu monotone de découvrir cette mouche chaque fois que je levais les yeux. Je l'examinai. C'était une mouche tout à fait banale, de taille moyenne, bien bâtie, les ailes grises. Bouge un peu, dis-je. Elle ne bougea pas. Fiche le camp ! dis-je en la chassant de la main. Alors, elle s'envola, décrivit une courbe et revint se poser sur l'abat-jour.

C'est de là que commence, à proprement parler, notre connaissance. Sa constance m'inspirait du respect ; ce qu'elle voulait, elle le voulait ; son expression m'émouvait aussi, elle mettait la tête de travers et me regardait d'un air mélancolique. Nos sentiments devinrent réciproques, elle comprenait que je m'étais attaché à elle et s'organisa en conséquence. Elle prit des airs de plus en plus libres. Déjà cet après-midi-là, alors que je devais sortir, elle vola devant moi jusqu'à la porte et chercha à m'en empêcher.

Le lendemain, j'étais debout en temps voulu. Au moment précis où j'allais rentrer de mon petit déjeuner pour me mettre à travailler, je trouvai la mouche dans l'encadrement de la porte. Je lui fis un signe de tête. Elle circula plusieurs fois dans la pièce en bourdonnant et se posa sur ma chaise. Ce n'était pas moi qui l'avais menée à ce siège et j'avais besoin de ma chaise. Fiche le camp ! dis-je. Elle s'envola de quelques pouces pour se poser de nouveau sur la chaise. Alors, je dis : Maintenant, je m'assois. Je m'assis. La mouche s'envola et prit place sur mon papier. Fiche le camp ! dis-je. Pas de réponse. Je lui soufflai dessus, elle se tassa et ne voulut pas partir. Non, sans égards respectifs, cela n'ira pas, à la longue, dis-je. Elle m'écouta et réfléchit, mais résolut tout de même de rester. Alors de nouveau, je balançai mes ciseaux. La fenêtre était ouverte. J'avais compté sans cela. La mouche sortit.

Elle resta dehors deux ou trois heures. Tout ce temps-là, je ne cessai de regretter de l'avoir expulsée. Où était-elle maintenant ? qui sait ce qui pouvait lui arriver ! Finalement, je me rassis et me mis en devoir de reprendre mon travail ; mais j'étais empli de sombres pressentiments.

Alors, la mouche revint. Elle avait quelque chose de disgracieux sur l'une de ses pattes de derrière. Tu es allée dans la saleté, animal, dis-je ; honte à toi ! Mais j'étais content tout de même qu'elle fût revenue et je refermai solidement la fenêtre. Comment peux-tu entreprendre de telles tournées ! dis-je. Elle eut l'air, alors, de se réjouir et de me dire : « Bê ! » pour avoir fait cette tournée. Jamais encore, je n'avais vu une mouche se réjouir de la sorte, cela devenait contagieux, je dis : « Bê ! », moi aussi, en riant de bon cœur. « Ha ! ha ! a-t-on jamais vu pareil diable de mouche ! dis-je. Viens ici, je vais te chatouiller un peu le menton, coquine ! »

Le soir, elle voulut essayer sa vieille feinte et me barrer la sortie. Je pris mon courage à deux mains et usai d'autorité. C'est qu'elle était bel et bien amoureuse de moi ; mais pour me garder à la maison tous les soirs, il n'en était pas question. Et j'étais plus fort qu'elle. J'entendis qu'elle était furieuse à l'intérieur, et je lui criai : « Voilà, tu pourras voir toi-même comme il fait bon d'être seul. Au revoir. Tu peux rester là. »

Les jours suivants, cette saleté de petite mouche mit ma patience à rude épreuve. Si l'on venait me voir, elle devenait jalouse et mettait les gens à la porte à force de les tracasser. Quand, ensuite, je lui reprochais son comportement et voulais lui en rabattre un peu, elle partait du plancher, décrivait une courbe à se rompre le cou pour arriver juste en dessous du plafond où elle se fixait en me donnant le vertige. Tu vas tomber ! lui criais-je. Mais mes admonestations n'aboutissaient à rien. Bon, je t'en prie, reste donc là-haut, disais-je en lui tournant le dos. *Alors*, elle redescendait. Eh oui, cela ne ratait jamais, si je ne faisais plus attention à elle, elle venait me passer juste sous le nez et s'abattait avec un bruit sec sur mon manuscrit. Là, elle se mettait à déambuler comme si je n'avais pas de ciseaux à papier dans la maison. Continue de la prendre du bon côté, pensais-je. Et je disais, à l'amiable : « Ne marche pas là, tu vas te salir avec l'encre, je ne veux que ton bien. » Elle était sourde à mes paroles. « N'ai-je pas dit que tu ne dois pas marcher sur ce papier ! reprenais-je, c'est du papier grossier, du papier bulle, tu peux attraper des échardes dans les pattes. » Hé non ! elle ne faisait pas mine d'avoir peur. « A-t-on jamais entendu parler d'une pareille entêtée ! criais-je, dépité ; est-ce que ce papier n'est pas plein d'échardes ? » Mais non, l'écharde ne semblait pas la concerner le moins du monde. « Bon, va-t'en au diable », répondais-je, je prends une autre feuille. Et quand je prenais une autre feuille, elle s'en allait.

Des jours, des semaines passèrent. Nous nous habituions l'un à l'autre, travaillant ensemble sur des feuilles différentes, partageant joies et chagrins. Ses caprices étaient innombrables, mais je les supportais. Elle m'avait expressément fait connaître sa répulsion des courants d'air et, à cause d'elle, je tenais portes et fenêtres fermées. Il n'empêche que l'idée la prenait souvent de se jeter du plafond pour se précipiter sur la vitre afin de la faire éclater. « Si tu as quelque chose à faire dehors, passe par ici », disais-je. Et je lui ouvrais la porte. Mais non, elle ne faisait pas mine de vouloir sortir. « Tu veux sortir ou tu ne veux pas ? » demandais-je une, deux, trois fois. Pas de réponse. Et je refermais furieusement la porte.

J'allais bientôt regretter mon emportement.

Un jour, la mouche disparut. Elle avait repéré, le matin, le moment où la bonne était entrée, et s'était glissée par la porte. Je compris que c'était sa vengeance et je réfléchis longtemps à ce qu'il fallait faire. Alors, je sortis dans la cour en criant : « Je t'en prie, tu peux rester partie tant que tu voudras, tu ne me manques pas. » Cela ne servit à rien, je ne parvins pas à l'induire à reparaître, et cette mouche me manquait. J'ouvris tout ce qui pouvait être ouvert dans ma maison, je posai mon manuscrit à la fenêtre, exposé aux intempéries et au vent ; elle verrait que rien n'était trop bon pour marcher dessus. J'interrogeai ma propriétaire sur la mouche, je versai de la lotion capillaire en quantité sur mes cheveux pour l'attirer, je l'appelai ma meilleure amie, ma mouche de Cour, pour l'exalter... tout cela, en vain.

Enfin, dans la matinée du lendemain, elle revint. Elle n'arrivait pas seule, elle traînait avec elle un amant venu de la rue. Dans ma joie de la revoir, je lui pardonnai tout et supportai même un bon moment son bien-aimé. Mais trop, c'est trop, il y a certaines limites. Ils se mettaient d'abord à s'envoyer des regards, à se frotter les pattes, soudain, l'amant se jetait sur elle d'une manière qui me faisait rougir. « Qu'est-ce que c'est que vous faites là en plein sous les yeux des gens ! » disai-je pour leur faire honte. « Hé ! ce n'est pas la peine non plus de faire l'important en défiant les gens ! » Elle prit cela d'une façon insultante, elle rejeta la tête en arrière et me fit clairement comprendre que je devais être jaloux. « Moi, jaloux ! soufflai-je ; jaloux de ce type, là ! Non, ça ne va pas ? » Mais elle rejeta encore davantage la tête en arrière et reprit son manège. C'est alors que je me levai et prononçai les mots suivants : « Avec toi, je ne me querellerai pas, cela va contre mes sentiments chevaleresques ; mais envoie-moi ton minable amant, lui, je vais l'affronter. » Et je saisis mes ciseaux à papier.

Alors, ils se mirent à se moquer de moi. Ils étaient sur le coin de la table et riaient tant qu'ils en tremblaient, en ayant l'air de dire : « Ha ! ha ! ha ! tu n'as pas de ciseaux plus grands, de ciseaux un peu plus grands ! — Je vais vous faire voir que ce n'est pas une affaire d'arme, répondis-je ; je vais affronter ce type avec une pauvre règle à la main. » Et je brandis la règle. Ils n'en rirent que davantage et me signifièrent leur mépris de la manière la plus nette. « Qu'est-ce que c'est que vous recommencez là ! » dis-je, menaçant. Ils ne firent absolument pas attention à moi, l'instant ne leur paraissait pas fatidique, ils s'approchaient l'un de l'autre avec des façons impudiques, ils étaient sur le point de s'étreindre, de nouveau. « Ne faites pas ça ! » leur criai-je. Mais ils le firent. Alors, c'en fut trop pour ma longanimité, je levai ma règle et la laissai retomber comme un éclair. Quelque chose s'écrasa, quelque chose coula, mon coup bien ajusté les avait étendus tous deux, inanimés, à terre.

Ainsi se termina cette connaissance...

C'était seulement une petite mouche banale aux ailes grises. Il n'y avait rien de particulier à en dire. Mais maintes fois, elle me fit passer un moment agréable tant qu'elle vécut.

UN FANTÔME

Titre original de la nouvelle
extraite du recueil *Kratskog* (1903)

ET SPØKELSE

Je passai plusieurs années de mon enfance chez mon oncle, au presbytère, en Nordland. Ce fut une dure époque pour moi, beaucoup de travail, beaucoup de râclées et rarement sinon jamais une heure pour jouer ou m'amuser. Mon oncle me menait si sévèrement que, petit à petit, ma seule joie fut de m'esquiver et de rester seul ; si jamais j'avais une heure de liberté, je me rendais dans la forêt ou bien je montais au cimetière et errais parmi les croix et les pierres tombales, rêvant, pensant et parlant tout seul à haute voix.

Le presbytère était situé dans un endroit extrêmement beau, près du courant Glimma, un courant marin plein de gros écueils, dont on entendait le bruissement nuit et jour, nuit et jour. Pendant une partie de la journée, le Glimma allait vers le sud, pendant une autre partie, vers le nord, selon que la marée montait ou descendait. Mais son chant éternel bruissait constamment et ses flots s'enfuyaient avec la même hâte, été comme hiver, quelle que fût leur direction.

En haut d'une colline, il y avait l'église et le presbytère. C'était une vieille église de bois, le cimetière n'avait pas de plantations, il n'y avait jamais de fleurs sur les tombes ; mais tout contre le mur de pierre, les framboises prospéraient, des fruits de belle taille, juteux, qui aspiraient leur suc dans l'humus gras des morts. Je connaissais chaque tombe et chaque inscription et je découvrais que des croix que l'on avait dressées, neuves, se mettaient, au fil du temps, à s'incliner pour finir par s'effondrer une nuit de tempête.

Pourtant, s'il n'y avait pas de fleurs sur les tombes, il y avait, en été, de l'herbe à profusion dans tout le cimetière. Elle était haute et rebelle. Je restais souvent à écouter le bruit du vent dans cette herbe épouvantablement drue qui m'arrivait à la ceinture. Et puis, il arrivait que la girouette, au sommet du clocher de l'église, se mît à tourner et ce son de fer rouillé gémissait par tout le presbytère. C'était comme si ce bout de fer grinçait des dents à l'adresse d'un autre bout de fer.

Quand le fossoyeur travaillait, j'avais souvent une conversation avec lui. C'était un homme grave qui souriait rarement, mais il était très aimable avec moi et quand il était en train de rejeter de la terre d'une tombe, il lui arrivait de me prévenir pour que je m'éloigne, car il avait sur sa pelle un gros fémur ou un crâne de mort grimaçant.

Il m'arrivait de trouver sur les tombes des ossements et des touffes de cheveux de cadavres que je remettais en terre comme le fossoyeur me l'avait enseigné. J'y étais tellement habitué que je ne ressentais aucune horreur à tomber sur ces restes humains. Sous l'une des extrémités de l'église, il y avait un ossuaire qui contenait des masses d'ossements épars : j'y suis resté maintes fois à tailler quelque objet ou à former diverses figures sur le sol avec des os qui s'effritaient.

Mais un jour, je trouvai dans le cimetière une dent.

C'était une dent de devant, forte et d'un blanc

luisant. Sans plus réfléchir, je fourrai la dent dans ma poche. Je voulais l'utiliser, la limer pour en faire une figure ou une autre, et la joindre aux nombreuses choses extraordinaires que je taillais dans le bois. J'emportai la dent à la maison.

C'était l'automne, il faisait noir de bonne heure. J'avais auparavant pas mal d'autres tâches à accomplir et il s'écoula peut-être deux ou trois heures avant que je ne me rende dans la salle commune pour m'occuper de la dent. Entre-temps, la lune s'était levée. C'était la demi-lune.

Il n'y avait pas de lumière dans la salle commune et j'étais parfaitement seul. Jusqu'à nouvel ordre, je n'osai pas allumer la lampe avant que les valets de ferme arrivent ; mais je pouvais m'en tirer avec la lumière de la bouche d'air du poêle de fonte si j'y faisais un bon feu. Aussi allai-je dans le bûcher chercher du bois.

Le bûcher était obscur.

Alors que j'avançais à tâtons, à la recherche de bois, je sentis sur ma tête un coup léger, comme donné par un doigt.

Je me retournai vivement, mais ne vis personne.

J'agitai les bras autour de moi, je ne sentis rien.

Je demandai s'il y avait quelqu'un : pas de réponse.

J'étais tête nue, je portai la main à l'endroit qui avait été touché sur ma tête et sentis, contre ma main, quelque chose d'un froid glacial que je lâchai aussitôt. Voilà quelque chose de bien étrange ! pensai-je. De nouveau, je tâtai ma chevelure... La chose glacée avait disparu.

Je pensai :

« Qu'est-ce donc que cette chose froide qui est tombée du toit et m'a touché la tête ? »

Je pris une brassée de bois et rentrai dans la salle

commune, fis du feu dans le poêle et attendis qu'il y eût de la lumière dans la bouche d'air.

Puis je sortis la dent et ma lime.

Alors, on cogna à la fenêtre.

Je levai les yeux. A la fenêtre, dehors, le visage pressé contre la vitre, il y avait un homme. C'était un inconnu pour moi, je ne l'identifiais pas et pourtant, je connaissais tout le presbytère. Il avait toute sa barbe, rousse, un cache-nez rouge autour du cou et un suroît sur la tête. Une chose me frappa ensuite, à laquelle je ne réfléchis pas sur le moment : comment cette tête pouvait-elle se montrer à moi si distinctement dans l'obscurité, de plus en un endroit de la maison où ne brillait même pas la lune ? Je voyais ce visage avec une clarté épouvantable, il était livide, presque blanc, et ses yeux me fixaient directement.

Une minute passa.

Alors, l'homme se mit à rire.

Ce n'était pas un rire audible ou émouvant ; mais la bouche s'ouvrit, béante, les yeux continuèrent à regarder fixement : l'homme riait.

Je lâchai ce que j'avais dans les mains et fus glacé de la tête aux pieds. Dans la masse énorme du visage qui riait à l'extérieur de la vitre, je vis soudain un trou noir dans la denture... Il manquait une dent.

Plein d'angoisse, je regardais fixement, tout droit. Une minute s'écoula encore. Le visage se mit à prendre des couleurs, il devint vert, puis d'un rouge vif ; et le sourire demeurait. Je n'avais pas perdu conscience, je remarquais tout, autour de moi ; le feu donnait assez de clarté par la bouche d'air du poêle, il jetait une petite lueur sur l'autre mur où se trouvait un escalier. J'entendais aussi, dans une chambrette à l'intérieur, une pendule tictaquer au mur. Je voyais toutes choses si nettement que je notai même que le suroît que portait l'homme à l'extérieur de la fenêtre avait une coiffe élimée de couleur noire, avec une bordure teinte en vert.

Alors, l'homme laissa glisser sa tête au long de la vitre, assez lentement, de plus en plus bas, et, finalement, il se trouva en dessous de la fenêtre. Ce fut comme s'il s'enfonçait en terre. Je ne le vis plus.

Ma terreur était épouvantable. Je me mis d'ailleurs à trembler. Je cherchai la dent par terre, mais en même temps, je n'osais pas détacher mes regards de la fenêtre, pour le cas où le visage reviendrait.

Une fois la dent trouvée, j'aurais voulu la rapporter immédiatement au cimetière, mais je n'osai pas. J'étais toujours seul, je n'étais pas capable de bouger. J'entendis des pas dans la cour, il me sembla que c'était une des servantes qui arrivait en faisant claquer ses sabots ; mais je n'osai l'appeler et les pas poursuivirent leur chemin. Une éternité passa. Le feu se mit à se consumer dans le poêle, aucun salut n'apparaissait.

Alors, je serrai les dents et me levai. J'ouvris la porte et sortis à reculons de la salle commune, toujours fixant la fenêtre où l'homme s'était tenu. Arrivé dans la cour, je pris mes jambes à mon cou pour traverser jusqu'à l'étable où je voulais amener un des valets à m'accompagner au cimetière.

Mais les valets n'étaient pas à l'étable.

Maintenant que j'étais à l'air libre, j'avais repris courage, et je résolus de monter tout seul au cimetière ; par là, je voulais aussi éviter de me confier à quelqu'un et de tomber peut-être ensuite, à cause de cette histoire, dans les griffes de mon oncle.

Donc, je gravis seul la colline. La dent, je la serrais dans mon mouchoir.

Parvenu à l'entrée du cimetière, je m'arrêtai... Mon courage refusait de m'assister davantage. J'entendais le bruissement éternel du Glimma, sinon, tout était tranquille. Il n'y avait pas de porte à l'entrée du cimetière, seulement une arche à passer ; je laissai mon angoisse d'un côté de cette arche et passai prudemment la tête par l'ouverture pour voir si j'oserais poursuivre.

Alors, d'un coup, je tombai à genoux.

A quelque distance de l'entrée, parmi les tombes, mon homme au suroît était là, de nouveau. Il avait repris son visage blanc, qu'il tournait vers moi, mais en même temps, il pointait le doigt, plus loin, vers le haut du cimetière.

Je pris cela pour un ordre ; mais je n'osais pas y aller. Je restai là très longtemps, regardant l'homme, je l'implorais, il restait immobile et silencieux.

Alors il arriva une chose qui me rendit un peu de courage ; j'entendis un des valets de ferme s'affairer en sifflotant, en bas, près de l'étable. Ce signe de vie autour de moi fit que je me levai. L'homme commença de s'éloigner doucement, il ne marchait pas, il glissait au-delà des tombes, toujours pointant le doigt vers l'avant. Je passai l'entrée ; l'homme m'incitait à poursuivre. J'avançai de quelques pas, puis m'arrêtai ; je ne pouvais faire davantage. D'une main tremblante, je sortis la dent blanche de mon mouchoir et la jetai de toutes mes forces à l'intérieur du cimetière. En cet instant, la girouette de fer pivota sur le clocher et son cri déchirant me transperça les moelles. Je repassai l'entrée, descendis la colline et arrivai à la maison. Quand j'entrai dans la cuisine, on me dit que j'avais le visage blanc comme neige.

Bien des années ont passé maintenant, mais je me rappelle tout. Je me vois encore à genoux à l'entrée du cimetière et je vois l'homme à barbe rousse.

Je ne peux même pas indiquer approximativement son âge. Il pouvait avoir aussi bien vingt ans que quarante. Par la suite, comme ce ne devait pas être la dernière fois que je le voyais, j'en vins aussi à réfléchir à cette question ; mais je ne sais toujours pas ce que je dois dire de son âge...

Maint soir et mainte nuit, l'homme revint. Il se montrait, riait de sa grande masse où il manquait une dent, et disparaissait. La neige était venue, je ne pouvais plus monter au cimetière pour fourrer la dent en terre. Et l'homme continua de venir, mais à des intervalles de plus en plus longs, au cours de l'hiver. La frayeur à faire dresser les cheveux sur la tête qu'il m'inspirait diminuait ; mais il rendait mes jours extrêmement malheureux, excessivement malheureux. Au cours de ces jours-là, ce me fut souvent une bonne petite joie de penser que je pourrais mettre un terme à ma torture en me jetant dans le Glimma à marée haute.

Puis vint le printemps, et l'homme disparut complètement.

Complètement ? Non, pas complètement, seulement pour l'été. L'hiver suivant, il se présenta de nouveau. Une fois seulement : il se présenta, puis il resta parti un long moment. Trois ans après l'avoir rencontré pour la première fois, je quittai le Nordland et fus absent un an. Quand je revins, je fus confirmé et, me sembla-t-il, devins une grande personne. Je n'allais plus habiter chez mon oncle, au presbytère, mais à la maison, chez mon père et ma mère.

Un soir d'automne, alors que je venais de me coucher, une main glacée se posa sur mon front. J'ouvris les yeux et trouvai l'homme devant moi. Il était assis sur mon lit et me regardait. Je n'étais pas seul dans la chambre, j'étais avec deux de mes frères et sœurs : pourtant, je n'avertis personne. Et sentant la pression glacée sur mon front, je fis un geste de la main :

« Non, va-t'en !... » dis-je. Mon frère et ma sœur demandèrent alors, depuis leurs lits, à qui je parlais.

L'homme resta tranquille un moment, puis il se mit à balancer le haut de son corps d'avant en arrière. Ce faisant, il prenait de la hauteur ; pour finir, il planait presque en dessous du plafond et lorsqu'il sembla ne plus pouvoir grandir davantage, il se leva, s'éloigna à pas silencieux de mon lit, traversa la pièce, arriva au poêle où il disparut. D'un bout à l'autre, je le suivis des yeux...

Jamais il ne s'était trouvé aussi près de moi ; je l'avais vu face à face. Son regard était vide et éteint, il me regardait, mais c'était pour ainsi dire au-delà de moi, à travers moi, bien loin dans un autre monde. Je remarquai qu'il avait les yeux gris. Son visage ne remuait pas, il ne riait pas. Quand j'avais repoussé de mon front sa main en disant : « Non va-t'en ! » il avait lentement ramené sa main vers lui. De tout le temps qu'il resta assis sur mon lit, il ne cilla point...

Quelques mois plus tard, alors que c'était l'hiver et que j'étais de nouveau parti de la maison, je restai un certain temps chez un commerçant, un certain W. que j'aidais à la boutique et au bureau. C'est là que je devais rencontrer mon homme pour la dernière fois :

Un soir, je montai à ma chambre, allumai la lampe et me déshabillai. Je voulus, comme d'habitude, sortir mes chaussures pour que la bonne s'en occupe. Je les pris donc en main et ouvris la porte.

Il était dans le couloir, juste devant moi, l'homme à la barbe rousse.

Je savais qu'il y avait des gens dans la chambre voisine, aussi n'eus-je pas peur. Je marmonnai : « Te revoilà !... » Peu après, l'homme ouvrit de nouveau sa grande bouche et se mit à rire. Cela ne me fit plus une impression épouvantable ; mais cette fois, je fis davantage attention : la dent manquante était revenue en place.

Peut-être quelqu'un l'avait-il enfoncée en terre. Ou bien, pendant des années, était-elle parvenue à s'effriter, à se résoudre en poussière et à s'unir au reste de la dépouille dont elle avait été séparée... Dieu seul le sait !

L'homme referma la bouche alors que j'étais encore à la porte, fit demi-tour et descendit l'escalier dans les profondeurs duquel il disparut.

Depuis, je ne l'ai jamais vu. Et de nombreuses années du Seigneur ont passé...

Cet homme, ce messager à barbe rousse du pays de la mort, toute cette indescriptible terreur qu'il apporta dans la vie de mon enfance, cela a dû faire beaucoup de mal. J'ai eu plus d'une vision depuis, plus d'une confrontation étrange avec des choses inexplicables, mais rien ne m'a saisi aussi fortement.

Et pourtant, il ne m'a peut-être pas fait que du mal. Cela m'a souvent frappé. Il m'est arrivé de penser qu'il fut en grande partie à l'origine de ce que j'ai appris à serrer les dents et à m'endurcir. Depuis, dans ma vie, j'en ai eu besoin, de temps à autre.

PETITE VILLE

Titre original de la nouvelle
extraite du recueil *Kratskog* (1903)

SMÅBYLIV

S'il ne pleut pas immodérément, on entend, d'un bout à l'autre de la semaine, à toute heure, les coups qui claquent sur les boulons et sur les clous dans le chantier naval. Ce sont les seuls bruits officiels, on les entend partout, à l'intérieur de chaque maison.

C'est un petit lieu paisible, un endroit calme avec ses patrons de bateaux et leurs gens, ses boutiques de vins et spiritueux et son église. Les veilleurs de nuit n'ont pas grand-chose à y faire ; on entend si rarement parler de rixes et de désordre dans les rues que les étrangers en sont étonnés, et si jamais un matelot ou un chemineau a fait le fou, un soir, et chante un bout de chanson ou profère un juron, tout se passe comme si la tranquillité des lieux étouffait sa voix. Et les veilleurs de nuit déambulent calmement par la rue, sans regarder de côté ; ils n'en ont pas besoin.

La nuit, la ville dort. On ne veille pas, on ne bamboche pas. Le soir, les deux veilleurs se rejoignent en bas, sur le marché au maquereau. C'est là que se situe leur point de départ. Ils se saluent, se promènent un peu ensemble, s'assoient un peu, dorment un peu, fument un peu, de nouveau se promènent un peu... la nuit passe de la sorte. Ils connaissent tout le monde et tout le monde les connaît. Qu'un soir, un des notables de la ville descende la rue un peu plus tard que d'habitude pour se rendre chez lui, et les veilleurs comprennent à l'instant qu'il s'agit d'un baptême ou que l'homme vient seulement d'un dîner de célibataires. Nul ne saurait les tromper. Et qu'il arrive une fois que le cheval et le cabriolet de la ville les dépassent dans le silence et l'obscurité de la nuit, une dame en chapeau dans le cabriolet, un monsieur derrière, les veilleurs saisissent aussi ce qui se passe. Alors, ils s'approchent l'un de l'autre, chuchotent et opinent du bonnet comme des petites vieilles, ils se comprennent parfaitement. Sur le coup de six heures, ils remontent en ville, chacun par son chemin et annoncent dans chaque maison où les gens sont debout que la sage-femme est descendue, voici deux heures, et que la femme du patron de bateau Grabrielsen a eu un petit.

Il y a aussi deux tailleurs boiteux dans la ville, un mendiant, l'Armée du Salut, un quai pour les vapeurs, une douane et une Caisse d'épargne. Il y a tout cela. Au centre de la ville, il y a *L'Union*, l'Atheneum du lieu et un club où les pères de famille s'assemblent le soir pour lire le *Journal officiel* et *La Feuille du matin*. On ne lit pas exagérément ou inutilement dans cette ville, le libraire vend tout ce que l'on voudra, depuis les peignes et les plaques de chocolat jusqu'aux livres d'école et aux recueils de sermons. Voici un homme qui, dans sa jeunesse, a dû lire *Peder Paars* de bout en bout ; mais la vie a mal tourné pour lui, il est resté vieux garçon, c'est devenu un désœuvré, un peu bizarre de surcroît. Il s'appelle Tønnes Olai. Nul ne sait de quoi vit Tønnes Olai ; mais on ne le voit jamais dans les rues aux heures des repas, donc, il doit bien avoir quelque chose à manger dans la chaumine archaïque qu'il habite été comme hiver, seul et négligé. En dehors des heures des repas, on peut toujours le trouver dans les rues. C'est un petit homme aux cheveux et à la barbe roux, il est un peu insignifiant, le pauvre, bien que ces derniers temps, il se soit mis à engraisser un peu ; mais il se conduit avec calme et réflexion dans tout ce qu'il entreprend, il penche même très légèrement la tête en raison de ses nombreuses lectures et de ses méditations. Comme il connaît la ville entière, il se sent tenu de saluer chacun ; la plupart lui répondent, mais le consul se contente de porter l'index à son chapeau.

Sinon, ce Tønnes Olai jouit d'une certaine considération parmi les petites gens. Les pêcheurs, de même que les ouvriers de la jetée, s'honorent de le dire leur camarade et semblable. Ils croient que Tønnes Olai gagne son pain d'une façon mystérieuse uniquement en se servant de sa tête ; c'est un démon, pensent-ils, personne ne l'a vu travailler de jour, mais il vit, il engraisse, il s'y entend.

Pourtant, Tønnes Olai n'est sûrement pas un démon. La seule chose que, peut-être, il admettrait, c'est cette particularité qu'il a d'être debout nuit et jour et de rôder par la ville à tous les endroits en même temps...

Si l'on s'éveille un matin sans entendre le seul bruit officiel de la ville, venant du chantier naval bien qu'il ne pleuve pas, on sait alors que la semaine est terminée — c'est dimanche. Et alors, les gens de la ville, dans leurs beaux atours, vont à l'église.

La route de l'église est une bande de sable sinueuse qui remonte une colline. Bien des pas ont foulé ce chemin, de lourds talons de patrons de bateaux ont broyé ses cailloux pour en faire du sable. Et ce sable vole volontiers au moindre coup de vent. Mais la femme du patron de bateau Andersen, qui est une personne cossue, reste encore fidèle à ses habitudes de jeunesse, elle porte une robe à traîne, et l'on comprend bien quelle quantité de sable elle fait tourbillonner quand elle se rend à l'église. Il y en a beaucoup qui la maudissent pour cela.

Et voilà des jeunes filles en clair et des femmes en noir. Et voilà Jensen de chez le marchand Berg, et le pharmacien et Olsen de la douane. Et voilà le photographe Rosen, qui n'a qu'une jambe et qui n'a pas trouvé sa vraie place dans la vie. Les dominant tous, le consul, quand il vient. Il a encore des cheveux noirs et il ne daigne pas sortir sans une fleur à la boutonnière bien qu'il ait trois enfants adultes, ce chaud lapin !

Pour les patrons de bateaux, ils vont en groupe. Aussi bien ceux qui viennent juste de rentrer de voyage que ceux qui ont dit adieu à la mer pour toujours. Ils sont hâlés, ridés et imposants, ils marchent comme des chevaux qui tirent de lourdes charges, mais leur langage est joyeux et leurs mines, insoucieuses.

Puis arrive l'après-midi.

Un patron de bateau emmène un honnête collègue faire une promenade d'une heure jusqu'au quai de la douane. C'est là qu'ils finissent par se rassembler tous. Des groupes se forment, se dispersent pour se reformer, on va de l'un à l'autre, on bavarde, on discute de maquereau mariné, maquereau salé et maquereau dans la saumure. Si l'on peut en finir pour six heures, on tient cette discussion sur le maquereau pour réussie ; mais au cas où l'accord ne s'est pas fait pour cette heure-là, les tractations sont néanmoins impitoyablement interrompues. Un coup de sirène venant du fjord donne le signal. A partir de ce moment, plus personne n'a le mot maquereau sur les lèvres.

C'est le bateau postal qui se dirige en roulant lourdement vers la ville.

Alors, chacun se précipite vers le quai du vapeur, car six heures est le grand moment de la journée dans la petite ville. Il y a des gens qui clopinent sur leurs béquilles, des gens qui s'en vont en fauteuil roulant jusqu'au quai lorsque le bateau postal arrive. Quatre hommes se tiennent prêts à recevoir les bagages, une demi-douzaine de jeunes dames se sont rassemblées pour déposer une lettre dans la boîte du bateau. Un essaim de femmes de patrons s'est rendu sur les lieux pour surveiller de quelle sorte sont les voyageurs de commerce ou les compagnons artisans en tournée qui arrivent *maintenant* à la ville. L'Armée du Salut aussi est sur les lieux, avec ses couleurs rouges et ses pancartes. On se voit remettre un billet sur lequel on lit : « Grande réunion de prière et d'exultation à 7 h 30. T. Olsen, aspirant. A.S. Thorgersen, commandant. N.B. : Prépare-toi à rencontrer Dieu. »

Puis, à bord, on sonne pour la première fois, et, peu après, pour la deuxième fois. Une dame en retard, qui veut voir toute cette pompe, descend en courant vers le quai, les pans de sa robe dans les mains. Elle s'est donné chaud, elle souffle fort :

« Vous venez ? demande l'officier, à la proue.

— Non », halète-t-elle.

Elle veut seulement assister à cette solennité, elle comme les autres. Et Dieu soit loué, elle est arrivée juste à temps pour voir jeter à terre les deux caisses de bière de l'hôtel.

Puis on sonne pour la troisième fois, on retire la passerelle et la machine se met en route.

Alors, les gens refluent, ils quittent les lieux, spectacle terminé, et se dispersent en ville. Mais ceux qui sont intéressés suivent le sac postal, les jeunes dames qui attendent une lettre et les messieurs qui s'offrent *Les Nouvelles du Vestland*. En une heure, chacun a reçu ses nouvelles, une heure pleine de tension et d'inquiétude, d'espoir et de désirs. Puis eux aussi vont chez eux.

Après le dîner, les excellents édiles de la ville se rendent à *L'Union* pour parcourir les nouveaux journaux.

Ainsi passe le dimanche dans la petite ville. Et le lundi passe tout aussi tranquille et paisible. Mois après mois, c'est ainsi.

Et puis vint cette année épouvantable où la ville fut ébranlée sur ses fondations, il n'y eut pour ainsi dire que l'église et deux ou trois autres choses qui restèrent intactes.

Cela commença de façon aussi insignifiante et sensée que l'on peut imaginer : le photographe Rosen, l'homme à la jambe unique qui n'avait pas trouvé sa vraie place dans la vie, se pendit. Il déménageait d'un logement à l'autre dans la ville sans parvenir à trouver un lieu où rester car il était partout endetté ; alors, il mit en gage tous ses appareils et but l'argent qu'ils lui avaient rapporté. Puis il se pendit. Mais auparavant, il avait trouvé le temps de se fiancer. Sa promise, par-dessus le marché, était la fille d'un petit commerçant, elle portait chapeau et ombrelle, elle faisait partie des dames, bien qu'elle eût, il est vrai, dépassé les trente ans. On racontait aussi qu'elle avait aidé son photographe de fiancé dans plus d'une mauvaise passe, si bien que maintenant, il lui restait extrêmement peu de choses pour elle-même. Mais d'autres dames non mariées de son âge insinuaient que cela lui suffisait — qu'est-ce qu'elle aurait voulu, ici ! — et pour finir, elles affirmèrent même que c'était précisément pour éviter la noce que le photographe avait dû se pendre, le pauvre. Car, au fond, c'était un homme instruit et plein d'entrain, qui avait compris où l'on allait en venir.

Mais le photographe Rosen entraîna aussi Olsen de la douane avec lui. Certes, Olsen ne se pendit pas, mais il reçut un coup pour la vie. C'est ainsi lorsque les gens de condition et de rang médiocres veulent vivre sur un pied trop élevé. Olsen prit de l'argent dans la caisse de la douane, quelque trois cents couronnes. On le pinça. Oui, il y avait plusieurs personnes à l'avoir compris, cela devait mal finir. Car Olsen de la douane était de ceux pour qui il faut aller en chapeau de paille jaune et en costume clair dès qu'arrive le printemps, et en vérité, s'il y avait quelqu'un dans la ville qui devait avoir le bout de la pochette de soie dépassant de la poche de son veston, sans compter une canne à la main, c'était Olsen. Tout le monde ne connaissait-il pas sa mère, une simple veuve, là-bas dans sa chaumière, qui vivait de lessives et de ménages, allant aider les gens chics pour les fêtes ! Mais Olsen ne devait pas être moins bien élevé que les autres fonctionnaires, il chercha à avoir ses entrées chez le photographe Rosen et autres personnes du même genre qui avaient un crédit au jeu de quilles, et pour la bière, et pour les chaussures d'été jaunes. Il fallait bien que ça se termine par une chute. Olsen fut renvoyé de la douane.

Les ragots, les racontars crépitaient dans la ville et Jensen, de chez Berg, composa une petite chanson sur ces deux événements. Mais alors, le consul intervint. Le bruit courait que le consul aurait émis des propos réprobateurs sur la honteuse poésie de Jensen, bien que celui-ci ne fût pas à sa solde mais à celle du marchand Berg. Le consul avait ouvertement déclaré que le photographe Rosen et Olsen de la douane étaient les deux seuls rivaux de Jensen dans la ville — et par là, quand le consul avait parlé de la sorte, tout était dit. La conséquence fut également que Jensen de chez Berg ne crût vraiment pas en importance après sa chanson, non, vraiment pas.

Or il se trouva, au sujet de la jeune épouse de patron de bateau, Olava Wollertsen, qu'on ne la vit nulle part ces derniers temps. Non qu'elle eût besoin de se montrer ici ou là, il n'y avait pas urgence à cela ; mais il faut bien qu'un être humain ait des courses à faire chez le marchand, chez le boulanger, parmi ses amis, et qu'il n'interrompe pas toute fréquentation en ville. Or Olava Wollertsen se cantonnait chez elle. Qu'y faisait-elle donc, si assidûment ?

C'était une belle jeune femme. Voilà trois ans qu'elle était mariée, son mari n'avait pas été chez lui deux ans durant, il était en voyage, il menait un des bateaux du consul. Ils avaient un enfant. Le bien-être et la propreté régnaient dans la maisonnette, il y avait des roses à la fenêtre, personne n'aurait pensé qu'il s'y passât quelque chose. L'adolescente qui servait de bonne dans la maison ne pouvait pas comprendre non plus qu'Olava fût devenue dévote ou se rangeât dans l'Armée du Salut. Pourtant, elle s'abstenait de toute fréquentation.

Quelques semaines passèrent. Le temps était calme, la pêche au maquereau, très bonne ; mais loin au large, il faisait mauvais temps. Un matin, deux pilotes entrèrent dans la baie avec un trois-mâts qu'ils avaient trouvé loin au large du phare pendant la nuit. Il dérivait tout seul, abandonné de son équipage, près de couler. Quelle grosse et magnifique épave !

Quand le trois-mâts entra lentement dans la baie, ce fut un spectacle extraordinaire. La jeune Else était dehors avec quelques amies. Ce fut la première à voir ce spectacle.

« Regardez ! » dit-elle en montrant du doigt. » Elle vit tout de suite que c'était un voilier étranger qui n'appartenait pas à la ville. « C'en est un qu'ils ont trouvé cette nuit, dit-elle encore. Il va y avoir une prime de sauvetage ! »

Les amies durent convenir qu'elle avait raison. Diablesse d'Else ! Elle comprenait toujours tout, si jeune qu'elle fût encore.

« Allons prévenir les femmes des pilotes, dit la jeune Else dans son bon cœur. Parce qu'il y aura une prime de sauvetage ! »

Et elles s'en allèrent.

La jeune Else était toute fière, comme si c'était elle qui avait personnellement sauvé le bateau. Elle se pavanait devant ses amies, cherchant quelque chose qui pût les étonner davantage.

Elle dit :

« Vous savez que Jensen de chez Berg a une tache de peinture sur son nouveau pantalon ? »

Peuh ! il ne valait plus la peine de se réjouir aux dépens de Jensen maintenant, depuis que le consul s'était prononcé !

« C'est pas vrai ?

— Vous ne le savez pas ? Mais c'est bien fait pour ce poseur-là !

— Ha ! ha ! ha ! comme c'est drôle !

— Alors, vous ne savez peut-être pas non plus qu'Olava Wollertsen est... comme ça.

— Quoi, comme ça ?

— Comme ça ! » Et la jeune Else se fit un gros ventre.

Alors, ses amies joignirent les mains et dirent que non, Dieu me garde, ça ne peut pas être vrai !

Mais la jeune Else avait entendu dire que c'était sûr.

Voyons, Wollertsen est resté parti deux ans, c'est absolument impossible.

« Bon, vous pouvez me croire ou pas, mais rappelez-vous que c'est moi qui l'ai dit. »

Les jeunes filles ne comprenaient pas bien cette affaire ; si le père était parti pendant deux ans, il ne pouvait y avoir un enfant de lui. Et la jeune Else ne pouvait donner de meilleure explication non plus, bien qu'elle eût aimé faire la supérieure.

Des maisons des pilotes, les filles descendirent droit au quai où l'épave était rangée : on l'amarrait, on pompait l'eau pour la maintenir à flot.

Puis le consul monta à bord. La ville entière était sur le quai et le vit. Quelques personnes stupides lui barraient le chemin, si bien qu'il lui fallut demander très poliment le passage.

Il était distingué, les cheveux noirs, vêtu de clair, la fleur à la boutonnière. Mais sous le bras, il portait un gros registre. Et donc, il inspecta le bateau de haut en bas, faisant son rapport, inscrivant toutes les choses qu'il voyait et toutes les circonstances qu'avaient à rapporter les pilotes. On appela sur le bateau un des spectateurs du quai pour porter l'encrier du consul pendant qu'il circulait partout et écrivait...

Tout était si étrange cette année-là qu'il y avait un petit événement à noter presque chaque mois qui passait. Ainsi, un incendie chez le maître d'école Eliassen n'appartenait pas non plus aux choses quotidiennes. Le bon Eliassen, la providence l'avait sagement aidé, il n'y avait pas à le nier ; il n'y avait pas plus d'un an qu'il avait assuré pour une belle somme d'argent la maison et ses dépendances avec le mobilier, et voilà que ça brûlait. Le maître d'école Eliassen était également trésorier de *L'Union* et le contenu de la caisse brûla dans l'incendie. Ce fut le plus honteux, deux ou trois cents couronnes y passèrent comme rien. Quand *L'Union* tint son assemblée générale, on proposa de faire grâce au trésorier de cet argent ; mais Eliassen se leva et dit, touché, que lui, son épouse et leurs nombreux enfants iraient nus avant qu'il acceptât qu'on lui remît un seul øre. *L'Union* lui avait conféré l'honneur de le choisir, lui précisément, pour ce poste lourd de responsabilités et il connaissait son devoir.

Alors, l'enthousiasme saisit les membres de *L'Union* et ils se cotisèrent pour trouver deux cents couronnes afin d'acheter du mobilier pour le maître d'école Eliassen.

L'automne vient, le temps maussade, les nuits obscures. Les deux veilleurs de nuit se rencontrent en bas, au marché au maquereau, ils se saluent, bavardent un peu, remontent un peu la rue en bavardant. C'est la nuit, il fait bien noir. Le réverbère, près de l'hôtel, donne une minable lumière. Alors, l'un des veilleurs saisit son collègue par le bras et le retient. Le voilà qui regardent, ensemble.

Ce qu'il y a de remarquable, c'est que Tønnes Olai avance dans la rue à sa façon discrète et monte sans hésiter l'escalier du bureau du consul. Mais c'est la nuit ! Arrivé en haut, il s'arrête un instant et penche un peu la tête en raison de toutes les pensées qui la rendent pesante, et les deux veilleurs sont sur le point de le pincer pour lui poser une question étonnée quand ils voient que le consul en personne fait entrer Tønnes Olai. C'est bien la chose la plus raide qu'ils aient encore vue depuis ces quinze années qu'ils veillent sur la ville ! Ils ne bougent pas d'où ils sont.

Tønnes Olai passe silencieusement la porte et attend que le consul ait refermé à clef. Puis il est conduit dans l'arrière-bureau. Là aussi, la porte est solidement refermée.

« Ce n'est pas la peine d'allumer de la lumière, dit le consul. Le réverbère de l'hôtel donne un peu de clarté. Asseyez-vous donc. Asseyez-vous ici. »

Tønnes Olai s'assoit respectueusement au bord de la chaise.

« Si je voulais parler, dit le consul, c'est que vous savez tout, n'est-ce pas ? Vous êtes partout, la nuit. Vous m'avez vu une ou deux fois, plusieurs fois, en bref. Combien de fois m'avez-vous vu ?

— Sept fois, monsieur le Consul, répond Tønnes Olai.

— Je ne suis pas allé chez elle tant de fois, dit le consul. C'est arrivé une ou deux fois, je le reconnais. Une ou deux fois brèves. »

Tønnes Olai répond :

« Sept fois, monsieur le Consul. Excusez mon insistance. »

Le Consul allume un cigare et, il va sans dire, n'en offre pas à l'autre.

« Bon, qu'il en soit ce que l'on voudra, dit-il en soufflant de la fumée. Mais j'espère que nous serons d'accord sur le reste, mon bon Jahnsen. »

L'autre ne mord pas à l'hameçon et ne se monte pas la tête parce que le consul l'a appelé mon bon Jahnsen.

« Tønnes Olai, tout simplement, monsieur le Consul », répond-il.

Le consul approuve et souffle de la fumée.

« Bon... Tu lui as dit que tu m'as vu sortir de sa maison. C'est la première chose. La seconde, c'est que tu lui as dit que, pour cela, le consul doit te donner un petit quelque chose. Combien réclames-tu ? »

Sur ce, il offre un cigare à Tønnes Olai, que celui-ci refuse. Il l'en presse, mais Tønnes refuse.

« Ce que je réclame ? répond-il. Ça dépend. Je n'ai pas besoin de grand-chose dans ma misérable vie. Que monsieur le Consul y réfléchisse.

— La somme ?

— Pour ça, je m'en remets à monsieur le Consul.

— Hum ! Soit ! Si, réellement, fais-le. Je n'ai rien à faire de m'accommoder avec toi, Tønnes Olai. Mais il ne me plaît pas d'être l'objet de ragots, de médisances et de mensonges, j'ai une famille. Aussi, je veux te fermer la bouche, voilà ce que je veux. Je parle clair. »

Alors, Tønnes Olai demande respectueusement :

« Qui va être le père, monsieur le Consul ? »

Le consul répond :

« Le père ? C'est à elle de se débrouiller, non ?

— C'est pas si facile de se débrouiller avec une pareille affaire, pour une dame seule, dit Tønnes Olai. Il faut que monsieur le Consul y réfléchisse.

— Bon, que veux-tu dire, en fait ? »

Tønnes tripote son chapeau entre ses mains, et pense.

« Monsieur le Consul pourrait dire que c'est moi le père, dit-il. C'est-à-dire, si elle-même se contente d'un homme comme moi. »

Le consul le regarde fixement à travers l'obscurité et se sent soudain aidé par cette proposition.

« C'est bien ce que j'ai toujours dit, tu as une fameuse tête, Jahnsen. Bien des fois, j'ai souhaité avoir ta tête, Jahnsen. »

Mais l'autre reste de glace.

« Je ne m'appelle pas couramment Jahnsen, monsieur le Consul. C'est abusif. Mon nom de baptême est Tønnes Olai.

— Oui, oui, Tønnes Olai, c'est bien. Mais maintes fois, j'ai souhaité avoir ta tête. Ta proposition a grande valeur. Je veux dire qu'elle vaut quelque chose, et pas rien, en bel argent. Combien penses-tu, toi ? »

Tønnes Olai y réfléchit.

« Mille couronnes. »

Le consul retient son souffle, comme pour une piqûre.

« Dieu te garde ! Sais-tu que j'ai une famille ? Parle sérieusement, mon brave.

— Mille couronnes, monsieur le Consul. Excusez cette minable proposition.

— Pas question ! » dit le consul en se levant. Perdu dans ses pensées, il regarde par la fenêtre. Puis il se retourne vers Tønnes Olai et décide : « Non, nous ne ferons pas affaire ainsi. Excuse-moi de t'avoir importuné si tard. Je vais en trouver un autre.

— Oui, mais alors, qu'est-ce que le Consul fera de moi ? demande Tønnes Olai en se levant également.

— De toi ? Ce que je vais faire de toi, démon ? dit le consul, tremblant soudain de colère. Je vais te faire arrêter demain. Dehors ! »

Le consul ouvre la porte et Tønnes Olai sort en hâte.

« Laissez-moi expliquer, dit-il pour se défendre en agitant humblement la main. Je voulais être le meilleur que monsieur le consul pourrait trouver. »

Tønnes Olai a raison, le consul en est frappé. Mais il est furieux et dit :

« Je vais en trouver un autre, j'ai dit. Pas un mot de plus là-dessus. »

Mais Tønnes Olai a trop évidemment raison. Aussi, alors qu'il est parvenu à la porte de la rue, le consul le ramène d'une secousse et referme la porte. Ils retournent tous les deux au bureau.

« Tu avais quelque chose à dire. Dis-le maintenant.

— Qu'est-ce que c'est que mille couronnes pour un homme riche ? dit Tønnes Olai.

— Certes, pour être pauvre, je ne le suis peut-être pas. Mais ça ne te regarde pas. Évidemment, je ne suis pas complètement dépourvu de biens fonciers, ce n'est sans doute pas l'opinion générale, j'espère ?

— Si Dieu me garde !

— Donc, je ne le suis pas. Mais mille couronnes... non !

— Cela pourrait s'arranger en douceur.

— Comment ça ? Par petits acomptes ? Est-ce que c'est cela que tu as l'audace de penser ? »

Tønnes Olai coupe :

« Par petits acomptes... ? Consul... ! Que je sombre sous terre à l'endroit où je suis...

— Ah bon ! C'était ce que je croyais.

— Ça pourrait être réparti sur les deux. Sur elle et sur vous. Si monsieur le Consul ne peut pas à lui seul, elle peut contribuer pour quelque chose, se cotiser avec monsieur le Consul pour ainsi dire. Elle en a les moyens. »

Le consul se lève, de nouveau.

« Maintenant, tu vas sortir ! Dehors ! De plus, tu as parlé de cela avec elle ?

— J'y ai fait allusion. »

Le consul réfléchit à la chose et se rassoit.

« Ce n'est pas que je ne puisse pas, dit-il. Mais pouvoir est une chose, vouloir en est une autre. Ce serait dilapider l'argent de mes propres enfants...

Combien pensait-elle qu'il lui reviendrait de verser ?

— Elle ne l'a pas dit. Mais c'est une personne de cœur, à tous égards, monsieur le Consul doit y réfléchir. C'est pas elle qui chicanera.

— Moitié moitié ! dit résolument le consul. Est-ce que tu crois que je marchande ? Il ne lui incombera pas plus de la moitié. »

Ils se trouvèrent d'accord.

« Tu peux venir chercher cette somme ici, chez moi, demain. Quand le trésorier viendra. Je n'ai pas les clefs. »

Le consul reconduisit Tønnes Olai, rentra, alluma la lampe et s'assit pour réfléchir, en fumant et en calculant...

Les veilleurs de nuit étaient restés au même endroit. Ils avaient tout vu, et que Tønnes Olai avait été introduit et qu'il avait été reconduit. Mais ils n'avaient rien entendu. Et ils ne comprenaient absolument rien. Aussi voulaient-ils essayer de s'emparer de Tønnes Olai. Et là, ils échouèrent. Tønnes Olai les avait aperçus et il prit vers l'hôtel, le dépassa et disparut au-delà du réverbère.

Et de nouveau, les veilleurs se croisent aux heures de la nuit, ils prennent du bon temps, fumant, se promenant et bavardant.

« Je suis revenu au tabac fin pour la pipe, dit l'un.

— Moi aussi, dit l'autre en allumant sa bouffarde.

— Parce que ce tabac en paquet que j'avais coutume de fumer est devenu tellement cher avec les années.

— Il n'y a plus moyen de l'acheter, tellement il est devenu cher.

— Tous les produits de première nécessité montent. Il n'y aura bientôt plus moyen de vivre. C'est peut-être pas vrai, ce que je dis ?

— Ça fait rire de t'entendre, Thobiesen, comme

si ce que tu dis n'était pas vrai ! Pour ce qui est des produits de première nécessité, chacun doit faire des économies pour faire durer le skilling, comme dit le vieux proverbe. Ma plus jeune fille a été confirmée ce printemps, et crois-tu qu'il y a eu moyen de lui payer une petite robe ? C'est une affaire grave et pleine de responsabilités, mais il a fallu qu'elle emprunte une robe à sa sœur.

— Les gens nous envient ouvertement. Ils disent que les fonctionnaires officiels sont assurés de leurs revenus. Et moi, je te demande, Marcussen, à quoi ça sert d'être fonctionnaire et officiel quand les produits de première nécessité deviennent si chers qu'il n'y a pas moyen de vivre ? A peine j'ai reçu ce minable salaire que, hop ! il est déjà parti. C'est comme si les skillings devenaient invisibles.

— Et moi, je te demande, Thobiesen : est-ce que t'en vois un qui s'y connaît à ça ? Eh bien ! c'est moi. Que les skillings se font invisibles entre mes mains. Il n'y a pas moyen de vivre.

— Et encore, le maquereau ne s'est pas fait tellement rare cette année. Seulement, tout le monde se plaint. J'entends dire que la banque réclamerait de l'argent à certains.

— C'est pas vrai ! A qui donc ?

— On parle de plusieurs, Marcussen. Pour faire bref, il ne s'agirait de personne d'autre que du consul, on dit.

— Bah ! le consul, il ne faut pas en tenir compte. Il en a tellement, de tous les côtés. Pour lui, les choses sont ainsi faites que, si ça va mal avec une entreprise, il couvre ça et plus encore avec une autre entreprise. Et puis en plus de ça, tous ses bateaux. »

Les deux veilleurs remontent la rue en flânant. Soudain, ils entendent le cabriolet.

« La voilà sortie, de nouveau. »

Ils s'arrêtent, ils voient passer la sage-femme.

« Voyons vers où elle se dirige, dit Marcussen.

— C'est ça, je vais te le dire, répond Thobiesen. Est-ce qu'elle n'a pas pris sur la gauche, au réverbère de l'hôtel ? Elle s'en va jusqu'au Myren, chez Olava Wollertsen.

— Cette cochonne ! Elle s'est conduite bestialement, cet animal-là ! Mariée et tout. Qu'est-ce que tu crois que Wollertsen dira ?

— Ne parle pas de ça !

— Et puis, elle a l'orgueil d'envoyer la sage-femme !

— J'en dis pas davantage. Et Wollertsen qui est resté parti pendant deux ans... »

La sage-femme allait bien chez Olava Wollertsen. Le lendemain matin, la ville entière le savait. Il n'était plus possible de le cacher davantage. Et cette sournoise Olava qui avait été assez habile pour se tenir à l'écart, dans son état !

Mais le père... qui était le père ?

Eh bien ! Tønnes Olai ne faisait aucun secret que le père, c'était lui... excusez le détail ! Et il n'y eut personne dans la ville pour ne pas rester longtemps à s'en étonner. Personne ne comprenait cela. Encore si ç'avait été un égarement, une flambée du cœur ; car jeune Olava l'était, et belle aussi. Mais avec Tønnes Olai ! Il fallait comprendre ça comme un pur débordement de la chair !

Tønnes Olai lui-même disait qu'il ne comprenait pas comment il avait pu s'immiscer là. Mais il excusait Olava. Des dames comme ça, c'est si étrange, des fois, disait-il, il leur arrivait de se contenter de quelqu'un d'une condition bien plus minable et beaucoup moins considérable. C'est ce qui s'était passé. Il fallait le comprendre.

Toutefois, Tønnes Olai continua, après cela, à circuler par la ville, aussi silencieux et modeste qu'avant. Parmi ses semblables, il n'était pas moins estimé. Ce Tønnes Olai du diable, pensaient-ils, il s'est manifesté d'une nouvelle façon. Il est en mesure de se mettre à commercer un jour, et d'être marchand, et de s'appeler Jahnsen. Parce qu'il a de la tête pour tout, il a l'air d'un petit marchand, déjà, tellement il se met à engraisser.

Très avant dans l'hiver, la bombe éclata. Ouh ! les autres événements n'étaient rien auprès de cette formidable catastrophe. Le consul avait fait faillite.

Il y eut une réunion à la banque. On s'étonnait, maintenant comme avant, que le consul se fût mis à employer des noms si obscurs sur ses papiers ; finalement, le marchand Berg prit l'initiative de refuser le renouvellement d'un de ces papiers. Il voulut faire remplacer une des personnes qui les endossaient par une autre plus valable. C'était cependant trop grossier pour un homme comme le consul. Quand *lui* avait trouvé ce nom valable, il était valable. Bref, le marchand Berg ne parvint à rien avec sa motion.

Mais au cours de cette petite contrariété lors de la réunion à la banque, le consul avait été comme brisé. Il se redressa pourtant, se retrouva glacé et indifférent. Car il avait encore un espoir, le dernier, il attendait un télégramme du patron Wollertsen qui transportait une cargaison de fruits, un petit télégramme béni sur une certaine affaire avec une compagnie d'armement à New York.

« M. le marchand Berg désirait un nom meilleur, dit le consul. Selon mon modeste entendement, n'importe quel nom constitue une pure formalité.

Lors de la prochaine réunion, j'aurai l'honneur d'acquitter tout ce papier... »

Vous voyez, c'était néanmoins une réprimande valable...

Mais la prochaine réunion arriva et le consul n'acquitta pas le papier. Ah ! il n'acquittait plus aucun papier. Le télégramme de Wollertsen était peu réjouissant ; au contraire, il avait de quoi vous déranger les esprits : Wollertsen avait abandonné son bateau, il avait été alarmé par des lettres secrètes venues de chez lui, il était en route vers la ville.

Alors, il n'y avait plus d'issue pour le consul...

Il se leva de son siège, chassa d'une chiquenaude la poussière des pans de son habit ; il avait, malheureusement, une communication à faire à l'honorable direction de la banque : grosse perte, malchance avec ses bateaux, conjoncture à la baisse faisaient qu'il ne pouvait plus maintenir sa situation. Ses créanciers avaient été avertis. Il abandonnait son activité à la banque...

La réunion fut immédiatement levée.

La nouvelle se répandit en ville, les foyers furent secoués, des femmes pleurèrent, une bombe avait éclaté dans la petite société. Le consul avait fait faillite... alors, qui restait sur ses jambes ? C'était le plus élégant monsieur de la ville, son soutien ; en bien des choses, il avait été entêté et magnanime, seul, Dieu aurait pu s'opposer à lui. Et voilà que, pour finir, Dieu s'était opposé à lui, qu'il lui avait infligé une écrasante défaite. Et il apparut bientôt que beaucoup, beaucoup d'autres durent l'accompagner dans sa chute.

Ce fut une ruine grandiose. Même le bruit officiel de la ville fut réduit au mutisme : les coups de marteau dans le chantier naval. Certes, le marchand

Berg put aussitôt monter un petit chantier naval par actions ; mais la danse des marteaux n'y était pas aussi affairée, non, ce n'était plus le même son.

Tout était paralysé. C'étaient le consul, sa maison, ses affaires qui avaient été la vie, la fleur et l'ornement du lieu, et maintenant, c'était pitié que de voir ce même consul s'arrêter dans la rue, tirer sa bourse de failli et donner aux mendiants de la ville une pièce de vingt-cinq øre, comme avant. Il y avait en cela une grossière comédie et une moquerie de lui-même.

Et si tout cela s'effondrait de la sorte, la jeune Else pouvait bien s'effondrer aussi... Était-elle trop bonne pour ne pas tomber autant que les autres ? Étant donné l'insécurité des circonstances, elle pouvait aussi bien épouser Jensen de chez Berg, bien qu'il fût d'un rang considérablement inférieur au sien. C'était bien affligeant de voir comme ce fut contrainte et forcée qu'elle dut monter, à pas fiers, à l'autel...

Bref, il n'y eut presque rien d'autre que l'église à rester inébranlée dans la ville. La femme du patron de bateau Andersen continuait à balayer le sol de sa robe à traîne vieillotte, elle était encore à son aise, elle en avait les moyens. Pour Tønnes Olai, lui aussi engraissait de plus en plus, par paresse ; mais en toutes choses, il se comportait de la même humble façon sans tenir aucun commerce.

Ce fut le marchand Berg qui se poussa au premier rang. Il devint et directeur de la banque et président. Mais le marchand Berg ne devint jamais consul. Il provenait de gens simples et n'avait pas de culture. C'était une torture de le voir et de l'entendre se produire dans la ville, tant il était médiocre. Ainsi, il se donnait pour directeur, et il n'était pas capable de faire couramment un bon discours, quand bien même il y fût allé de sa vie. Il s'était évertué pour monter, il trimait comme un cheval, à faire des courbettes, à saluer et à s'exprimer ; mais ses propos et ses manières pouvaient être aussi chics que l'on voudra, ce n'étaient pas les propos et les manières du consul. Que disait le consul quand on venait le voir ? « Je me réjouis de vous voir ! », disait le consul, en homme distingué. Mais quand le marchand Berg rencontrait quelqu'un, il s'inclinait comme un cheval, parlait de façon exagérément chic et disait : « Bonjour, je me réjouis de votre présence ! » Et quand sa femme faisait la lessive, il disait qu'on nettoyait les habits chez lui !

Sa femme ne convenait pas non plus à son nouveau rang. Elle ne manquait pas d'effronterie : ainsi, elle se mit à recevoir des lettres avec « Madame Berg » dessus. Qu'est-ce que c'était que cette madame-là dans la ville ? Le maître des postes fit, pendant un certain temps, comme s'il n'était pas au courant. Seulement, au fur et à mesure que le temps passait, les gens s'accoutumaient à tout. Le marchand Berg était incontestablement un homme riche ; les années passant, il eut même de plus en plus les moyens et de plus en plus d'entreprises. Finalement, il devint consul aussi, et sa femme devint sans conteste une dame. La ville vit refleurir la génération montante sous ce sceptre nouveau.

Quant au consul — le vieux consul — il devint agent pour le maquereau et pour les assurances-vie. Et ce, dans sa propre ville où il avait été autrefois le premier ! Et comme il s'humiliait et rentrait en lui-même, Dieu lui conféra de nouveau sa grande grâce et permit à sa fille Cordelia de faire un riche mariage. Et Cordelia devint l'indispensable joyau de son mari.

LA VOIX DE LA VIE

Titre original de la nouvelle
extraite du recueil *Kratskog* (1903)

LIVETS RØST

L'écrivain H. raconte : En bas, dans le port intérieur de Copenhague, il y a une rue qui s'appelle Vestervold, un boulevard neuf et isolé. On y voit peu de maisons, peu de réverbères et presque pas de gens. Même en ce moment, en été, ce n'est pas souvent que quelqu'un s'y promène.

Bien ! Hier soir, il m'est arrivé quelque chose dans cette rue.

J'avais emprunté deux ou trois fois le trottoir quand une dame vint à ma rencontre. On n'apercevait personne d'autre. Les réverbères étaient allumés, mais il faisait tout de même passablement noir et je ne pus voir le visage de la dame. Ce doit être une de ces ordinaires enfants de la nuit, pensai-je en la croisant.

Au terme du boulevard, je fis demi-tour et revins. La dame aussi avait fait demi-tour ; de nouveau je la croisai. Je pensai : elle attend quelqu'un, voyons qui c'est. Et une fois encore, je passai outre.

Quand je la croisai pour la troisième fois, je portai la main à mon chapeau et la saluai.

Bonsoir ! Était-elle en train d'attendre quelqu'un ?

Elle sursauta. Non... Si ! elle attendait quelqu'un.

Avait-elle quelque chose contre le fait que je lui tienne compagnie jusqu'à ce que celui qu'elle attendait arrive ?

Non, elle n'avait rien contre, elle me remercia. Du reste, dit-elle, elle n'attendait personne, elle se promenait seulement, c'était tellement tranquille, ici.

Nous déambulâmes côte à côte. Nous nous mîmes à parler de choses indifférentes et je lui offris mon bras.

« Non, merci ! » dit-elle en secouant la tête.

Ce n'était pas fort amusant de marcher là, je ne pouvais la voir dans l'obscurité. J'éclairai ma montre avec une allumette, puis haussai l'allumette et l'éclairai aussi, elle :

« Neuf heures et demie », dis-je.

Elle grelotta comme si elle avait froid. Je saisis l'occasion pour demander :

« Vous avez froid, vous ne voulez pas aller quelque part pour prendre quelque chose ? Au Tivoli ? Au National ?

— Vous voyez bien que je ne peux aller nulle part maintenant », répondit-elle.

Ce fut alors seulement que je remarquai son long voile de deuil.

Je la priai de m'excuser, accusant l'obscurité. Et la façon dont elle accueillit mes excuses me convainquit d'un coup qu'elle n'était pas du nombre des promeneuses habituelles du soir.

« Prenez mon bras, dis-je de nouveau. Cela réchauffe. »

Elle prit mon bras.

Nous fîmes l'aller et retour plusieurs fois. Elle me redemanda l'heure.

« Il est dix heures, dis-je. Où allez-vous ?

— A Gamle Kongevei. »

Je l'arrêtai.

« Puis-je vous accompagner jusqu'à la porte ? demandai-je.

— Non, vraiment, répondit-elle. Non, vous ne pouvez pas... Vous habitez Bredgade ?

— Comment le savez-vous ? demandai-je, surpris.

— Je sais qui vous êtes », répondit-elle.

Pause. Nous entrâmes, bras dessus, bras dessous, dans les rues éclairées. Elle marchait vite. Son long voile flottait. Elle dit :

« Marchons vite. »

Arrivés à sa porte à Gamle Kongevei, elle se retourna vers moi, comme pour me remercier de l'avoir accompagnée. Je lui ouvris le portail ; elle entra lentement. Je remis correctement la barre au portail et entrai derrière elle. Là, elle me saisit la main. Aucun de nous ne dit un mot.

Nous montâmes quelques marches et nous arrêtâmes au premier étage. Elle ouvrit elle-même la porte d'entrée, puis une porte encore, me prit de nouveau la main et m'introduisit. Ce devait être un salon ; j'entendis le bruit d'une pendule placée contre un mur. La dame s'arrêta un instant, une fois la porte passée, me prit soudain dans ses bras et m'embrassa, tremblante et brûlante, sur la bouche. En pleine bouche.

« Asseyez-vous maintenant, dit-elle. Voilà un sofa. Pendant ce temps, je vais donner de la lumière. »

Et elle donna de la lumière.

Je regardai autour de moi, étourdi et curieux. C'était dans un grand salon. très joliment décoré, que je me trouvais ; il y avait aussi des portes ouvertes sur plusieurs pièces adjacentes. Je ne parvenais pas à comprendre quelle personne j'avais rencontrée, et je dis :

« Comme c'est beau ici, vous y habitez ?

— Oui, c'est mon foyer, répondit-elle.

— C'est votre foyer ? Vous êtes la fille de la maison ? »

Elle rit et répondit :

« Non, non. Je suis une vieille femme. Vous allez voir. »

Et elle enleva son manteau et son voile.

« Voilà ! Vous voyez ! » dit-elle en me prenant dans ses bras une fois encore, précipitamment, poussée par une véhémence incontrôlable.

Elle pouvait avoir vingt-deux, vingt-trois ans. Elle portait une alliance à la main droite, aussi pouvait-elle bien être réellement mariée. Jolie ? Non. Elle était couverte de taches de rousseur et n'avait presque pas de sourcils. Mais elle débordait d'une vie effervescente et sa bouche était remarquablement belle.

Je voulus lui demander comment elle s'appelait et où était son mari pour le cas où elle en aurait eu un. Je voulais savoir dans la maison de qui je me trouvais ; mais elle se jeta tout contre moi quand j'ouvris la bouche et m'interdit d'être curieux.

« Je m'appelle Ellen, dit-elle. Prenez-vous quelque chose ? Cela ne dérange pas, je peux sonner. En attendant, vous n'avez qu'à vous mettre là, dans la chambre à coucher. »

J'entrai dans la chambre à coucher. La lampe du salon y jetait un peu de lumière. Je vis deux lits. Ellen sonna et réclama du vin, j'entendis une bonne apporter le vin et repartir. Peu après, Ellen vint me chercher dans la chambre à coucher, elle resta dans l'entrée. Je fis un pas vers elle, elle émit un petit gémissement et, à l'instant même, vint vers moi...

C'était hier soir...

Ce qui arriva encore ? Patience, il se passa davantage !

Il commençait à faire jour ce matin, quand je me réveillai. La lumière du jour se frayait un passage de part et d'autre du store. Elle aussi était réveillée ;

elle soupira, fatiguée, et me sourit. Ses bras étaient blancs et veloutés, sa poitrine, extrêmement haute. Je lui adressai un murmure et elle me ferma la bouche de la sienne, muette de tendresse. Le jour était de plus en plus clair.

Deux heures après, j'étais sur pied. Ellen aussi, s'occupant de ses affaires. Elle avait mis ses chaussures. Alors, je vécus une chose qui, encore en cet instant, me transperce comme un rêve atroce. J'étais devant le lavabo. Ellen eut quelque chose à faire dans la pièce voisine et, au moment où elle ouvrit la porte, je me retournai et jetai un coup d'œil. Un courant d'air froid m'arriva des fenêtres ouvertes et, au milieu de la pièce, sur une longue table, je vis un cadavre allongé. Un cadavre déposé dans le cercueil, vêtu de blanc, avec une barbe grise. Le cadavre d'un homme. Ses genoux maigres saillaient comme deux poings furieux noués sous le drap et son visage était tout jaune, horrible. Je vis tout cela à la pleine lumière du jour. Je me détournai sans dire un mot.

Quand Ellen revint, j'étais habillé et prêt à partir. Je ne pouvais guère répondre à ses embrassements. Elle se couvrit davantage, elle voulait m'accompagner jusqu'en bas, au portail, et je la laissai venir, en continuant de ne rien dire. Au portail, elle se pressa contre la muraille pour ne pas être vue et murmura :

« Au revoir, à bientôt.

— A demain ? dis-je, pour voir.

— Non, pas demain.

— Pourquoi pas demain ?

— Tais-toi, chéri, demain, je vais à un enterrement, un parent à moi qui est mort. Voilà, ainsi, tu le sais.

— Mais après-demain ?

— Oui, après-demain, ici, au portail, je t'accueillerai. Au revoir. »

Je m'en allai...

Qui était-elle ? Et le cadavre ? Comme il nouait les poings et comme les coins de sa bouche pendaient, hideusement comiques. Après-demain, elle m'attendrait... devais-je me représenter ?

Je me rendis directement au café Bernina où je demandai le Bottin, l'ouvris à Gamle Kongevei, tel et tel numéro — bien, je vis le nom. J'attendis un moment que les journaux du matin arrivent, puis me jetai dessus pour étudier les rubriques nécrologiques, et bon, je trouvai aussi la sienne, la première de la série, en caractère gras : « Mon mari est mort aujourd'hui après une très longue maladie, à l'âge de cinquante-trois ans. » L'annonce était datée de l'avant-veille.

Je restai assis un long moment à réfléchir. Un homme a une femme, elle a trente ans de moins que lui, il contracte une longue maladie, un jour, il meurt.

Et la jeune veuve respire.

LA REINE DE SABA

Titre original de la nouvelle
extraite du recueil *Siesta* (1897)

DRONNINGEN AV SABA

I

On voyage un peu, on vague de lieu en lieu et le destin veut que l'on retombe sur des gens que l'on a déjà vus, qu'on les rencontre soudain, en des endroits inattendus, si bien que, de surprise, on oublie complètement d'enlever son chapeau pour saluer.

Cela m'arrive souvent, oui, très souvent. Il n'y a rien à y faire.

Ce qui m'arriva en 1888 est remarquablement en relation avec un événement de cette année-ci, il y a à peine une semaine, pendant un petit tour en Suède. C'est si simple, si incompréhensible, tout s'est passé si naturellement ; peut-être ne vaut-il même pas la peine de le raconter. Et moi qui, pourtant, essaie de le faire du mieux que je peux...

Tu demandais, la dernière fois que nous étions ensemble... bon, tu te rappelles bien ce que tu demandas, je n'ai pas besoin de le répéter. Je répondis alors que, quelque effort que j'aie fait, ça ne m'a jamais aidé beaucoup, il y a toujours eu quelque chose pour se mettre en travers, j'ai été éconduit, on m'a mis à la porte. Et je ne mens pas, je vais te montrer que c'est vrai. Aussi près que cette dernière fois, je ne l'ai jamais été, et pourtant, j'ai si gentiment été mis à la porte. Il n'y a rien à y faire.

Il se fit, en 1888, que j'eus de l'argent pour faire un petit voyage ici ou là... je raconte cela tel que c'est. Je pris le chemin de la Suède et je déambulai joyeusement, à pied, le long de la voie de chemin de fer tandis que, chaque jour, les trains me dépassaient l'un après l'autre. Je rencontrais beaucoup de gens aussi, qui, tous, me saluaient, ils disaient : « Paix de Dieu ! » et je répliquais : « Paix de Dieu ! » aussi, parce que je ne voyais rien d'autre à répondre. En arrivant à Göteborg, ma première paire de souliers était lamentablement en pièces, mais de cela, je ne parle pas.

Cet événement que je vais évoquer se produisit dès avant mon arrivée à Göteborg. Permets-moi de te demander : si une dame te jette un coup d'œil par une fenêtre et que, plus tard, elle ne prête pas la moindre attention à toi, tu laisses aller, tu ne te fais pas d'idées là-dessus ; il faudrait que tu sois un sot si tu t'imaginais quoi que ce soit après un simple pauvre regard de ce genre. Mais alors, si cette dame, non seulement te regarde avec le plus grand intérêt, mais t'abandonne aussitôt sa chambre, que dis-je ? son lit dans un relais de poste en Suède, ne trouves-tu pas que tu as des raisons de croire à ses intentions réelles, et de nourrir un brin d'espoir ? Moi, je trouve, j'ai espéré jusqu'au bout : il y a une semaine, il m'en a coûté encore un pénible voyage à Kalmar...

J'étais arrivé au relais de Bärby. C'était tard le soir, j'avais marché depuis le matin, je décidai d'arrêter pour ce jour-là. J'entrai dans la salle et réclamai gîte et couvert.

Pour le couvert, je l'aurais, mais il n'y avait plus de quoi me loger, toutes les chambres étaient prises, la maison était pleine.

C'était une jeune fille à qui je parlais, il apparut par la suite que c'était la fille du domaine. Je la regardai, je fis comme si je ne comprenais pas que la maison était pleine. Voulait-elle me faire sentir que j'étais norvégien, un adversaire politique ?

« Quelle quantité de voitures il y a ici, dis-je, indifférent.

— Oui, ce sont les gens de la foire qui passent la nuit ici, répondit-elle ; il ne nous reste même pas un lit de libre. »

Puis elle s'en alla commander mon repas. En revenant, elle se remit à parler de la façon dont la maison était occupée. Elle dit :

« Vous pouvez, ou bien continuer de marcher jusqu'à la prochaine station, Ytterån, ou bien refaire en sens inverse un petit bout par le train. Ici, comme j'ai dit, c'est complet. »

J'excusai la naïve enfant, je ne voulais pas me montrer d'une humeur exagérément massacrante envers elle ; mais bien entendu, je n'avais pas l'intention de bouger de ce lieu avant le lendemain matin. Je me trouvais dans un relais de poste officiel et il me fallait un lit !

« Il fait un temps extraordinaire, dis-je.

— Oui, répondit-elle. Aussi, ce sera un pur plaisir que de descendre à Ytterån ce soir. Ce n'est pas loin, une bonne lieue seulement. »

Cela commençait par faire un peu trop pour moi, je dis, lentement et gravement :

« Bien entendu, je pars du principe que vous allez

trouver à me loger ici cette nuit ; je ne veux plus marcher, je suis fatigué.

— Mais puisque tous les lits sont occupés ! répondit-elle.

— Ce n'est pas une affaire. »

Sur quoi je m'assis de tout mon poids sur une chaise.

Au demeurant, cela me faisait de la peine pour la fille, elle n'avait pas l'air de me faire des difficultés uniquement par méchanceté, elle avait un visage honnête, sa haine des Norvégiens était dominée.

« Vous pouvez me faire coucher où vous voudrez, par exemple, ici, sur le sofa », dis-je.

Mais il apparut que même le sofa était occupé !

Alors, je me mis à prendre un peu peur. S'il fallait que je marche encore une bonne lieue suédoise, je ne m'en tirerais jamais en bon état ; le fait est qu'une *bonne* lieue suédoise n'a pas de fin, je le savais.

« Seigneur Dieu, vous ne voyez donc pas que j'ai mis mes souliers en pièces ? criai-je ; vous ne renvoyez quand même pas des gens qui ont de pareils souliers ?

— Mais les souliers ne seront sans doute pas meilleurs demain non plus », remarqua-t-elle en souriant.

Là, elle avait raison, et je ne savais quel parti prendre. A cet instant, la porte s'ouvrit et voilà qu'entra, tel un ouragan, une jeune fille.

Elle riait de quelque chose qui lui était arrivé ou à quoi elle pensait, elle avait la bouche ouverte pour la raconter. En m'apercevant, elle ne fut pas gênée le moins du monde, elle me regarda avec insistance et finit même par me faire un signe de tête. Puis elle demanda à mi-voix :

« Que se passe-t-il, Lotta ? »

Et Lotta lui répondit quelque chose que je n'entendis pas, mais je compris que c'était sur mon compte qu'elles chuchotaient. J'étais là à les regarder, écoutant comme s'il y allait de mon sort. Les voilà qui jettent un regard furtif sur mes chaussures et je les entendis rire un peu, entre elles. La jeune dame dernière arrivée secoua la tête. Elle allait repartir.

Parvenue à la porte, elle se retourna soudain comme si elle venait d'avoir une idée, et dit :

« Mais je peux coucher avec toi cette nuit, Lotta, ainsi, il pourra prendre ma chambre ?

— Non, répondit Lotta, Mademoiselle ne peut vraiment pas faire ça.

— Mais si, je peux ! »

Pause. Lotta réfléchissait.

« Bien, si Mademoiselle le veut, alors... » et, tournée vers moi, Lotta poursuivit : « Ainsi, Mademoiselle veut vous laisser sa chambre. »

Je me levai d'un bond, claquai des talons et fis une courbette, je crois que je m'en tirai bien. Je remerciai la demoiselle aussi, dis qu'elle avait fait preuve à mon égard d'une amabilité sans égale dans ma vie et déclarai finalement qu'ainsi, son cœur était aussi bon que ses yeux étaient beaux... Mademoiselle ! Sur quoi, je refis une courbette et, de nouveau, la fis bien.

Oui, de tout cela, je me tirai remarquablement. Elle rougit et courut à la porte en riant fort, et Lotta courut après elle.

Je me rassis en réfléchissant. Fort bien, elle avait ri, rougi et ri, cela ne pouvait commencer mieux. Seigneur Dieu, comme elle était jeune, à peine dix-huit ans, des fossettes aux joues, une autre au menton, il n'y avait réellement pas même un tour de cou à sa robe, seulement une coulisse. Et avec cela, un lourd regard sombre dans ce doux visage. Jamais je n'avais rien vu de pareil. Bon, et elle m'avait observé avec intérêt.

Une heure plus tard, je la vis dehors dans la cour du domaine ; elle s'était assise dans une des voitures vides, elle y faisait claquer un fouet. Comme elle était jeune et pleine d'entrain, elle était là, toute jeune, chantonnant et faisant claquer son fouet comme si la voiture était attelée. Je m'approchai, l'idée m'effleura un instant de dire que j'allais dételer les chevaux, tirer la voiture, je levai mon chapeau, je me mis en devoir de dire quelque chose.

Alors, elle se leva soudain, droite et fière, telle une princesse régnante, me regarda un instant et descendit de voiture. Je ne l'oublierai jamais ; bien qu'elle n'eût aucune raison d'agir ainsi, elle était vraiment grandiose quand elle se leva et descendit. Je remis mon chapeau et m'éloignai furtivement, tout penaud. Quelle chanson du diable, cette idée de tirer la voiture !

D'un autre côté, qu'est-ce qui l'avait prise ? Ne venait-elle pas de me laisser sa chambre ? A quoi bon alors cette pichenette ! C'est de la pose, me dis-je, elle fait semblant seulement, je connais le truc, elle veut me faire frétiller... bon, d'accord, je frétille !

Je m'assis dans l'escalier et allumai ma pipe. Les gens de la foire bavardaient autour de moi ; une fois ou une autre, j'entendis que l'on montait des bouteilles dans la maison et que du verre tintait. La demoiselle, je ne la vis plus.

La seule lecture que j'avais était une carte de Suède. J'étais là, assis, à fumer, à me ronger les sangs ; finalement, je tirai ma carte de ma poche et me mis à l'étudier. Quelques minutes passèrent, Lotta se montra à la porte, elle voulait m'accompagner jusqu'à ma chambre si je le désirais. Il était dix heures, je me levai et la suivis. Dans le couloir, nous tombâmes sur la demoiselle.

Il se passa alors une chose que je me rappelle jusque dans les moindres détails : le lambris, dans le couloir, venait d'être repeint, mais je n'en savais rien, je m'effaçai devant la demoiselle quand nous la croisâmes, et l'accident eut lieu. La demoiselle cria dans un souffle :

« La peinture... ! »

C'était trop tard, j'avais mis toute l'épaule gauche contre le lambris.

Elle me regarda, absolument consternée, puis regarda Lotta et dit :

« Qu'allons-nous faire à ça ? »

Elle dit littéralement : qu'allons-nous faire à ça ? Et Lotta de répondre que *ça*, nous allions le frotter avec quelque chose, sur quoi elle éclata de rire.

Nous revoilà dans l'escalier et Lotta trouva quelque chose pour me frotter.

« Asseyez-vous, s'il vous plaît, dit-elle, sinon, je n'atteindrai pas jusqu'en haut. »

Et je m'assis.

Puis nous nous mîmes à bavarder...

Maintenant, tu peux me croire ou pas... je te dis que lorsque je quittai la demoiselle, le soir, j'avais le meilleur espoir. Nous avions parlé, plaisanté, ri de tout et de rien et je suis sûr que nous restâmes un bon quart d'heure, là, dans l'escalier, à dire des bêtises. Et alors ? Bon, je ne m'en vante pas non plus ; mais je pensais néanmoins qu'une jeune dame m'accorderait pas à un homme un grand quart d'heure de conversation, seule à seul pour ainsi dire, sans vouloir signifier quelque chose par là. Lorsque nous nous quittâmes enfin, elle dit deux fois bonne nuit, par-dessus le marché ; finalement, elle entrebâilla la porte, dit lentement bonne nuit une troisième fois encore puis referma la porte. Sur ce, j'entendis qu'elle et Lotta se mettaient à rire comme de petites filles à l'intérieur. Eh oui ! Nous étions tous d'une humeur remarquable.

Je me rendis dans la chambre — *sa* chambre. Elle était vide, une chambre de relais de poste tout à fait ordinaire, aux murs nus, peints en bleu, un lit bas, étroit. Sur la table, il y avait une traduction du *Prince de la maison de David*, d'Ingraham. Je me mis à lire ce livre. J'entends encore les rires étouffés qui venaient de la chambre des jeunes filles. Quelle délicieuse espiègle de gamine ! ce sombre regard dans ce jeune visage ! Comme elle pouvait avoir un rire plein de vie malgré son air fier !

Je m'abîmai dans mes pensées ; le souvenir de la jeune fille flambait, muet et puissant, dans mon cœur.

Le lendemain matin, je me réveillai en sentant quelque chose de dur qui me pénétrait dans le flanc... il apparut que j'avais couché sur *Le Prince de la maison de David*. Allons ! debout ! habillons-nous ! il était neuf heures !

Je descendis dans la salle et pris mon petit déjeuner ; la demoiselle, je ne la vis pas. J'attendis une demi-heure, elle n'arrivait pas. Enfin, je demandai à Lotta, en termes distingués, ce qu'était devenue la jeune dame.

« La demoiselle est partie, répondit Lotta.

— Partie ? La demoiselle n'était pas de la maison ?

— Non, c'était la demoiselle du manoir, là-haut. » Elle était partie par le train de bonne heure ce matin. Elle devait aller à Stockholm.

J'en restai muet. Bien entendu, elle n'avait pas même laissé une lettre pour moi, un billet ; j'en fus si abattu que je ne m'enquis même pas de son nom, tout m'était devenu indifférent. Non, il ne faudrait jamais se fier, si peu que ce fût, à la loyauté d'une femme.

Je cheminai jusqu'à Göteborg, le regard atone et le cœur blessé. Qui donc eût pu penser cela ; elle qui avait l'air si honnête et si fière ! Mais c'était bien, je prendrais cela en homme, jamais personne à l'hôtel ne verrait de quoi je souffrais...

Or c'était précisément à l'époque où Julius Kronberg exposait sa grande peinture, *La Reine de Saba*, à Göteborg. Comme tout le monde, il fallut que, moi aussi, j'aille voir cette peinture, je la vis, elle m'impressionna comme il faut. Le plus extraordinaire, c'est que la reine elle-même me parut ressembler fortement à ma demoiselle du manoir... non lorsqu'elle riait et plaisantait, mais au moment où elle était bien droite dans la voiture vide et m'écrasait parce que je voulais dételer. Dieu sait que je ressentais cela, de nouveau, dans mon cœur ! Ce tableau ne me laissait pas en paix, il me rappelait trop mon bonheur perdu. Une belle nuit, il m'inspira mon article de critique d'art bien connu, « La Reine de Saba » qui parut dans le *Dagbladet* du 9 décembre 1888. J'y écrivais ce qui suit à propos de la reine :

« C'est une Éthiopienne dans la fleur de l'âge, dix-neuf ans, svelte, d'une beauté provocante, la majesté et la femme... De la main gauche, elle est en train de lever son voile et elle dirige le regard vers le roi. Elle n'a pas le teint noir, même ses cheveux noirs sont complètement cachés par le diadème aux lueurs d'argent qu'elle porte ; elle a l'air d'une Européenne qui a voyagé en Orient et a reçu une bouffée de soleil brûlant. Mais ses yeux ont la couleur sombre qui trahit son origine, ce regard à la fois lourd et ardent qui fait tressaillir le spectateur. On n'oubliera pas ces yeux, on se les rappellera bien longtemps, on les retrouvera en rêve... »

Ce passage sur les yeux est beau ; on ne trouve pas de pareils mots sans ressentir quelque chose de semblable dans son cœur, que l'on demande à qui l'on voudra. Et, à partir de ce jour-là, mon cœur a toujours appelé la merveilleuse jeune fille du relais de poste de Bärby « la reine de Saba ».

II

Je n'en ai pas terminé avec elle. Quatre ans après, elle resurgit, voilà à peine une semaine de cela.

Je faisais la traversée de Copenhague à Malmö, j'allais y rendre visite à une personne, et cette personne m'attendait... De nouveau, je raconte les choses telles qu'elles sont. J'avais déposé mes affaires chez Kramer, on m'avait donné une chambre ; je sortis pour aller trouver cette personne qui m'attendait, mais je voulais d'abord descendre faire un petit tour jusqu'au chemin de fer pour rassembler mes esprits. Là, je rencontrai un homme avec qui je liai conversation, j'étais en train de dire quelque chose à cet homme quand je vis tout à coup un visage, dans un train qui se trouvait sur le point de partir, et ce visage se tourna vers moi, deux yeux me toisèrent... mon Dieu ! C'était la reine de Saba !

Je bondis immédiatement dans le train, moi aussi, et quelques secondes après, nous voilà partis.

Eh bien ! c'est le destin. Que je sois là, que je la

revoie quatre ans après, que je saute dans un train en partance alors que toutes mes affaires sont restées chez Kramer, c'est le destin ; on n'en est pas le maître. Pour le reste, j'avais aussi laissé mon manteau, je n'avais vraiment que mon sac de voyage sur l'épaule ; c'est dans cet état que j'étais monté dans le train.

Je regardai autour de moi, c'était dans un compartiment de première classe que j'étais monté, il s'y trouvait deux ou trois voyageurs. Bon, je m'installai à côté de l'un d'eux et me mis en devoir d'allumer un cigare et de lire un peu. Où le destin voulait-il m'emmener ? Je devais aller là où se rendait la reine de Saba, il s'agissait de la surveiller ; là où elle descendrait, je descendrais aussi, mon but étant de la rencontrer. Quand le contrôleur arriva et voulut voir mon billet, je n'en avais pas.

Mais où devais-je aller ?

Je ne le savais pas exactement, mais...

Je dus donc payer jusqu'à Arlöf, avec un supplément de quarante öre. A Arlöf, il me faudrait réajuster mon billet.

Je fis ce que disait le contrôleur et payai le supplément avec joie.

A Arlöf, je prolongeai mon billet jusqu'à Lund, la reine de Saba avait peut-être une visite à rendre à Lund, je voulais garder un œil vigilant sur elle.

Elle ne descendit pas à Lund.

Il me fallut de nouveau payer le contrôleur, cette fois jusqu'à Lackalänga, avec encore quarante öre de supplément... cela faisait quatre-vingts. A Lackalänga, je prolongeai mon billet jusqu'à Hässleholm d'une traite, pour être sûr, sur quoi je m'assis, me sentant tout nerveux à cause de ce voyage compliqué. La conversation entre les autres passagers m'irritait aussi ; pour Dieu, en quoi le fait qu'une épidémie de fièvre aphteuse eût éclaté à Hambourg me concernait-il ? Mes compagnons de voyage étaient sûrement des gens du pays, des marchands de bestiaux suédois, pendant deux heures et demie, ils ne parlèrent de rien d'autre que de la fièvre aphteuse à Hambourg. Oh oui ! C'était vraiment, c'était excessivement intéressant ! Et de plus : est-ce qu'il n'y avait pas aussi une personne qui m'attendait à Malmö ? Bon, qu'elle attende !

Mais la reine de Saba ne descendit pas à Hässleholm non plus.

J'étais furieux, je payai le contrôleur jusqu'à Balingslöf, avec un supplément de quarante öre, de nouveau — cela faisait une couronne et vingt öre de supplément — et, à Balingslöf, les dents serrées, je pris un billet, d'une traite, pour Stockholm. Cela me coûtait cent dix-huit couronnes comptant, que le diable me prenne si je me trompe ! Il était évident que la reine de Saba devait aller à Stockholm maintenant aussi, tout comme la dernière fois, il y avait quatre ans.

Nous roulâmes, heure après heure, je faisais attention à chaque gare, mais elle ne descendait pas. Je la revoyais à la glace de son compartiment, elle m'avait observé avec attention ; qu'elle n'eût pas perdu ses sentiments pour moi, je l'avais bien vu. Mais elle avait été un peu embarrassée et elle avait baissé les yeux quand j'étais passé devant elle. Je n'avais pas salué, j'oubliais chaque fois ; si elle n'avait pas été enfermée dans cette espèce de boîte de compartiment pour dames, il y aurait eu longtemps que, bien entendu, je lui aurais présenté mes hommages, que je lui aurais rappelé notre ancienne connaissance, et que, pour dire les choses tout net, j'avais dormi dans son lit naguère. Je l'aurais réjouie en lui disant que j'avais remarquablement bien dormi, jusqu'à neuf heures. Comme ces quatre années l'avaient rendue superbe ! Maintenant plus que jamais elle était la majesté et la femme.

Et les heures passaient l'une après l'autre. La seule chose qui arriva, ce fut que, vers cinq heures, nous écrasâmes une vache, nous entendîmes craquer les os et nous nous arrêtâmes un instant pour examiner les rails, puis repartîmes. Les deux voyageurs étaient passés à une conversation sur la navigation des vapeurs dans l'Öresund, de nouveau ils étaient excessivement intéressants ! Comme je souffrais, comme je souffrais ! Et puis, voyons, est-ce qu'il n'y avait pas une personne qui...

Au diable, la personne de Malmö !

Plus loin, toujours plus loin, nous dépassâmes Elmhult, Liatorp, Vislanda. A Vislanda, la reine de Saba descend, je ne la quitte pas de vue un instant ; ah bon !... elle revient. Bien. Et nous voilà repartis.

Puis nous arrivâmes à Alfvesta, changement de train pour Kalmar.

Là, de nouveau, la reine de Saba descendit ; je regardai si ç'allait être la même chose, mais cette fois, elle prit le train de Kalmar. Je ne m'y attendais pas, je me trouvai extrêmement surpris et ne fus capable de rien faire avant qu'il ne fût presque trop tard. Je me jetai à corps perdu dans le train pour Kalmar, que je pris aussi, alors qu'il s'était déjà ébranlé.

Un seul homme dans le compartiment ; il ne leva même pas les yeux, il lisait. Je me jetai sur la banquette, je lus aussi. Deux minutes après, j'entendis :

« Votre billet ! »

C'était un nouveau contrôleur.

« Mon billet, voilà ! répondis-je en lui donnant mon billet.

— Il n'est pas valable, dit-il, nous sommes sur la ligne de Kalmar.

— Il n'est pas valable, vous dites ?

— Pas sur cette ligne.

— Ce n'est pas de ma faute si l'on m'a vendu un billet non valable.

— Où allez-vous ?

— A Stockholm, bien entendu, répondis-je, sinon, où croyiez-vous que j'allais ?

— Oui, mais ici, c'est le train de Kalmar, vous entendez, ce train va à Kalmar », dit-il, mécontent.

Bon, je ne le savais pas, en tout cas, en voilà de méchantes manières de se conduire pour une affaire pareille.

Il agissait sûrement de la sorte parce que j'étais norvégien, par rancune politique. Je le lui rappellerais.

« Bon, comment allons-nous faire, alors ? demandai-je.

— Vous allez faire en sorte que... au fait, où donc allez-vous ? Vous n'arriverez pas à Stockholm par cette ligne.

— Bon alors, je vais à Kalmar, en fait, c'est Kalmar que je voulais dire, répondis-je. A proprement parler, Stockholm ne m'a jamais attiré non plus, je ne dirai pas que j'emprunterais de l'argent pour y retourner... » Ainsi, cette maudite reine allait à Kalmar, il y aurait donc une fin à ces tourments !

« Vous me payez un billet pour Gemla, avec un supplément de quarante öre, dit le contrôleur. Mais à Gemla, il vous faudra prolonger votre billet.

— Je viens de payer cent dix-huit couronnes », objectai-je. Mais je payai néanmoins, les quarante öre aussi — cela faisait une couronne et soixante öre de supplément. Ma patience était épuisée, je me ruai dans la gare de Gemla et criai par le guichet :

« Jusqu'où puis-je arriver sur cette ligne ?

— Jusqu'où ? Jusqu'à Kalmar, répondit-on.

— Je ne pourrais pas aller plus loin, est-il impossible de faire encore un bout ?

— Tout à fait impossible. Sinon, c'est la Baltique.

— Bon, un billet pour Kalmar !

— Quelle classe ? »

Hé ! il demandait quelle classe ! Visiblement, l'homme ne me connaissait pas, il n'avait rien lu de ce que j'écrivais. Je lui répondis comme il le méritait :

« Première classe ! » répondis-je.

Je payai et pris ma place dans le train.

La nuit était arrivée. Mon désagréable compagnon de voyage s'était allongé sur sa banquette, il avait fermé les yeux, sans un mot, sans me jeter un regard. Comment faire passer le temps ? Je ne pouvais pas dormir, je me levais à tout instant, examinais les portes, ouvrais et fermais les vitres, j'avais froid, je bâillais. S'y ajoutait le fait que, chaque fois que le train s'arrêtait, il me fallait monter la garde à cause de ce petit bout de reine. Je commençais à la maudire bien hargneusement.

Enfin, enfin, ce fut le matin. Mon compagnon de voyage se leva et regarda dehors ; peu après, il s'assit, bien réveillé, pour lire de nouveau, toujours sans me regarder ; son livre paraissait ne jamais vouloir prendre fin. Il m'irritait, je chantai, je sifflotai, pour l'agacer, mais il ne se laissait pas décontenancer, je souhaitais sincèrement être revenu à la fièvre aphteuse en face de cette suffisance bête et muette.

Finalement, je ne le supportai plus, je demandai :

« Puis-je vous demander : où allez-vous ?

— Oh ! répondit-il, j'ai un bout de chemin à faire.

Ce fut tout.

— Nous avons écrasé une vache hier, dis-je.

— Ah bon !

— Nous avons écrasé une vache hier.

— Et alors ? »

Et il continua de lire.

« Est-ce que vous voulez me *vendre* ce livre ? dis-je hors de moi.

— Ce livre ? Non, répondit-il.

— Non ?

— Non. »

On en resta là. Il n'alla même pas jusqu'à jeter un petit regard de côté. Je m'effondrai complètement devant cette obstination. En fait, que je sois tombé sur une pareille personne, c'était de la faute de cette fichue reine aussi, elle m'avait, en vérité, valu bien de l'ennui. Mais tout cela serait oublié quand je la rencontrerais, oh ! comme je lui dépeindrais toutes mes tribulations, lui raconterais l'histoire de l'article de critique d'art, de la personne qui était en train de m'attendre à Malmö et que j'avais délaissée, de mon voyage, d'abord sur la ligne de Stockholm, puis sur la ligne de Kalmar... Mademoiselle ! Oui, je l'impressionnerais sûrement, de nouveau ! Et pas la moindre insinuation mesquine sur tous ces öre, ces cent dix-huit couronnes.

Et le train roulait.

Comment ce grotesque muet pouvait-il rester là sur sa banquette des heures durant, à ne faire que lire, lire ! Ce tout petit livre, je l'aurais lu trois fois dans le même temps, mais il s'étalait, il se faisait aussi épais qu'il le pouvait dans son ignorance, il ne se gênait pas. Pour finir, son ridicule passa les bornes, je ne pouvais plus supporter, je tendis la tête, le regardai et dis :

« Vous avez dit ? »

Il leva les yeux et me regarda, abasourdi.

« Hein ? demanda-t-il.

— Vous avez dit ? »

Il ne parvenait pas à me comprendre.

« Que voulez-vous ? demanda-t-il méchamment.

— Ce que je veux ? Qu'est-ce que vous voulez, *vous* ?

— Moi ? Je ne veux rien.

— Et moi non plus.

— Ah bon ! Alors, pourquoi m'adressez-vous la parole ?

— Moi ? Je vous ai adressé la parole ?

— Ah bon ! » dit-il en se détournant, furieux.

Ce fut le silence, de nouveau.

Les heures passèrent ; enfin, la locomotive siffla, c'était Kalmar.

Maintenant, attention, la bataille allait se livrer ! Je me tâtai les joues... bien entendu, je n'étais pas rasé. C'était toujours ainsi, pour moi. C'était un mauvais arrangement aussi qu'il n'y eût pas, le long de la ligne, des gares où l'on pût se faire raser et avoir un air décent quand l'enjeu était d'importance. Je n'exigeais pas de coiffeur attitré à chaque gare, mais il fallait convenir avec moi que toutes les cinq gares, il n'y aurait rien eu d'inique à réclamer un coiffeur. C'était mon dernier mot.

Puis le train s'arrêta.

Je descendis aussitôt, je vis que la reine de Saba descendait aussi, mais elle était soudain tellement entourée de gens qu'il me fut impossible d'aller jusqu'à elle ! Il y eut même un jeune homme qui l'embrassa... son frère, donc, il habite ici, il a une affaire ici, c'est à lui qu'elle rend visite ! Un instant après, une voiture s'avança, elle monta ; derrière elle, deux, trois autres personnes, et les voilà partis.

Je restai planté. Elle était partie devant mon nez. N'avait pas même hésité un instant. Bon, il n'y avait toujours rien à y faire, et même, en y réfléchissant mieux, je lui étais presque reconnaissant de m'avoir donné le temps de me raser et de me réajuster avant de me présenter. Maintenant, il s'agissait de ne pas perdre son temps !

Un porteur vint vers moi alors que je restais là et s'offrit à porter mes bagages.

Non, je n'avais pas de bagages.

Je n'avais *pas* de bagages ?

Non, je n'avais *pas* de bagages, comme ça, il le savait, me comprenait-il maintenant ?

Mais je n'étais pas quitte de cet homme, il voulut savoir si je devais aller plus loin.

« Non, pas plus loin. »

Est-ce que je devais habiter ici, alors ?

Peut-être un moment. Y avait-il un hôtel dans le voisinage ?

Mais qu'est-ce que j'allais faire ici ? J'étais représentant de commerce, peut-être, contrôleur ?

Encore un qui n'avait rien lu de moi ! Non, je n'étais pas contrôleur.

Mais qu'est-ce que j'étais, alors ?

Au revoir ! lui criai-je en pleine figure. Et m'en allai. A-t-on jamais vu pareille indiscrétion ! Je devais pouvoir trouver un hôtel tout seul aussi, c'était à voir. Toutefois, il fallait m'imaginer une situation, inventer un motif dont m'envelopper ; il était clair que si un pareil commissionnaire famélique était si curieux, le patron de l'hôtel le serait bien plus encore. Qu'est-ce que je devais faire à Kalmar, officiellement, pour Dieu et pour les hommes ? Il me fallait une raison valable aussi, pour ne pas compromettre la reine.

Et je réfléchis farouchement à ce que je ferais à Kalmar. Même alors que j'étais sous le rasoir du coiffeur, cette question ne me laissa pas en paix.

Une chose était sûre : je n'osais pas me montrer à l'hôtel avant de l'avoir résolue.

« Avez-vous le téléphone ? » demandai-je.

Non, le coiffeur n'avait pas le téléphone.

« Mais pouvez-vous envoyer un gamin à l'hôtel le plus proche, me réserver une chambre ? Je n'ai pas le temps d'y aller moi-même, j'ai une quantité de courses à faire.

— Oui, certainement ! »

Le gamin y alla.

Je me mis à errer par les rues, visitai l'église, le port, marchant assez vite, de crainte que quelqu'un m'arrête et me demande ce que je venais faire à Kalmar. Finalement, j'entrai dans le parc, je me jetai sur un banc et m'abandonnai à mes songeries. J'étais seul.

Kalmar... Qu'est-ce que je voulais faire à Kalmar ? Le nom me semblait connu, j'avais lu quelque chose dessus, quelque part. Dieu sait si ce n'était pas quelque chose de politique, une diète extraordinaire, un traité de paix ? J'essayai la Paix de Kalmar. La Paix de Kalmar, est-ce que je n'avais pas, peut-être, lu expressément quelque chose là-dessus ? Ou bien était-ce le traité de Kalmar ? Mais après un moment de délibération, je me dis que je n'avais pas très souvent lu de choses sur un pareil traité de Kalmar. Soudain, je bondis, je crus avoir trouvé : c'est la bataille de Kalmar, la bataille près de Kalmar — tout comme la bataille de Klavskind, la bataille de Wörth. Voilà, j'y étais ! Et je me rendis à l'hôtel. Puisqu'il y avait la bataille de Kalmar, j'étais censé étudier les lieux historiques, c'était là l'objet de ma venue ; ici mouillait le bateau de Niels Juel, là, un boulet ennemi avait pénétré loin à l'intérieur des terres et retourné le sol dans un champ de choux, là, Gustav Adolf était tombé sur le pont d'un bâtiment de ligne. Et Kolbein le fort demanda : « Qu'est-ce qui a craqué si fort ? C'est la Norvège qui t'a craqué entre les mains ! » dit Einar[1]...

Mais lorsque je fus arrivé à l'escalier de l'hôtel, je fis lâchement demi-tour et abandonnai toute ma théorie. Il n'y avait jamais eu de bataille de Kalmar, c'était dans la rade de Copenhague que la bataille avait eu lieu ! Et de me rendre de nouveau en ville. Les perspectives étaient noires.

J'errai purement et simplement toute la journée, sans manger ni boire. J'étais complètement épuisé. Il s'était aussi déjà fait trop tard pour entrer dans une librairie et acheter quelques livres sur la question, car les librairies étaient fermées. Pour finir, je me traînai jusqu'à un homme qui allumait des réverbères.

« Excusez-moi, demandai-je poliment, qu'est-ce qui s'est passé ici, à Kalmar, à une certaine époque ? »

L'homme se contenta de répondre : « Passé ? » et me regarda.

« Oui, dis-je, je garde vivant en moi le souvenir que quelque chose s'est passé ici, à Kalmar, à une certaine époque. Cela présente un intérêt historique considérable, c'est pour cela que je voudrais bien le savoir. »

Nous étions là, face à face.

« Où habitez-vous ? demanda-t-il.

— Je suis venu ici exclusivement pour étudier cela, poursuivis-je. Il m'en a coûté pas mal, oui, il m'en a même coûté une couronne et soixante öre

1. En 1397, la reine Margrethe de Danemark réussit à faire proclamer l'union politique des trois royaumes scandinaves. Cette union fut éphémère. Knut Hamsun se livre ici à un jeu hautement divertissant de vagues réminiscences historiques scandinaves relevant de toutes les dates et de tous les lieux.

de supplément, en plus des cent dix-huit couronnes auxquelles je ne ferai aucune allusion mesquine. Vous pouvez demander aux contrôleurs si vous voulez.

— Vous êtes de Norvège ?

— Oui, je suis de Norvège.

— Vous êtes représentant de commerce ? »

Tout épuisé que j'étais, il me fallut de nouveau fuir le plus vite possible ; car c'était précisément cela que je voulais savoir de cet homme : ce que j'étais. Mais cela aussi, c'était la faute de la reine, tout était de sa faute, et je la priai, pour m'exprimer en termes modérés, d'aller en enfer pour sa méchanceté. Sur quoi je rentrai dans le parc. Non, maintenant, je ne voyais pas de salut.

J'étais appuyé contre un arbre, les gens commençaient à se promener devant moi, je ne me sentais plus en sécurité debout, il me fallut de nouveau m'éloigner d'un pas traînant. Trois heures après, j'étais en dehors de la ville, dans la campagne, je regardai autour de moi, j'étais seul, un grand colosse noir se dressa sous mon regard. Je restai là à regarder ce colosse, il avait l'air d'une montagne avec une église au sommet. Arriva un homme, marchant, je l'arrêtai et lui demandai quelle montagne c'était là, je ne la connaissais pas par la géographie, bien que je connusse bien des montagnes.

« C'est le château », répondit-il.

Le château, le château de Kalmar ! Sincèrement, allez donc savoir si ce n'était pas là que s'était passé tout ce que j'avais dans la tête !

« Bien entendu, le château est tristement endommagé et en ruine à présent, en comparaison du temps où se passèrent les grands événements ? demandai-je.

— Oh non ! Le régisseur s'en occupe bien, répondit l'homme.

— Qui est-ce qui vit là en ce moment, je veux dire : qui est le roi qui y est enfermé maintenant, dans l'aile sud ? Je l'ai sur le bout de la langue.

— C'est plein d'armures, d'épées et d'antiquités maintenant, des vieilles choses de toutes sortes... »

Il me revint soudain une idée : je pourrais être venu examiner la collection d'antiquités du château. Si l'homme n'avait pas eu un sac sur le dos, je l'aurais pris dans mes bras, et je me rappelle nettement m'être inquiété de sa femme et de ses enfants avant de le quitter. Vers minuit, j'avais gagné mon hôtel.

Je trouvais le patron et dis que c'était moi qui avais réservé une chambre. « Je viens étudier de vieilles choses ici, dis-je d'un ton sans réplique, j'*achète* même de vieilles choses, autant que vous le sachiez, c'est mon travail. »

Le patron s'accommoda de cette explication et me mena à ma chambre.

Suivit alors une semaine pleine de déconvenues et de peines perdues, une semaine entière. La reine de Saba ne s'était pas montrée. Je me mis à sa recherche, jour après jour, en tous lieux, je fus chez le maître de postes et m'informai, conférai sur la chose avec quelques agents de police, parcourus le parc en long et en large aux heures de promenade, me rendis chaque jour chez les photographes pour voir si elle n'y serait pas allée et figurerait dans leurs devantures. Tout cela en vain. Je payai deux hommes pour monter la garde près du chemin de fer, nuit et jour, afin qu'elle ne pût s'échapper, et j'attendis, attendis un dénouement.

Entre-temps, il me fallait passer au château chaque jour et examiner la collection d'antiquités, je remplissais de grandes feuilles de papier d'observations, comptais les taches de rouille sur les sabres et les éperons cassés, notais dans mes papiers toutes les dates assommantes et les inscriptions que je trouvais sur le couvercle des coffres et les vieux tableaux, j'allai même jusqu'à noter un sac de plumes que je découvris un jour derrière les antiquités et qui se révéla appartenir au régisseur. Je menais mes investigations avec le courage du désespoir, en serrant les dents d'exaspération ; puisque je m'étais mis en quête de la reine de Saba, je n'abandonnerais pas à mi-course même si, par la même occasion, je devais devenir archéologue patenté.

Je télégraphiai à Cophenhague pour m'inquiéter de mon courrier et commençai, au total, à m'organiser pour l'hiver. Dieu, dans sa grâce, devait savoir quand cela prendrait fin, il y avait maintenant six jours que j'habitais à l'hôtel. Quand vint le dimanche, j'engageai quatre petits garçons pour aller à l'église pour moi matin et soir afin de voir si la reine n'y venait pas ; mais cela non plus ne donna pas de résultats.

Le mardi matin, mon courrier arriva enfin ; ce mardi-là m'acheva presque. L'une des lettres était de la personne qui attendait à Malmö : puisque je n'étais pas venu le jour dit, je ne viendrais sans doute pas plus tard, adieu ! Je sentis une profonde piqûre au cœur. L'autre lettre que j'ouvris était d'un ami qui me faisait savoir que le *Morgenbladet* et un journal allemand m'avaient accusé de plagiat et l'avaient prouvé par des citations. La troisième lettre était une facture — je ne la lus pas, je n'en pouvais plus, je me jetai sur le sofa et regardai fixement devant moi.

Et pourtant, je n'avais pas vidé jusqu'au fond le calice de la douleur.

On frappa à la porte.

« Entrez ! » criai-je d'une voix mourante.

Entra le patron de l'hôtel, suivi d'une vieille femme ; celle-ci portait un panier au bras.

« Excusez-moi, dit le patron, c'est bien vous qui achetez de vieilles choses ? »

Je le regardai fixement.

« De vieilles choses ? J'achète de vieilles choses ?

— Oui, c'est ce que vous avez dit. »

Et force me fut de m'intéresser aux vieilles choses. Oui, tout à fait exact, le fait aussi que j'achetais de vieilles choses ; excusez-moi de ne pas vous avoir suivi aussitôt, j'avais mes pensées ailleurs. Oui, bien entendu, j'achetais toutes sortes de vieilles choses. Voyons ça.

Et la femme découvrit son panier.

Je joignis les mains de ravissement, et déclarai vouloir garder la totalité, chaque babiole. Quelle magnifique seringue auriculaire ! allez savoir quel est le roi qui s'en est servi le dernier ! Je le saurais sûrement en compulsant mes papiers, cela ne pressait pas. Combien voulait-elle de cette cuiller de corne ? Ces trois pipes complètement brûlées, de Jaabaek, je ne les laisserais échapper pour rien au monde, pas plus que cette fourche. Bon combien dirons-nous pour le tout, tout compris ?

La femme réfléchit.

Une dizaine de couronnes, pensait-elle.

Et je lui donnai dix couronnes, sans barguiner, sans rechigner, uniquement pour être débarrassé d'elle immédiatement. Dès que, vraisemblablement, elle fut dehors, je me rendis dans le parc pour prendre l'air. Non, maintenant, cela passait mes forces.

Une bonne d'enfants et un petit chantaient ensemble à côté de moi, sur un banc, je leur fis les gros yeux pour qu'ils se tiennent tranquilles. Peu après, un couple arriva, marchant très lentement, bras dessus bras dessous, par l'allée de gravier. Mon attention fut éveillée, je me levai, je regardai intensément... c'était la reine de Saba.

Enfin, enfin, revoici la reine de Saba !

Un monsieur l'accompagnait, son frère, celui-là même qui l'avait embrassée à son arrivée ; ils se donnaient le bras et parlaient doucement. Je me tins prêt, il allait falloir décider, coûte que coûte ! Je commencerais en lui rappelant que j'avais dormi dans son lit, elle se souviendrait sûrement de moi, puis je poursuivrais, son frère comprendrait qu'il devait prendre les devants...

Je m'avançai.

Ils me regardèrent étonnés tous les deux et, en cet instant, je m'embrouillai dans mon introduction. Je bégayai : « Mademoiselle... il y a quatre ans... » et je m'arrêtai.

« Qu'est-ce qu'il veut ? » dit le monsieur en la regardant. Puis il s'adressa à moi et dit de même : « Qu'est-ce que vous voulez ? » Et il le dit d'un ton passablement hautain.

« Je veux, répondis-je, je veux seulement demander la permission de saluer cette demoiselle ; en quoi cela vous regarde-t-il ? La demoiselle et moi sommes de vieilles connaissances, j'ai même dormi dans... »

La reine m'interrompit et cria :

« Allons-nous-en, allons-nous-en. »

Ah bon ! Elle ne voulait pas avoir l'air de me connaître, elle me désavouait ! La colère me saisit, j'emboîtai le pas au couple qui s'éloignait très vite. Soudain, le monsieur se retourna, il vit que je les suivais et se posta en plein milieu de mon chemin. Il n'avait, d'ailleurs, pas tellement l'air hardi, il tremblait visiblement ; la reine poursuivait sa marche ; pour finir, elle courait.

« Qu'est-ce que vous voulez, l'homme ? demanda de nouveau le monsieur.

— A vous, je ne veux rien, dis-je, l'idée m'est seulement venue de saluer la demoiselle, la dame avec qui vous vous promeniez, je l'ai déjà rencontrée, je voulais donc, par pure politesse uniquement...

— Premièrement, la demoiselle ne désire plus vous rencontrer, semble-t-il, répondit-il, et deuxièmement, la demoiselle n'est plus demoiselle, c'est une dame, elle est mariée, c'est ma femme. Alors !

— Elle est... quoi... c'est votre femme ?

— Oui, c'est *ma femme*, hurla-t-il ; vous comprenez maintenant ? »

Sa femme, sa femme ! Que dire de plus ? Je m'affaissai sur mon banc. C'était le goup de grâce ! je fermai les yeux et laissai partir l'homme ; qu'avais-je à faire de lui maintenant que le soleil de mon bonheur avait sombré pour toujours ! Plusieurs heures durant, je restai sur ce banc, abîmé dans le chagrin le plus noir.

Vers midi, je me traînai à l'hôtel, payai ma note et me coulai, inaperçu, jusqu'à la gare. Après une heure encore d'attente interminable, mon train arriva et je m'en allai, outré et défait, courbé jusqu'à terre par un tourment qui me rongea tout le long du chemin de retour.

Le panier de vieilles choses que j'avais achetées, je le laissai à Kalmar.

Tu vois, il y a toujours quelque chose qui se met en travers. Aussi près que cette dernière fois-là, je ne l'ai jamais été, et pourtant, j'ai eu le dessous, magnifiquement. Que je sache, je ne m'épargne aucune peine, je ne bronche devant aucun voyage, je ne crains aucun débours, et tout de même... tout de même, cela ne me sert à rien. C'est le destin.

Il n'y a rien à y faire.

A BLÅMANDSØ

Titre original de la nouvelle
extraite du recueil *Stridente Liv* (1905)
PÅ BLÅMANDSØ

I

Dans les stations de pêche, il y a beaucoup d'îles, il y en a une petite qui s'appelle Blåmandsø, elle a à peine une centaine d'habitants. L'île voisine, déjà, est beaucoup plus grande, elle doit bien avoir trois ou quatre cents habitants, elle a son église et ses autorités. Elle s'appelle Kirkeø. Depuis mon enfance, on trouve aussi poste et télégraphe à Kirkeø.

Quand il y avait réunion des gens des stations de pêche, le meilleur venait toujours de la grande île ; même les habitants du continent n'étaient pas particulièrement pris en ligne de compte par les habitants de Kirkeø, bien qu'ils puissent se dire originaires de tout le continent. A des lieues à la ronde, la population est composée de pêcheurs.

Tout l'Atlantique baigne Blåmandsø, tant elle est avancée dans la mer. Elle est absolument à pic, impossible de la gravir sur trois côtés, on le peut seulement au sud, vers le soleil de midi, où Dieu et les hommes ont fait un sentier praticable le long de la montagne ; c'est un escalier de deux cents marches. Après chaque tempête en mer, du bois de charpente, des planches, des épaves dérivent vers l'île : c'est à partir de ces débris échoués que les constructeurs de bateaux fabriquent leurs embarcations. Ils montent les planches sur les deux cents marches, charpentent leurs barques près de leurs maisons et attendent que vienne l'hiver et que la montagne, côté nord, devienne brillante et bleue de glace. Alors, ils placent leurs barques sur haussières, entourent d'une palissade ce glacier de verre et les mettent à la mer. J'ai vu moi-même, dans mon enfance, comment cela se passait : deux hommes se tenaient au sommet de la montagne et laissaient mollir les haussières, un homme était dans la barque, l'étayant pour l'écarter des endroits où elle serait restée fixée. Il y fallait du courage, de la prudence et des appels posés d'un bout à l'autre du parcours. Quand enfin la barque touchait la mer, l'homme criait aux deux autres d'attendre un peu, suffit maintenant ! Il n'en disait pas davantage sur cette grande chose : que le bateau était heureusement parvenu en bas.

La plus grande maison de Blåmandsø appartenait à Joachim, un vieil et honnête constructeur de bateaux. C'est chez lui que se tenait la danse de Noël, année après année, ce n'était pas une affaire que d'y trouver de la place pour quatre ou six couples à la fois. Un violon donnait la musique, et à côté de ce violon, il y avait en outre un homme qualifié, du nom de Didrik, qui chantonnait à l'unisson et marquait la mesure du pied. Les gars dansaient en bras de chemise.

Il y avait aussi un jeune gars qui circulait volontiers, il faisait le maître de maison, en quelque sorte, pendant la danse, c'était le plus jeune fils du constructeur de bateaux, métier qu'il exerçait lui-même. Il avait grand prestige en raison de son artisanat et de sa bonne tête. Marcelius ! pensait une fille, Marcelius, pensait une autre, son nom n'était pas inconnu non plus parmi même les filles de Kirkeø. Marcelius, lui, ne pensait qu'à Fredrikke, la fille de l'instituteur, bien qu'elle fût fort élégante et parlât la langue des livres, et qu'elle eût de si grandes manières qu'elle ne serait jamais à lui. La maison de l'instituteur était une grande maison aussi, et comme ce n'était pas un pêcheur, mais au contraire un homme éminent, il avait des rideaux à ses fenêtres et l'on avait coutume de frapper du doigt à sa porte avant d'entrer chez lui. Seulement, Marcelius était fidèle et aveugle dans son amour. L'an dernier, il était allé chez l'instituteur, il était revenu cette année, il entrait par la cuisine. Et « Bonsoir, lui arrivait-il de dire, permets-moi de parler un peu avec toi, Fredrikke.

— Que me veux-tu ? disait Fredrikke, en le raccompagnant. Elle savait fort bien ce qu'il voulait.

— C'est-à-dire, tu ne pourrais pas faire ce que tu sais ?

— Non, disait Fredrikke, je ne peux pas. Et tu ne dois plus penser à moi non plus, Marcelius, pas plus que te mettre sur mon chemin.

— Oui, oui, je sais bien que le nouvel instituteur te court après, répondait Marcelius. Tout ça dépend de ce que tu veux faire avec toute ton élégance. »

Et c'était vrai, le nouvel instituteur courait après Fredrikke. Il était de Kirkeø, il avait été à l'école normale. Son père n'était qu'un pêcheur comme les autres, mais c'était un homme important et riche, il y avait toujours de la morue et du colin suspendus à ses séchoirs, et du beurre, et de la viande de porc, et de l'aiguillette de flétan séché dans ses cuveaux. Quand son fils revint de l'école normale, il était aussi chic que le fils du pasteur qui rentrait de ses études, il avait toujours, par superbe, un long ruban de caoutchouc qui pendait de son chapeau. Les gens se moquaient solidement de lui à cause de son mouchoir, ils disaient que Simon Rust était devenu drôlement parcimonieux puisqu'il s'était même mis à conserver l'humidité de son nez.

« Il vient de nous commander une barque neuve, dit Marcelius, Dieu veuille que ce soit pour sa bénédiction.

— Pourquoi dis-tu ça ? demanda Fredrikke.

— Je me sens tenu de le dire. Il veut des plats-bords peints en vert... bon, je vais les peindre en vert. Mais il veut que sa barque porte un nom, il n'a qu'à le peindre lui-même.

— Il veut avoir un nom dessus ?

— As-tu jamais entendu pareille dérision ! C'est même pas un bateau à cabine, c'est un quatre rames... Tu devrais bien te demander s'il ne faudrait pas te soucier de me prendre, moi, Fredrikke.

— Non, je ne peux pas, entends-tu, parce qu'il a mon cœur.

— Ah bon ! il a ton cœur ! » dit Marcelius en s'en allant...

Aux approches de Noël, Simon Rust de Kirkeø arriva. Il devait peindre le nom de son nouveau bateau. Il logea chez le vieil instituteur pendant ce temps, et, chaque jour, Fredrikke avait la robe qu'elle mettait pour aller à l'église, et un ruban de soie moirée autour du cou. Quand le nom eut été mis, il n'y en eut pas beaucoup pour savoir lire les lettres latines : c'était écrit « ultra-chic ». C'est ainsi que la barque devait s'appeler. Et il n'y en eut pas beaucoup non plus pour comprendre un terme aussi raffiné.

Puis il y eut un soir constellé. C'était l'avant-veille de Noël. Marcelius alla à la maison de l'instituteur et demanda à parler à Simon Rust.

« Le nom est sec maintenant, dit Marcelius.

— Alors, nous mettons la barque à l'eau demain », répondit Simon Rust.

Marcelius poursuivit :

« Est-ce que c'est vrai que tu vas épouser Fredrikke ?

— Ça ne te regarde sans doute pas, répondit l'instituteur Simon.

— Ça revient au même, si tu veux me dire pour de bon si tu vas épouser Fredrikke, tu auras aussi la barque pour rien. »

Simon Rust réfléchit, il était regardant sur l'argent tout comme son père l'avait toujours été. Il appela Fredrikke pour qu'elle sorte et demanda :

« Est-ce que nous ne devons pas nous marier ? »

Et Fredrikke répondit que oui, qu'il avait son cœur.

Et le ciel était si constellé, et les yeux de Fredrikke semblaient tellement pleins de joie quand elle dit cela.

En rentrant chez lui, Marcelius regretta comme un avare d'avoir fait à Simon une barque pour rien. Mais il va l'avoir dans un état honteusement endommagé, pensa-t-il, je serai personnellement dans la barque quand on la descendra.

Il flâna de chaumine en chaumine, n'entrant nulle part, flânant simplement sous les aurores boréales et les étoiles. Il alla jusqu'à l'extrémité nord de l'île, à l'endroit où ses haussières et ses palans pendaient, prêts à recevoir sa barque neuve et à la descendre dans l'abîme. L'Atlantique bruissait en dessous de lui. Il s'assit.

Les deux petites lumières d'un voilier brillaient au large, plus loin, il y avait de nouveau deux lumières, celles d'un vapeur qui s'en allait vers l'est, lourd et noir. Il pensa : « Le mieux maintenant, ce serait de monter à bord d'un pareil bateau, un jour, et de s'en aller ! » Fredrikke était perdue pour toujours, ce serait pénible de revenir ici quand elle aurait quitté Blåmandsø. Eh bien ! que Dieu le père, dans les cieux, soit son soutien et l'aide toute la vie ! Et pour ce qui était de l'idée d'avoir voulu endommager la barque de Simon, il demanda pardon de cette mauvaise pensée. Il ferait, au contraire, de son mieux pour écarter la barque de la montagne au cours de la descente. Voilà la sorte d'homme qu'il voulait être.

Il se leva et voulut rentrer chez lui. Un doux appel l'atteignit, il écouta. Il vit quelqu'un venir vers lui.

« Fredrikke, c'est toi ? dit-il.

— Oui. Je veux seulement te dire que tu ne dois pas te faire de mal à toi-même, Marcelius.

— Je me promène seulement », dit Marcelius.

Elle lui prit le bras, se serra contre lui et continua :

« Parce que ce n'est pas la peine de te faire tant de souci. Et puis, je ne me suis pas complètement décidée encore, non plus.

— Oh ! mais si !

— Qu'est-ce que ça va donner ? éclata-t-elle. Tout à l'heure, il a été particulièrement insupportable. J'ai plus confiance en toi qu'en Simon. Il se dérobe, il a dit aujourd'hui : on verra ça avec le temps. »

A cela, Marcelius ne répondit rien. Ils se mirent à marcher. Mais Fredrikke était sage et adroite dans son désespoir, elle dit soudain :

« Quoi qu'il en soit, tu n'as pas à lui donner la barque pour rien.

— Mais non », répondit Marcelius.

A la croisée des chemins, elle lui tendit la main et dit :

« Il faut que je rentre, sinon, il sera fâché contre moi. Il a peut-être vu où j'allais. »

Puis ils se souhaitèrent bonne nuit et allèrent chacun chez soi.

Le lendemain, il n'y avait pas de vent et la mer était calme aussi. Joachim, l'honnête constructeur de barques, et ses deux fils avaient, dès avant l'aube, transporté la barque neuve jusqu'aux palans, du côté nord de l'île ; ils s'étaient fait aider par tout ce que l'île comptait d'hommes pour que le bel esquif ne souffre pas pendant le transport. Maintenant, il était suspendu, svelte, élégant et décoré, dans les haussières.

Le vieil instituteur avait persuadé son élégant confrère en vocation et collègue, Simon Rust, de remettre son voyage de retour à Kirkeø pour l'après-midi, et l'heure était venue. Il ne semblait pas que l'entente entre les nouveaux fiancés fût meilleure que la veille au soir, au contraire, ils marchaient à bonne distance l'un de l'autre sur le sentier et elle, qui eût dû être enamourée, paraissait pleine de doute. Quand ils arrivèrent aux palans, Joachim et ses hommes étaient assemblés. Les hommes se découvrirent devant les deux instituteurs et leur escorte.

« Tout est-il prêt ? » demanda Simon.

Joachim répondit :

« Tout est prêt. A notre avis. »

Alors, soudain, Fredrikke dit très haut, harassée par ses doutes :

« Il faut prendre garde à toi aujourd'hui, Marcelius. Personne d'autre ne peut-il monter dans la barque à ta place ? »

Tout le monde écoutait.

« Oh ! il est bien habitué, dit Joachim, le père du garçon.

— C'est quand même un spectacle, une barque avec un nom dessus, dit Fredrikke.

— Mais non, elle porte un joli nom, dit son père avec indulgence. C'est une chose que tu ne comprends pas, Fredrikke. »

Alors, Simon Rust dit tout net :

« C'est moi qui vais monter dans la barque. »

Tout le monde essaya de l'en empêcher, mais Simon grimpa et s'assit. Ils le supplièrent plusieurs minutes durant, mais Simon répondit fièrement, en termes éloquents :

« Eh bien ! que Fredrikke ait l'âme en paix !

— Attache-toi ferme, au moins, dit Joachim en lui tendant un filin.

— Larguez ! » dit Simon, agacé.

On détacha les haussières. La barque commença à descendre. Simon enleva le ruban de caoutchouc de son chapeau et en fixa le bout autour d'un bouton.

Joachim appela. Simon répondit, plus bas, contre le flanc de la montagne. L'un et l'autre ne pouvaient plus se voir. Mais Simon était si fâché qu'il répondait de plus en plus rarement, il ne daignait pas faire tant d'affaire pour une chose si minable ; finalement, il se tut. Marcelius n'avait rien à y voir, il se tenait loin à l'écart.

« Il doit avoir fait plus de la moitié du chemin, dit Joachim, il s'en tire bien, cet homme. »

Alors, d'en bas, de l'abîme, on cria. Personne ne comprit ce langage. Ce n'était pas « Attendez un peu ! » ou « Ça suffit maintenant ! », c'était « ho ! ho ! » suivi de fortes secousses sur la corde d'alarme. En haut de la montagne, ils crurent tous qu'il fallait haler un peu. Joachim et ses gens halèrent. Alors, aigu et pénétrant, un cri strident monta du gouffre, on entendit la barque donner un coup contre la paroi rocheuse, ce fut comme si l'île entière toussait, tel fut le bruit que cela fit.

Tout le monde pâlit. A l'instant même, les haussières devinrent toutes légères. Il y eut des questions et des cris. Joachim dit : « Larguez ! » Peu de temps après, il dit : « Hissez ! » Mais tout le monde comprit que cela ne servait à rien, la barque était vide, Simon l'avait retournée, il avait été précipité dans la mer.

Et pendant ce temps, la cloche de l'église se mit à sonner Noël à Kirkeø. Quel Noël ça allait bien pouvoir être !

Mais Fredrikke restait sage et droite. Elle alla trouver Marcelius et dit : « Que Dieu me pardonne mon péché, je suis contente que ça n'ait pas été toi. Pourquoi restes-tu là ? Tu ne descends pas en vitesse, du côté sud, pour sortir une barque et te mettre à sa recherche ? »

Et comme tout le monde comprenait qu'elle avait raison, les hommes se mirent à descendre l'île en courant. Seul le vieux Joachim, l'honnête constructeur de barques, resta.

II

« Je ne peux pas rester ici à tenir la barque éternellement, pensa Joachim. Ou bien je la remonte, et je n'ai pas les hommes qu'il me faut pour cela, ou bien je la largue en mer ! » Il y réfléchit longtemps encore, solidement, puis il laissa filer la corde.

Alors, il arriva ceci de remarquable, que la corde fila à peine une demi-minute, puis se fit molle dans sa main. La barque avait touché la surface de la mer.

Joachim ne parvenait pas à comprendre. Il hala sur une toise puis, de nouveau, largua. De nouveau, la barque toucha la mer. Du coup, le vieux Joachim fut pris d'une grande joie et chercha quelqu'un à qui raconter cela. Si la barque n'était qu'à quelques toises de la mer, Simon Rust ne pouvait s'être tué. Le tout était de savoir s'il ne s'était pas noyé.

« Dépêchez-vous, les gars ! cria Joachim du côté sud. Il se peut qu'il soit sain et sauf ! »

Et alors que Joachim tenait encore la corde molle, il sentit une secousse ; c'était comme si une main saisissait la barque en bas. « Ça doit être le ressac qui fait tanguer la barque ! » pensa Joachim. Il cria vers le bas :

« Es-tu en vie ? »

Mais l'Atlantique bruissait lourdement, pas moyen d'obtenir une réponse.

Il n'avait pas cessé de tenir la corde. Il aurait pu la fixer et attendre en toute quiétude. Mais Joachim pensait que ce n'était pas le moment de s'épargner. Il y avait peut-être un homme bien instruit, aux nombreuses compétences qui était rappelé à Dieu en plein sous ses yeux. Tant la vie était sublime au-delà de toute raison.

Un long quart d'heure passa. Quand le vent portait de ce côté-là, Joachim pouvait entendre sonner la cloche de Kirkeø et, pour dire vrai, cela lui paraissait mystérieux et grave. Il entendit alors des voix, en bas dans les profondeurs. C'étaient les sauveteurs. La barque était menée par ses propres gars, il savait qu'elle avançait rapidement. Joachim retint son souffle et écouta.

« Le voilà ! dit Marcelius.

— Il est là ? » demanda le père d'en haut de la montagne.

Peu après, il sentit que l'on avait détaché sa corde de la barque, il se pencha au-dessus de l'abîme et cria :

« Est-il en vie ?

— Mais oui ! répondit Marcelius. Remonte la corde. »

« Dieu soit loué, et merci ! » marmonna Joachim. Il remonta la corde, s'offrit une chique et descendit au bassin, du côté sud, pour retrouver ses gens. Chemin faisant, le très honnête constructeur de bateaux ne put s'empêcher de penser par-devers soi, tant sur le compte de Simon qu'au sujet de sa perte évitée de justesse. Simon était un farceur, instruit et avisé, peut-être qu'il avait lui-même fait basculer la barque et qu'il s'était jeté à l'eau quand il n'y avait plus que deux ou trois toises jusqu'à la surface de l'eau. Au diable ses farces ! pensa Joachim.

Il trouva l'instituteur et sa fille au bassin et dit :

« Il est sauvé.

— Sauvé ? cria Fredrikke. Tu plaisantes ?

— Il est sauvé. »

Le vieil instituteur dit : « Dieu soit loué et merci ! » Lui aussi, il était sincèrement heureux. Mais Fredrikke resta inébranlable et calme...

Quand les barques arrivèrent au bassin, Simon Rust était aux rames, il souquait de toutes ses forces ; il était trempé de la tête aux pieds, il avait froid.

« T'es-tu fait mal ? demanda Fredrikke. Où est ton chapeau ?

— On ne l'a pas trouvé, dit Marcelius.

— Alors, tu pourrais bien lui prêter ta casquette

en attendant, dit Fredrikke qui prenait soin de Simon.

— Il n'en a pas voulu, répondit Marcelius.

— Non, il faut m'excuser, je n'en ai pas voulu », dit aussi Simon qui était très fier bien qu'il tremblât de froid.

Le vieil instituteur questionna son collègue et confrère en condition sur l'accident, et Simon répondit ; Joachim trouva que ces deux-là parlaient un langage extraordinaire et profond quand ils étaient seuls. Simon Rust expliquait qu'il avait appris à nager à l'école normale, ce qui lui avait valu son salut. Mais il avait souffert du supplice de Tantale avant que la barque de sauvetage eût été visible. Il voulait raconter précisément l'histoire telle qu'elle s'était passée, afin qu'il n'y eût pas d'autre version par la suite.

« Il n'y a qu'une chose que je voudrais bien savoir, dit-il en s'adressant à Fredrikke. Qu'est-ce que tu as ressenti, Fredrikke, quand la barque a chaviré sous moi ?

— Ressenti ? dit Fredrikke.

— Et quel a été ton premier mot ? »

Fredrikke retrouva rapidement ses esprits.

« C'est moi qui ai envoyé à toute vitesse des gens en bas, te sauver, dit-elle.

— Alors, c'est bien », dit Simon.

Marcelius se tut. Il comprenait que maintenant, Simon Rust avait de nouveau le cœur de Fredrikke.

« Allons immédiatement chez moi te mettre un costume sec, dit le vieil instituteur. En vérité, c'est un miracle de Dieu que tu te sois sorti de cette catastrophe. »

Tous ensemble, ils aidèrent à tirer les barques à terre et Marcelius ne fit aucune différence, il mit des étais aussi bien sous la barque de Simon que sous la sienne propre, pour qu'elles ne soient pas renversées. Il laissa les autres prendre les devants. Quant à lui, il se rendit chez lui, d'humeur morose.

Le soir, Fredrikke vint faire une course à la maison voisine, mais sans entrer chez Marcelius. Il sortit sur le seuil pour la saluer et quand elle arriva, il dit :

« Bonsoir. Te voilà dehors, à te promener à la lumière des aurores boréales ?

— J'ai une course à faire, répondit-elle. Qu'est-ce que tu penses du miracle d'aujourd'hui ? »

Marcelius répondit :

« Je vais te le dire exactement : je ne crois pas qu'il y ait eu le moindre miracle.

— Ah bon ! Mais si toi, tu avais été renversé du bateau, est-ce que tu t'en serais tiré ?

— Il n'a pas été renversé, il s'est jeté de la barque à une hauteur de quelques toises, a dit le père.

— Il s'est jeté de la barque ? Ah ! Ça, tu l'aurais encore moins fait, toi. »

Marcelius se tut.

« Parce que tu ne sais pas nager, poursuivit Fredrikke. Et tu n'as pas appris tout ce qu'il a appris. Et tu n'as pas appris à jouer de l'orgue.

— Alors, vous allez vous marier, sans doute ? dit Marcelius.

— Je ne sais pas comment ça se passera, répondit-elle. Ça en a bien l'air, pourtant. »

Marcelius dit amèrement :

« Donc, c'est autant pour moi ; toi et lui, vous pouvez avoir la barque pour rien, comme j'ai décidé. »

Fredrikke réfléchit et répondit :

« Oui, si nous arrivons à quelque chose, nous pouvons avoir la barque, n'est-ce pas, comme tu dis. Mais si jamais il me laisse tomber, ce sera toi et moi qui nous mettrons ensemble, et alors, c'est lui qui nous paiera la barque. »

Cette décision ne suscita pas l'étonnement de Marcelius et il demanda :

« Quand est-ce que je pourrai le savoir ? »

Fredrikke répondit :

« Il s'en va chez lui demain, donc, il le dira sans doute. Mais je ne peux pas l'interroger là-dessus, tu sais. »

Néanmoins, il fallut que Marcelius attende plusieurs mois avant de savoir quoi que ce fût de précis.

Simon Rust s'en alla chez lui pour Noël et il ne décida rien avec Fredrikke avant de partir ; puis il alla faire la cour en plusieurs endroits de Kirkeø et fut bien reçu partout à cause de la puissance de son père. Mais il ne se lia nulle part, il se garda libre jusque-là. Finalement, il fit aussi une tentative auprès de l'institutrice du presbytère, qui était demoiselle et un personnage important, mais là, Simon Rust fut éconduit.

De tout cela, Fredrikke entendit parler et elle se chagrina souvent, plus qu'il n'en valait la peine.

Pour l'Épiphanie, cette année-là comme les précédentes, il devait y avoir danse de Noël à la maison de Joachim le constructeur de bateaux. Marcelius devait, comme d'habitude, accueillir les invités. On avait engagé des violoneux, et Didrik, qui s'entendait à pousser la chansonnette, avait aussi été engagé en temps voulu. Les gars avaient déjà invité leurs filles et Fredrikke avait promis à Marcelius de venir.

Alors, un quatre-rames mit un jour le cap sur l'île : c'était celui du vieux pêcheur Rust, il venait demander que Fredrikke vienne danser à Kirkeø ce même soir. Fredrikke se prépara aussitôt et se fit belle pour la fête.

Marcelius vint la trouver au bassin et lui dit :

« Fort bien, tu vas sans doute prendre une décision ?

— Oui, maintenant, il va y avoir une décision », répondit Fredrikke.

Elle resta assise dans la barque d'un bout à l'autre du chemin, l'air de bien savoir ce qu'elle ferait maintenant.

Elle fut accueillie par Rust, le grand pêcheur, et le soir, quand la danse commença, elle fut fort recherchée par les gars de Kirkeø. Quant à Simon, le fils de la maison, il plaisantait, maintenant comme toujours, avec tout un chacun, il entendait rester sur le même pied d'indécision qu'avant avec Fredrikke.

A intervalles, dans la soirée, on offrit un petit verre et du café aux invités. Le vieux Rust n'en était pas à un ou deux tonnelets près. Il siégeait, débonnaire et imposant, dans la petite pièce avec quelques pêcheurs d'un certain âge. Simon Rust prit un verre de temps en temps, lui aussi, pour ne pas faire le hautain, mais il ne lui seyait pas vraiment de danser avec les filles de pêcheurs, lui qui était instituteur de la jeunesse.

La nuit, quand tout le monde fut reparti, Fredrikke resta seule avec Simon. Elle devait rester jusqu'au matin. Mais même alors, Simon ne se montra nullement plus tendre envers elle qu'avant. Il aurait fallu qu'elle fût stupide pour prendre les petites pichenettes qu'il lui donnait au flanc pour de l'amour éternel.

« Je prends le frais, dit Fredrikke.

— En vérité, tu ne devrais pas, répondit Simon,

ça pourrait facilement avoir de graves conséquences pour ta santé.

— Dieu sait pourquoi la porte de la grange est ouverte », dit Fredrikke en la montrant du doigt.

Simon ne le savait pas non plus...

« Fermons-la », dit-elle.

Ils allèrent à la grange, il faisait clair à cause des aurores boréales et des étoiles.

Fredrikke passa la tête dans la grange et dit :

« Fais-moi voir combien de fourrage vous avez. »

Ils entrèrent.

« Nous avons toute une aire de foin, et là, encore une autre, dit Simon.

— Où ça ? »

Simon descendit dans le foin pour lui montrer.

Et Fredrikke suivit.

III

Fredrikke entretint un moment encore en Marcelius le demi-espoir qu'il pourrait l'épouser, et il attendit aussi, tout ce temps, dans un silencieux espoir. Mais au Mardi gras, en mars, Fredrikke n'hésitait plus. Elle dit à Marcelius que non, maintenant, plus question de demander autre chose, c'est Simon qui l'épouserait.

« Fort bien », dit Marcelius.

Et il ne mentionna plus la barque. Elle pouvait volontiers avoir la barque gratis maintenant, ça lui était égal. Il avait eu le temps aussi de se préparer à son sort, et d'un bout à l'autre du printemps, on vit Marcelius à son travail, parfaitement calme comme avant. Mais il était bien loin d'avoir la même ardeur au cœur et il vivait très seul.

Puis les jours allongèrent, le soleil et la douceur du temps s'en prirent durement à la neige, si bien que le temps s'acheva bientôt d'envoyer des barques au bas du glacier, du côté nord. Alors, les constructeurs de barques se trouvèrent désœuvrés pendant quelques semaines ; mais lorsque les tempêtes de printemps furent passées et que l'Atlantique retrouva son calme, les constructeurs de barques se rendirent à la pêche autour de l'île. Au cours d'une de ces tournées, Marcelius et son père gagnèrent beaucoup d'argent en repêchant une goélette démâtée qui dérivait, sans équipage, sur la mer.

Il n'y avait pas à s'y tromper, la considération dont jouissait Marcelius monta fortement dans l'île après cet exploit et quand, chaque jour, il allait voir l'épave amarrée à l'intérieur du bassin, il devenait tout naturellement le capitaine, en quelque sorte, de ce bateau abandonné. Les armateurs danois se firent connaître et versèrent le droit de sauvetage. A l'échelle de Blåmandsø, la somme était très grosse, mais les gens la grossirent encore et ce droit de sauvetage devint un conte de fées. On racontait que Marcelius, le constructeur de bateaux, voulait maintenant devenir marchand et se faire appeler Joachimsen.

Il alla voir Fredrikke un jour et dit :

« Ce qui va se passer, c'est sans doute que tu vas épouser Simon Rust pour de bon ?

— Oui, répondit-elle, c'est ça. »

Elle l'accompagna sur le chemin du retour jusqu'à sa maison, tout en tricotant. En cours de route, elle dit :

« Si ç'avait été maintenant comme aux jours d'autrefois, je t'aurais demandé d'aller chez Simon et de le ramener en barque ici. Mais te voilà devenu un grand homme à présent, Marcelius. »

Alors Marcelius répondit :

« Je vais te montrer que je ne suis pas plus grand qu'avant. »

Et loyalement, il rama jusque chez Simon.

Une fois Simon venu et reparti, Marcelius saisit, de nouveau encore, l'occasion et demanda à Fredrikke dans son aveuglement :

« Vous êtes toujours décidés, n'est-ce pas ? »

Elle répondit :

« Oui. Il y a maintenant une bonne raison pour que ça se fasse au plus vite.

— Donc, il n'y a plus à poser la question.

— Tu sais ce qu'il en est des affaires de cœur, dit Fredrikke. Je n'ai jamais aimé personne d'autre que lui. »

A cela, Marcelius ne répondit rien, c'était du beau parler, comme dans les livres. Il l'invita à entrer prendre un café, mais elle refusa en remerciant, disant qu'il ne devait pas se mettre en frais. Au moment de s'en aller, elle pensa soudain à la barque.

« Tu ne tiens sans doute pas à être payé pour la barque, maintenant, dit-elle, puisque te voilà devenu si riche. C'est Simon qui m'a priée de te le demander.

— Non, je ne me soucie pas de cette barque, répondit-il. Grâce à Dieu, j'ai tout ce qu'il me faut, pour ce qui est de l'argent et de la puissance. Quand est-ce qu'on publiera les bans ?

— Dans deux semaines.

— Tu n'as pas pensé aux bêtes en liberté cette année ? » demanda-t-il.

Elle répondit :

« Attendons quelques semaines pour elles aussi. Ça ne presse pas encore, la neige n'est pas partie.

— Je demandais seulement », dit-il.

Les bêtes en liberté, c'étaient des moutons à longue laine épaisse, de race islandaise. On les lâchait une fois pour toutes sur une île et elles y menaient leur vie hiver comme été, trouvant seules leur pâture. On les capturait une fois par an pour les tondre, au printemps, quand le beau temps était arrivé.

Lorsque deux semaines furent passées, on publia les bans de Fredrikke et de Simon Rust dans l'église de Kirkeø. Enfin, on avait abouti à quelque chose avec ces deux-là, la paroisse avait attendu longtemps. Le soir même, Fredrikke s'en vint à la maison du constructeur de barques Joachim, elle était toute facétieuse, le cœur léger.

« Soyez heureux et bénis ! dit la femme du constructeur de barques. J'ai entendu prononcer ton nom en chaire aujourd'hui.

— Est-ce que, par hasard, tu n'aurais pas mal entendu ? dit Fredrikke pour plaisanter.

— Soyez heureux et bénis ! dit aussi Marcelius. As-tu repensé aux bêtes en liberté ? »

Alors, Fredrikke rit et répondit :

« C'est formidable comme tu es pressé pour les bêtes en liberté cette année. Qu'est-ce que tu as ? Déjà à la Sainte-Croix, tu as commencé à en parler.

— Je me sentais tenu de le demander, répondit-il.

— Du reste, je viens dire que tu peux te joindre à ceux qui iront s'en occuper, demain matin », dit Fredrikke.

Il demanda très vite :

« Je peux aller avec eux, tu dis ? Oui, toi, tu n'arriveras peut-être pas à en être cette année ? »

Elle avait plus ou moins décidé de s'épargner, ce printemps ; mais la question insidieuse de Marcelius la fit rougir un peu et elle répondit :

« Je n'arriverai pas ? Peux-tu me dire pourquoi je n'y arriverais pas ? »

Fredrikke ne voulait pas que l'on dise d'elle qu'elle avait pris de plus en plus de précautions ces dernières semaines, aussi voulut-elle, cette année comme les précédentes, participer à la capture des moutons.

En entendant cela, Marcelius sortit aussitôt et ne rentra pas tant qu'elle resta là.

Il descendit les quelques marches jusqu'aux rochers où se trouvait le chantier de construction. Il y avait une longue caverne où l'on avait aménagé des cales pour chaque sorte de barques, du canot au dix-rames. Là, il arrangea tout, joliment et gentiment, et il nettoya par terre. C'était à la fin du mois de mai, il faisait jour jusqu'à onze heures du soir et davantage. Il fit un tour jusqu'au bassin. Son quatre-rames était là, posé sur ses étais, comme s'il le regardait. Ce fut minuit avant qu'il rentre à la maison.

Il ne se déshabilla pas. Il resta assis au bord de son lit. Son frère aîné était déjà couché et dormait. Marcelius alla à la fenêtre et regarda longuement dehors. Oh ! oui, oui, oui, oui, oui, c'est ça ! Seigneur Dieu ! Seigneur Dieu ! dit-il doucement en retournant vers le lit. Il se coucha sans se déshabiller, tel quel, et ne s'endormit pas aussitôt. Dès qu'il entendit sa mère ranimer le feu, en bas, il se leva, réveilla son frère et descendit. Il n'était que quatre heures du matin.

« Te voici debout de bonne heure, dit sa mère.

— Je pense aux bêtes en liberté, répondit-il. S'il

faut que nous les tondions toutes aujourd'hui, il faut partir tôt. »

Ils se préparèrent, les deux frères et la mère, et firent la traversée jusqu'à la maison de l'instituteur où ils attendirent, dehors, que Fredrikke arrive. Celle-ci n'emmenait que la bonne. Ils étaient à cinq personnes dans la barque.

Les deux frères ramaient posément et régulièrement, la conversation se déroulait entre les femmes. Le soleil se leva, l'île aux bêtes en liberté nageait, lourde et placide, dans l'océan. A longue distance déjà, les moutons avaient remarqué l'arrivée de la barque, ils regardaient fixement, éberlués, ils avaient tous cessé de mastiquer. Pour ne pas effrayer ces bêtes farouches, on faisait aussi peu de bruit que possible dans la barque.

Mais les moutons avaient oublié cette même visite d'une embarcation l'année précédente, ils n'avaient jamais vu de leur vie un spectacle comme celui-là. Ils laissèrent la barque s'approcher et, dans leur prodigieuse imbécillité, ils ne réagirent pas ; ce n'est que lorsque la barque accosta qu'un grand bélier, velu, se mit à trembler. Il jeta un coup d'œil sur les autres moutons, puis, de nouveau, sur la barque. Soudain — alors que les cinq personnes restaient un instant immobiles sur la grève, la barque ayant été tirée à terre — il parut au bélier que cela dépassait tous les dangers qu'il eût vus, il se jeta de côté et s'enfuit dans un bond sauvage vers l'intérieur de l'île. Et tous les autres moutons suivirent.

« Ça ne sera sûrement pas facile d'attraper les moutons cette année non plus », se dirent les femmes.

Toute la bande se rendit dans le haut de l'île. Il s'agissait de s'emparer d'un agneau : la mère serait plus facile à capturer. Ils s'évertuèrent jusque bien avant dans la matinée avant de réussir à saisir une bête adulte. On fit peur à un groupe pour le faire descendre vers la barque. Dans sa terreur mortelle, il se jeta dans la mer et Marcelius pataugea dans l'eau pour s'emparer des moutons l'un après l'autre.

« Voilà que tu es trempé », dit Fredrikke.

Pendant que les trois femmes étaient en train de tondre, les frères se tenaient prêts avec trois autres bêtes qu'ils gardaient attachées et Marcelius se trouvait à proximité de Fredrikke ; le soleil de printemps, chaud et rond, brillait sur eux.

« C'est mon deuxième, dit Fredrikke. Elle bourra la laine dans un sac et se leva.

— Voyons si nous deux, nous pourrons nous emparer tout seuls d'un mouton », dit Marcelius d'une voix qui tremblait bizarrement.

Fredrikke le suivit, ils arrivèrent hors de portée d'oreille des autres.

« Je crois qu'ils sont d'un autre côté », dit Fredrikke.

Marcelius répondit :

« Voyons ici d'abord. »

Ils passèrent du côté nord où il y avait de l'ombre, mais ils ne virent pas de mouton.

« Ils doivent être tout au bout du cap », dit Marcelius en se dépêchant. Mais Fredrikke ne pouvait courir de sa danse légère comme aux anciens jours, elle ne parvint pas à suivre. Marcelius la prit par la main pour la faire avancer ; en même temps, il parlait anormalement fort, il dit :

« Tu vas voir, tu vas voir !

— Il ne faut pas crier si fort et effrayer les moutons », dit Fredrikke qui pensait à son travail.

Mais il la traîna derrière lui en parlant haut et avec véhémence :

« Tu vas voir ! Je vais t'apprendre à jouer de l'orgue !

— Mais qu'est-ce que tu veux ? » demanda-t-elle en essayant de lire son visage.

Son visage était méconnaissable.

Alors, elle se mit à résister et à se faire lourde, ses pieds glissaient sur la montagne, Marcelius la menait sans pitié. L'idée lui vint que maintenant, on allait la tuer, et elle perdit le cœur. Sans un mot, sans un cri, elle fut traînée sur le cap et lancée dans l'abîme.

Elle était tellement atterrée qu'elle ne s'agrippa même pas aux habits de Marcelius. Il resta sur le cap, sain et sauf, bien que son intention eût été de se précipiter avec elle.

Il regarda farouchement autour de lui, pour voir si les autres avaient suivi, mais on n'apercevait personne. Il jeta un coup d'œil par-delà le rebord du cap. Le bruissement, en bas, était accablant, la mer avait déjà pris Fredrikke. Il voulait la suivre, il tira sur son gilet, il voulut se lancer dans le vide, mais renonça et se mit à chercher du regard une descente. Pendant qu'il descendait, il tâtait soigneusement du pied chaque degré pour ne pas glisser. Arrivé à mi-chemin, il pensa qu'il lui était égal de tomber et de se blesser ; mais il continua d'examiner prudemment les endroits qu'il foulait.

La mer arrivait tout contre la paroi rocheuse et quand il ne resta plus que quelques toises jusqu'en bas, Marcelius s'arrêta. Il retira sa vareuse et son gilet et les posa sur le rocher, pour que ses vêtements puissent profiter à quelqu'un, ensuite il joignit les mains et pria Dieu de recevoir son âme pour l'amour de Jésus-Christ. Puis il sauta.

PAR LE DOUX ÉTÉ

UN TOUT PETIT ROMAN

Titre original de la nouvelle
extraite du recueil *Stridende Liv* (1905)

UDI SØDEN SOMMER

Il y avait quantité de clients à la pension de famille, messieurs et dames mêlés, certains même du pays voisin. Hommes et femmes, ils avaient tous une petite indisposition, ils étaient surmenés, ils étaient venus se reposer quelques semaines dans cette petite ville de pêcheurs au bord de la mer. Les gens mariés étaient en majorité et, pour être vraiment en paix, souvent, ils n'avaient pas amené leur moitié, ils étaient là pour leur propre compte. On se courtisait beaucoup parmi les époux séparés de leur conjoint et l'on voyait des gens d'un certain âge rajeunir sous les lampes du salon. Mais tous, ils disaient : « C'est cet air sain, c'est la mer ! »

C'étaient des gens bien élevés et distingués, tous, des négociants, quelques enseignantes, des chefs de service. Et il y avait une femme de consul général, et une conseillère d'État, chacune avec son mari. Un monsieur cousu d'or, de la capitale, qui n'avait sur sa carte de visite que : Otto Mengel, négociant, se faisait appeler M. le directeur. L'hôtesse s'entendait parfaitement, lors des présentations, à exhausser chacun au degré convenable. Du directeur Mengel, d'ailleurs, il n'y a que du bien à dire ; c'était sûrement un homme influent et il portait les insignes francs-maçons à sa chaîne de montre. On s'étonna toutefois que le jeune Oxenstand, qui était un fameux lion, et qui, jusque-là, ne s'était incliné devant personne, saluât en s'inclinant de façon frappante le directeur Mengel lorsque celui-ci débarqua à la pension de famille. Ce n'est que plus tard qu'il apparut que M. Mengel menait une entreprise fort lucrative dans la capitale.

Parmi les pensionnaires, les bavardages n'étaient que de type amical, sans méchanceté excessive. Mais l'agent d'assurances du pays voisin s'était attiré une réelle antipathie de tous côtés en raison de ses tentatives de faire signer des contrats d'assurances en pleine pension de famille. C'était comme s'il avait compté que quelqu'un allait mourir ; or, il n'y avait personne qui allait mourir. On l'appelait bien, lui aussi, M. le directeur, pour attiser son sens de la dignité, mais c'était de l'amabilité perdue. Lui, il se faisait appeler agent Anderson, et rien d'autre, et il reprenait ceux qui lui donnaient du M. le directeur.

Ce mufle... il n'existait que pour les affaires. Il ne souffrait de rien et, pour dire la vérité, il dormait et mangeait solidement, il avait des forces en surabondance. Un jour, Mme le consul général dit : « Dehors, ce M. Anderson ! »

Mais Mme Milde savait bien pourquoi Mme le consul général réclamait l'expulsion de M. Anderson : il n'avait pas payé de retour les bontés ridicules qu'elle avait eues pour lui. Un soir, elle était restée seule, à rêver, dans le noir, au jardin, et M. Anderson était passé. Elle l'avait interpellé et l'appelant « directeur » et avait même laissé entendre qu'il était si fort, en si bonne santé, que lorsqu'elle le voyait, elle en avait les nerfs apaisés.

« Ah bon ! avait dit Anderson.

— Pensez donc, je vois bien que vous avez les

bras velus, ha ! ha ! ha ! avait dit Mme le consul général. Venez, tenez-moi un peu compagnie.

— Il fait trop noir, avait-il répondu.

— Oui, mais ne rentrons pas dans toute cette lumière.

— Voyez-vous, je sais par expérience que je vois mieux à la lumière que dans le noir », avait dit Anderson.

Il avait la nuque raide. Et l'opinion générale était qu'il n'aimait pas la nature non plus ; on l'avait vu contempler la mer d'yeux parfaitement secs. Le lion Oxenstand essaya un jour de plaisanter avec lui ; il n'y parvint pas. En général, il était fort drôle d'écouter les réponses de l'agent. La jeune Mme Trampe, une beauté, lui demanda un jour en pleine table :

« Ainsi, vous n'êtes pas marié ?

— Non, répondit-il. Mais il n'est pas dit que je n'aie pas eu pour autant de mauvaise fortune... »

Et puis, il se fit que la nouvelle dut venir.

Il arriva du pays voisin un télégramme demandant s'il y avait à la pension de famille une place pour une dame. Il y était dit que ce pouvait bien être une petite chambre, mais qu'elle devait se trouver au rez-de-chaussée. La propriétaire répondit que, oui, elle avait de la place.

Tous les clients de la pension de famille attendaient la dame. Pourquoi voulait-elle loger au rez-de-chaussée ? Était-elle boiteuse ? Les jeunes dames qui étaient dans leur troisième ou quatrième année de mariage n'avaient rien contre le fait que cette dame ne fût pas une beauté. Le lion Oxenstand dit : « Il suffit qu'elle soit jolie ; quoi qu'il en soit, elle ne pourra pas se mesurer à vous, madame Trampe. »

Deux jours après, elle arriva. Son cocher la mena bon train jusque devant l'entrée de la pension de famille et s'arrêta net. La dame sortit. On cessa soudain de jouer sur le court de tennis. Tout le monde regardait la dame. Elle avait un grand chapeau et de vraiment beaux habits, et lorsqu'elle sortit, chacun put voir comme elle était jeune.

« Je m'appelle Mme Anderson, dit-elle à la propriétaire.

— Elle s'appelle *comment* ? demanda Mme le consul général.

— Anderson ! répondit Mme Trampe, la beauté.

— Ah ! bon ! Encore une Anderson ! Bientôt, on ne va plus pouvoir rester ici ! »

Mme le consul général avait raison, il fut presque impossible de supporter Mme Anderson — sauf pour les messieurs. Mais eux, elle les émoustilla étonnamment. A priori, la chose n'était pas tellement facile à comprendre, elle n'était pas belle de visage et elle n'avait pas non plus les yeux brillants de Mme Trampe, il n'y avait pas de comparaison possible. Mais elle avait des yeux sombres, dangereux, oh oui ! De plus, ses sourcils ressemblaient à des sangsues noires se faisant face, l'air mystérieux. Et elle était jeune et presque blonde, et sa bouche était comme une fleur.

Bon...

Mme Anderson se levait trop tard le matin ; il fallut que l'hôtesse lui rappelle l'horaire fixe de la pension de famille : petit déjeuner à neuf heures précises.

Mme Anderson répondit :

« Je me présenterai à neuf heures précises, excepté le matin. »

Force fut au consul général lui-même de la regarder. Elle rencontra son regard. Et le consul général était ainsi fait que personne ne lui apprendrait à lire dans un regard. Il était d'une famille bien connue de poètes, lui-même écrivait de remarquables poèmes sur la nature et les êtres humains.

Qu'est-ce que c'était donc que l'ardeur manifeste de ces yeux-là en plein milieu du jour ! Le consul général le vit : c'étaient des yeux qui commençaient à en vouloir...

Le temps passant et Mme Anderson ayant reçu sa note, elle demanda sans autre forme de procès un délai pour payer. Elle n'avait pas d'argent, dit-elle, mais il y aurait sans doute une issue un de ces jours.

Le soir, elle eut une conversation avec le conseiller d'État Adami. Il était en plein dans sa seconde jeunesse, cette dernière flambée où la vieillesse redevient jeune comme nature. Les questions et les réponses de Mme Anderson divertissaient beaucoup ce monsieur élégant au front dégarni.

Quand la femme du conseiller l'appela pour sortir, le consul général prit aussitôt sa place. Il y avait longtemps qu'il l'attendait.

Il dit :

« J'envie au conseiller d'État la longue conversation qu'il a eue avec vous.

— C'est vous que j'ai attendu, monsieur le consul général, répondit la dame. Entre autres, pour vous demander quelque chose et vous remercier.

— Qu'est-ce ?

— Est-ce vous qui avez fait déposer des fleurs dans ma chambre ?

— Des fleurs ? Je dois avouer que... Vous avez reçu des fleurs ?

— Pardonnez-moi ! dit la dame. Je m'imaginais trop de choses aussi. »

Ces fleurs mystérieuses firent monter la poésie à la tête du consul général et il s'écria :

« Mon Dieu, ç'aurait dû être moi. Nous devrions tous faire cela chaque jour.

— J'aime les fleurs, dit la dame, mais je suis trop pauvre pour en acheter. »

Il se fit qu'elle se mit à raconter diverses choses sur sa vie, et que le consul général en fit autant. Jamais encore, il n'avait été si communicatif avec une personne étrangère. Pour finir, il se rendit parfaitement ridicule.

La dame dit :

« Mais voyons, vous êtes marié, monsieur le consul général !

— En amour, il est mieux venu de regarder en avant qu'en arrière », répondit-il en soupirant.

Au dîner du lendemain, le consul général était tout languide et fébrile à cause d'un petit poème qu'il avait glissé dans la serviette de Mme Anderson. Lorsqu'elle le trouva et se mit à le parcourir, elle s'écria, à l'intention de son voisin : « Ouf ! Il fait plus chaud que jamais ici, aujourd'hui ! »

Le bruit courut que c'était certainement le conseiller d'État, le vieux monsieur au front dégarni, qui avait fait introduire les roses dans la chambre de Mme Anderson. Mais devant la dame elle-même, il nia le fait.

« Non, non, ce n'est pas moi, dit-il. Je n'ose l'avouer. »

La dame le regarda, étonnée soudain. Elle leva un peu les sourcils, ces deux fines sangsues qui se faisaient face, et dit :

« Oh ! comme vous parlez joliment ! Votre voix grave avait des accents de harpe ! Chantez-vous, monsieur le conseiller d'État ?

— Euh... Non, je ne chante pas. C'est-à-dire, on s'y est intéressé, un peu, n'est-ce pas. »

C'était comme un jouvenceau. Ce devait être l'air

sain, et la mer, qui l'avaient rendu ainsi, frais comme l'œil et impétueux.

Sa femme l'envoya chercher, mais il ne bougea pas.

« Je n'y vais pas, dit-il. Qu'on me laisse un peu en paix, quand même. Oh ! que me veut-on donc ? »

Mme Anderson approuva et fut d'accord pour qu'il reste.

« Nous pouvons parler affaires, dit-elle. Donc, vous oserez bien rester ?

— Oui, je ferais volontiers affaire avec vous, madame. Voyons cela ! C'est cela, faisons une petite affaire entre nous.

— Pas une grande affaire ?

— Si, une grande affaire. Plus elle sera grande, mieux ce sera, ha ! ha ! ha ! Que Dieu vous bénisse. »

Mais Mme Anderson parlait sérieusement ; elle voulait qu'il prît une assurance sur la vie, elle voulait l'assurer.

« Ah bon ! dit le conseiller d'État, abasourdi. Madame est-elle agent d'assurances ?

— C'était il y a quelques années. Il m'a fallu aider mon mari à gagner sa vie. Que devais-je faire ?... » Et elle poursuivit en déclarant qu'elle ne l'escroquerait pas ; il n'était pas nécessaire que cela fît une grosse somme.

« Si, dit le conseiller d'État, s'il faut le faire, autant que ce soit pour une grosse somme. Au total, il peut être tout à fait raisonnable de s'assurer.

— Je vais envoyer les papiers à mon mari pour signature, dit la dame. Pour la forme, il faut que votre médecin de famille vous examine, quoique vous soyez en aussi bonne santé qu'un jeune homme. Le médecin va venir tout de suite. »

Quand le conseiller d'État retrouva sa femme, il déclara sans préambule :

« Je traitais des affaires, je n'ai pas pu venir. Que me voulais-tu ?

— Tu traitais des affaires ? Avec elle ?

— Je prenais une assurance sur la vie. C'est très important d'être assuré. Elle est représentante de la meilleure compagnie.

— De la pire, répondit sa femme en jouant sur l'ambiguïté de l'expression, elle représente la pire compagnie. »

Le conseiller d'État était content d'avoir pu plaire à Mme Anderson. Il pressa personnellement les choses pour que l'affaire puisse se régler le plus vite possible et quand le médecin du pays voisin arriva, le conseiller d'État se soumis à l'auscultation de très bon gré.

Bien entendu, il n'avait rien qui n'allât point, strictement rien.

La dame lui tendit la main et le remercia.

« Vous ai-je vraiment rendu service en cela ? demanda-t-il.

— Grand service. Vous m'avez aidée. Je n'en dirai pas davantage. »

Le conseiller d'État laissa libre cours au meilleur de lui-même et dit :

« Je crois bien que je peux amener le consul général aussi à faire la même affaire avec vous si vous y attachez de l'importance. »

Alors, Mme Anderson déclara qu'il était son ami et son bienfaiteur. En même temps, elle regardait autour d'elle, rougissant merveilleusement des deux joues.

« Il me semble que nous pourrions faire cela maintenant, tandis que le médecin de la compagnie est ici, dit le conseiller d'État au consul général. Nous faisons certainement une bonne action envers cette dame en agissant de la sorte. C'est-à-dire, elle n'a rien dit ouvertement dans ce sens, mais...

— A moi, elle a dit carrément qu'elle était pauvre, répondit le consul général. Je trouve que c'est bien dommage. Une délicieuse enfant, des yeux dangereux. »

Le poète, en lui, s'emballa, il ne voulait pas être en reste, il s'assura pour la même grosse somme que le conseiller d'État. De plus, il avait une petite raison personnelle de faire cette faveur à Mme Anderson : elle venait de le remercier de son poème avec une sensibilité qu'il n'était pas possible de tenir pour moins qu'explosive. Le poète s'emballa de plus belle en lui, et il dit :

« Et si nous assurions également nos femmes ?

— Quoi ? Nos femmes ? demanda le conseiller d'État. Non, impossible, je n'y amènerai pas la mienne. Vous savez, l'auscultation... Jamais.

— Il me semble, pour ma part, que c'est presque notre devoir. »

Il y eut une pause. Le conseiller d'État ruminait fortement.

« Elle va le faire ! cria-t-il soudain. Je vais la trouver sur l'heure. »

Rarement, Mme le conseiller d'État avait vu son mari si résolu. Il ne souffrit aucune objection.

« C'est notre devoir, dit-il dans les termes du consul général.

— C'est notre devoir ? »

Là, le conseiller d'État eut l'esprit prompt et astucieux. Il ne s'égara pas, il fit un signe de tête solennel et dit :

« C'est notre devoir. Nous avons une fille que nous quitterons un jour. »

Et bien que la fille fût déjà mariée et eût deux

millions, il n'y eut aucune, aucune objection à faire devant la solennité du conseiller d'État...

Le médecin étranger eut fort à faire, à ausculter ces nombreuses personnes distinguées, intérieurement et extérieurement, et à leur délivrer des certificats selon leurs divers états. C'était un homme jeune aux yeux foncés, en habits gris clair. Le lion Oxenstand ne put rivaliser avec lui, il fut réduit à rien pendant les jours que le médecin étranger passa à la pension de famille. Au début, il essaya de faire l'indifférent, mais lorsque Mme Trampe, la beauté, prit elle aussi un éclat plus intense dans le regard quand elle voyait le médecin, le bon lion perdit la tête.

« Vous vous êtes jouée de moi », dit-il à Mme Trampe. Il le répétait quotidiennement, reprenant ses reproches.

Un jour, elle lui répondit tout à trac, fatiguée et excédée du lion Oxenstand :

« Je ne me suis pas jouée de vous. Mais je ne tiens pas à vous de la façon que vous voudriez. Et à quoi cela mènerait-il aussi ? Je suis mariée, pensez-y.

— C'est ce que vous auriez dû me dire en commençant, répondit-il. Or, vous avez fait exactement le contraire.

— Mais nous serons de très bons amis, n'est-ce pas ? » poursuivit-elle.

Alors, le lion rit :

« Et vous serez pour moi comme une sœur, n'est-ce pas, ainsi que cela s'appelle ?... »

Le médecin la chavirait. Le soir, elle eut une conversation avec lui dans le jardin.

« Je connais quelqu'un qui pourrait être sensiblement plus heureux, dit-elle en devenant écarlate.

— Mais ce n'est pas vous ?

— Si, c'est moi. Vous êtes médecin, vous comprenez cela. Il est dangereux de se trouver à la campagne et de devoir à l'air et à la mer une santé de fer. Et ici, il n'y a personne à qui parler. Personne, avant que vous n'arriviez. »

Le lion Oxenstand passa. Il avait l'air de chercher quelqu'un à battre à mort.

« Cette Mme Anderson peut se trouver en votre compagnie quand elle le veut », dit la dame.

Le docteur rit et dit :

« C'est uniquement pour affaires. Nous assurons les gens. Elle gagne de l'argent à foison... Faites-moi voir votre bague. Donnez-moi quand même votre main. Non ? Rien qu'un instant ?

— Non, je n'ose pas. Mme Anderson fait-elle cela ? Bien, je pose ma main dans la vôtre comme si je consentais à quelque chose. Mais Dieu, non, je ne consens à rien, comprenez-moi bien. Cher monsieur, que faites-vous ? »

Elle retira sa main.

Néanmoins il avait eu le temps de l'embrasser.

« Comme votre main est fine et chaude ! » dit-il.

Et Mme Anderson passa. La jalousie s'alluma-t-elle en elle ? Ses yeux prirent un éclat bizarre quand elle vit les deux autres. Mme Anderson poursuivit fièrement son chemin, mais lorsque le lion Oxenstand, assis sous la véranda, se mit à lui parler, elle lui donna la réplique avec une ardeur inhabituelle. Et ils restèrent assis, à converser fébrilement, comme s'ils voulaient montrer aux deux autres dans le jardin qu'ils étaient tombés d'accord.

Mme Anderson ne craignait plus aucune note d'hôtel. Elle payait sa pension comme si cette petite somme n'était rien, un pourboire tombé des grosses primes d'assurances. Par les soirs obscurs, le conseiller d'État jetait de gros bouquets par sa fenêtre du rez-de-chaussée. Assurément, elle était profondément en disgrâce auprès de chacune des dames de ce lieu ; mais elle n'en avait cure. Elle semblait avoir un cœur de pierre pour tout autre que ceux auxquels elle s'intéressait. Ainsi, elle n'éprouvait aucune compassion pour son concurrent malheureux, l'agent d'assurances Anderson. C'était un mufle, il ne parlait pas aux cœurs. Aux quelques mots qu'ils avaient échangés, elle et lui, les assistants avaient pu comprendre ce qu'ils se souhaitaient mutuellement : néant, mort et abomination.

L'agent Anderson avait un air de conjuré dangereux.

Une nuit chaude, le conseiller d'État était à sa fenêtre pour prendre le frais. Il faisait noir, il n'entendait que le calme bruissement des arbres dans le jardin. L'idée lui vint de jeter les yeux sur les fenêtres de Mme Anderson, en dessous, pour s'assurer qu'elles étaient fermées, que la lampe était éteinte, que la dame dormait. Alors, il entendit dans l'obscurité une fenêtre s'ouvrir, une des fenêtres de Mme Anderson, et un homme sauta dans le jardin. Une vilaine piqûre transperça le conseiller d'État Adami et il ne parvint pas à dormir cette nuit-là.

Le lendemain, il porta comme un homme son redoutable secret ; mais vers midi, il renonça à lutter plus longtemps en silence. Il se rendit chez Mme Milde et l'initia à l'affaire.

Il apparut que ces deux pensionnaires qui n'avaient appris à se connaître qu'en ce lieu s'entendaient fort bien déjà. Ce devait être l'air sain qui avait accompli de si grandes choses.

« En quoi Mme Anderson te concerne-t-elle, mon cher ? dit Mme Milde.

— Je ne supporte pas cela, répondit le conseiller d'État. On doit avoir la paix, la nuit. »

Mme Milde se jeta à son cou en pleurant et le conjura de ne penser exclusivement qu'à elle-même. Exclusivement. Sinon, elle n'y résisterait pas.

« Allons ! Allons ! dit le conseiller d'État. Mais oui, exclusivement... Pourtant... Oui, je dis bien : exclusivement. »

Mais Mme Milde pleura de plus belle en lui reprochant de laisser passer les jours l'un après l'autre sans qu'elle le vît. Elle dit :

« Tu es captivé par cette étrangère, tu ne viens pas me voir.

— En fait, peux-tu me dire qui est ce misérable qui vient lui rendre visite la nuit ? » dit le conseiller d'État, perdu dans ses pensées.

Mme Milde éclata :

« Là ! tu vois ! tu es encore en train de penser à elle ! Non, je n'y tiens plu-u-us ! »

Il fallut que le conseiller d'État reste auprès d'elle une bonne demi-heure, qu'il la caresse, qu'il fasse tout pour la remettre de bonne humeur. Avant de partir, toutefois, il dit très dignement :

« Je crois bien, du reste, qu'il faut ajouter que nous deux, nous devrions nous conduire davantage comme frère et sœur l'un vis-à-vis de l'autre. »

Et, fort remarquablement, Mme Milde était si bien calmée qu'elle put entendre sans larmes les paroles du conseiller d'État. Elle se renversa dans le sofa et, peu après, tomba dans un bon sommeil.

Pour le conseiller d'État, il alla ensuite trouver, avec son secret, le consul général. C'était de la sottise aussi que de s'adresser à des femmes dans une pareille affaire.

« Je ne vous soupçonne pas d'être l'homme de cette nuit, dit-il au consul général. Et vous ne me soupçonnez pas.

— Non, jamais de la vie ! » dit poétiquement le consul général.

Et ils eurent l'un et l'autre les yeux luisants de confiance réciproque.

Ils discutèrent de l'affaire, présumant que le coupable devait être le lion Oxenstand. Le conseiller d'État fut chargé de continuer à garder l'œil sur les fenêtres de la séduisante dame.

« C'est quand même scandaleux, dit le conseiller d'État, que cet Oxenstand doive avoir accès en ce lieu. En réalité, c'est pourtant nous, vous et moi, qui avons été les véritables amis de cette dame.

— Si c'est Oxenstand, je vais parler à la propriétaire, dit le consul général. Il faut le mettre à la porte. Je ne supporte pas cela. »

Le conseiller d'État répondit :

« Moi non plus, je ne supporte pas cela. Je n'ai pas dormi une minute cette nuit... »

L'Oxenstand en question donnait lieu à grand soupçon, aussi. Il était de plus en plus captivé par Mme Anderson et lui adressait la parole, à portée d'oreille de tout le monde, en termes suaves. Son précédent amour, la beauté, glissait dans l'ombre de plus en plus.

Il prit à l'écart Otto Mengel, le négociant, et se mit à lui parler d'argent. Il lui fallait encore de l'argent, un nouvel emprunt.

« Non, dit l'usurier, cela fait de trop grosses sommes. Vous avez certainement assez de difficultés avec ce que vous avez reçu.

— Absolument pas. Vous vous trompez. En outre, mon oncle va mourir bientôt, je viens de recevoir une lettre, il va mourir incessamment.

— Oui, espérons-le ! » dit Otto Mengel.

Mais il ne voulut pas aider davantage le lion.

Et ce furent des jours pénibles pour le lion. Il

avait promis de s'assurer auprès de Mme Anderson, il ne pouvait tenir parole. Finalement, il reçut un jour un télégramme disant que son oncle était mort et Otto Mengel, le négociant, fut disposé aussitôt à prêter de l'argent. Jamais encore le lion n'avait payé de pareils intérêts. Pourtant, il garda le silence, car c'était lui-même qui avait rédigé son télégramme.

Puis, une sombre nuit, une des fenêtres de Mme Anderson s'ouvrit de nouveau et un homme en sauta. Le pauvre conseiller d'État Adami était là-haut à son poste d'observation. Il put tout voir, sans rien entreprendre, rien de plus. Seulement, le lendemain matin, il emmena le consul général et examina les traces en bas des fenêtres de la dame.

« Ce sont des traces bizarres, dit le consul général.

— Ce sont des bottes à talons ferrés, dit le conseiller d'État. De ces choses comme en portent les paysans. »

La nuit suivante, ils examinèrent toutes les chaussures déposées dans les corridors pour être cirées, et trouvèrent une paire de bottes à talons ferrés. C'étaient les bottes de l'agent d'assurances Anderson.

Jamais les deux vieux filous n'avaient été pareillement frappés d'étonnement. Mais ils étaient révoltés et ne voulurent pas supporter cela. Au cours de la matinée, ils firent quelques allusions à l'agent d'assurances et ne voulurent pas davantage épargner à la dame volage un petit tourment.

« Il y avait du monde sous vos fenêtres cette nuit, dit le conseiller d'État.

— Oui, dit aussi le consul général, juste sous vos fenêtres. Dans la nuit profonde et noire.

— Qu'est-ce que vous dites ? répondit la dame. Étaient-ce des voleurs ?

— Un homme court et trapu. Trente ans. En habits sombres. Avec des bottes à talons ferrés comme en ont les paysans.

— Je n'oserai plus coucher ici », dit la dame.

Et elle ne coucha plus là non plus.

Au cours de la journée, il n'y eut pas moyen de trouver la dame nulle part. Sa place à la table du dîner resta vide. A côté, une autre place se trouvait vide : celle du médecin de la compagnie d'assurances. Où est-elle partie, où peuvent-ils bien être ? dirent-ils tous. Mais l'agent d'assurances Anderson, du pays voisin, ne pipait mot, il avait une allure de conjuré.

Ses allures ne s'adoucirent en rien quand la propriétaire l'appela à son bureau pour lui faire savoir qu'on l'avait vu, de nuit, quitter la chambre de Mme Anderson en passant par la fenêtre.

« Et alors ? dit Anderson.

— Il faut que M. le directeur s'en aille, dit la propriétaire. Il n'y a pas à tolérer de pareilles choses dans ma maison. »

Anderson marmonna :

« Le pire, ce n'est pas que j'aie été dans sa chambre et qu'il faille maintenant que je m'en aille.

— J'ai fait venir une voiture pour vous.

— Ce qui est le pire, c'est qu'ils sont partis maintenant, poursuivit Anderson. Et pouvez-vous me dire pour où ils sont partis ?

— Là-dessus, je ne peux vous être utile en rien », répondit la propriétaire.

Anderson se parlait à lui-même :

« Il y a longtemps que je les soupçonnais. Mais j'espérais qu'elle se contiendrait, ici, en lieu étranger.

— Il me semble que c'est vous qui n'avez pas été capable de vous contenir. »

Anderson commençait à s'énerver, il répondit :

« Il fallait que j'entre chez elle pour régler les papiers, il fallait que je signe les polices. Vous ne comprenez pas cela ?

— Qu'avez-vous à faire de ses polices ? Une dame étrangère !

— Elle ? Une dame étrangère ? Mais voyons, c'est ma femme !

— Votre femme ? demanda la propriétaire incrédule.

— C'est ma femme ! cria l'agent Anderson. Je suis venu ici sans parvenir à faire d'affaires, alors, je lui ai écrit de venir. Et voilà qu'elle est partie avec le docteur. Ils m'ont floué, ils ont emporté tout l'argent. »

La propriétaire demeura une bonne minute silencieuse à réfléchir. Elle avait encore un léger soupçon.

« On peut rendre visite à sa propre femme pendant la journée, dit-elle, à titre de petit essai.

— Est-ce qu'on ne peut rendre visite à sa femme, de nuit également ? » demanda Anderson, agacé...

Cela fit un choc dans toute la pension de famille tous les messieurs se sentirent ridiculisés par la sournoise dame. L'agent Anderson montra papier sur papier, fournissant la preuve que la dame était sa femme, il ne pouvait plus y avoir aucun doute à cet égard, ils avaient agi de concert en assurant toute la pension de famille. Le lion Oxenstand, surtout, aurait voulu annuler son assurance sur la vie, mais il dut rester muet comme la tombe, car c'est lui-même qui avait rédigé le télégramme. Le conseiller d'État Adami et le consul général menacèrent Anderson de le dénoncer.

« Je vous en prie ! répondit Anderson. Vous vous

êtes assurés auprès de moi, les polices sont en vigueur, ma signature les a validées... »

Et l'agent Anderson ne quitta même pas la pension de famille, toutes affaires cessantes, comme on l'avait exigé initialement. Les messieurs condamnèrent l'astuce qui consistait à se servir de sa femme comme d'intermédiaire, mais les dames prirent le parti de l'agent et commencèrent à lui rendre la vie plus supportable en lui manifestant de la compassion. Dans leur joie de voir la dangereuse dame disparue, elles allèrent même jusqu'à consoler directement l'agent dans son adversité.

« Elle reviendra sûrement ! dit Mme Milde. Elle apprendra sûrement à comprendre qu'il n'y a au fond que vous au monde et personne d'autre. Du moins, c'est ainsi pour moi avec mon mari. »

Et même Mme Trampe, la beauté, que le médecin des assurances avait totalement abusée, déclara qu'il en allait ainsi pour elle et son mari, qu'il n'y avait au fond que lui au monde.

Mais l'agent Anderson avait une façon bizarre de s'affliger.

« Bien entendu qu'elle reviendra, dit-il. Je l'attends : elle est tellement habile pour assurer les gens ! Mais si elle s'enfuit avec les primes, elle me coûte trop cher. »

Trois semaines après, il arriva une lettre de la femme en fugue, disant que maintenant, elle s'agenouillait sur le seuil de la maison de son mari. Et ses yeux étaient emplis de larmes, écrivait-elle. Et ne me questionne pas sur le docteur, était-il dit encore, il est parti pour la vie.

Force fut à l'agent Anderson d'approuver :

« Qu'est-ce que j'avais dit, est-ce qu'elle ne revient pas ! Mais qu'elle recommence encore une fois en emportant la caisse, et je la dénonce. »

Et l'agent Anderson repartit chez lui.

Le soir même, Mme Trampe, la beauté, était éclatante de santé. Elle avait eu le temps d'oublier le docteur et de retrouver ses sentiments pour le lion Oxenstand. Et comme, pareillement, le lion Oxenstand avait recouvré une parfaite santé grâce à l'air de la campagne et à la mer, ils se réjouirent plus que jamais tous les deux l'un de l'autre.

Il lui passa le bras autour de la taille et dit :

« Maintenant, vous ne pouvez plus vous dérober à mon amour éternel. »

Elle ne trouva pas de réponse pour l'éconduire. Elle sourit et murmurant : « Par ce doux été... » Et il n'y eut pas d'autre refus dans sa bouche.

Le conseiller d'État Adami n'avait d'autre issue que de revenir Mme Milde. Exclusivement. Mais la dame se vengea de lui de belle façon parce qu'un jour, dans sa folie, il n'avait voulu être que son frère : deux soirs de suite, elle ne vit et n'entendit que le poétique consul général. Ce n'est que le troisième soir qu'elle dit : « A titre d'essai ! » et fit en sorte que tout se passât bien entre elle et le conseiller d'État.

JOURS DE VAGABONDAGE

Titre original de la nouvelle
extraite du recueil *Stridende Liv* (1905)

VAGABONDS DAGER

I

« Debout ! », crie le contremaître de la section Orange Flat. Nous ne le voyons pas, il fait encore noir comme dans un four, il est trois heures du matin, mais nous sortons aussitôt de nos lits et enfilons notre pantalon et notre vareuse.

C'est l'automne, nous trimons comme des chiens, nous ne dormons pas assez, chacun se trouve dans un état d'excitation anormale. Nous nous querellons pour des broutilles. A la moindre résistance dans le travail, au cours de la journée, c'est l'épreuve de force et nous mettons les outils en pièces.

Le contremaître lui-même est devenu maigre et dur comme une perche. Il nous raconte que la section voisine a pris une avance importante et aura terminé la récolte quelques jours avant nous. « Jamais de la vie ! » répondons-nous en serrant les dents. Nous avons l'intention de rattraper la section voisine, et même de la dépasser avec éclat ; là-dessus, personne ne pourra nous arrêter. C'est pour cela que le contremaître nous a fait sortir dès trois heures du matin ces deux dernières semaines, et que demain et après-demain, en pleine nuit, à trois heures, il criera : « Debout ! » Nous ne voyons pas la fin de cette précipitation.

Nous allons manger en hâte, nous forçant à avaler le strict nécessaire de pain beurré, de viande et de café. La nourriture est bonne mais nous n'avons guère d'appétit. Dans les dix minutes qui suivent, nous sommes déjà dans les chariots, en route vers le lieu de travail.

Et nous travaillons comme de vrais fous. Nous savons fort bien que de grands éloges et une solide reconnaissance nous attendent si nous devançons d'un jour seulement la section voisine qui, elle aussi, fait un suprême effort. Chacun a son ambition en ce monde, nous avons la nôtre.

Le ciel s'éclaire, le soleil se lève et commence à chauffer, nous enlevons nos vareuses, des centaines d'hommes sont éparpillés dans la Prairie couverte de blé sans fin. Il y aura un va-et-vient de fourmilière jusqu'à ce qu'il fasse noir.

« Je ne sais pas si je pourrai supporter ça plus longtemps, Nut », dit Huntley, l'Irlandais.

Nut, c'est moi.

Plus tard, ce jour-là, j'entends Huntley dire la même chose à Jess le chemineau : qu'il ne supporte plus cela.

J'en veux à sa trop grande bouche, je lui reproche ce qu'il a dit à un chemineau.

Huntley comprend bien qu'il a pris le dessus sur moi en ayant suscité ma jalousie. Il parle encore plus ouvertement, il s'exprime sans détours :

« Je n'en peux plus, je m'en vais cette nuit. Si tu veux venir avec moi, je serai au coin nord des étables à minuit.

— Je ne veux pas », dis-je.

Toute la journée, je travaille en y réfléchissant et, le soir venu, je suis résolu à ne pas suivre Huntley.

Je vois bien qu'il veut me parler et pendant le repas du soir et ensuite, quand nous allons au lit, mais je l'évite, satisfait d'avoir pu lui résister.

Le soir, nous nous déshabillons et trouvons nos lits. Tout est dans l'obscurité. Quelques minutes après, la chambrée entière ronfle.

Je reste habillé sur mon lit à réfléchir. Dans quelques heures, le contremaître se remettra à crier : « Debout ! » et la journée sera comme hier. D'un autre côté, il y a sans doute, à quelques jours de marche, une ferme ou une ville où je pourrais trouver un autre travail et gagner de l'argent. Et j'y aurais peut-être un peu plus de sommeil.

Je me glisse hors de la pièce et me rends au coin nord des étables.

Huntley y est déjà, recroquevillé, le dos contre le mur et les mains dans les poches. Il a froid. Peu après, le chemineau Jess nous rejoint.

Je demande :

« Jess en est aussi ?

— Exactement, répond Huntley. C'est précisément lui qui va m'accompagner. Tu ne voulais pas, n'est-ce pas ?

— Si ! je veux, dis-je, le voulant tout à coup.

— Oui, mais c'est trop tard, déclare Huntley. Je n'ai de provisions que pour nous deux. »

Je dis, furieux :

« Alors, je te dénonce au contremaître.

— Tu ferais ça ? demande Huntley doucement, tout doucement. Sûrement pas, dit-il, tu ne le feras absolument pas. »

Il s'approche de moi, si près que je sens son souffle.

« Arrête ! chuchote le chemineau. Si Nut veut venir, je vais trouver d'autres provisions. Je sais à quel endroit le cuisinier a de la viande. »

Pendant que Jess est parti, Huntley et moi restons près des étables, à nous disputer pour savoir si je l'aurais dénoncé, et quand Jess revient avec la viande, Huntley est encore si excité qu'il dit :

« Tu n'aurais pas pu trouver davantage de viande, espèce de minable ! Qu'est-ce que c'est que ça pour un adulte ? Bon, voilà ta viande, Nut », dit-il en me la jetant.

Et nous quittons furtivement Orange Flat.

II

Nous prîmes la direction du nord pour trouver la première voie ferrée. Après quelques heures de marche, le chemineau Jess déclara qu'il lui fallait dormir un peu. Pour nous, nous aurions pu marcher un peu plus longtemps encore.

C'était en pleine Prairie, aucun signe d'aube encore.

Comme il y avait de la gelée blanche, nous traversions des champs de blé et les vastes pâturages de la Prairie sans être mouillés. Nous tournâmes en rond deux ou trois fois en tâtant du pied pour trouver un bon endroit où nous étendre : je me renversai sur le coude et sommeillai, la tête dans la main.

Soudain, Jess nous réveilla. Il avait dû avoir trop peu de sommeil ces dernières semaines, il ne parvenait pas à s'endormir. « Debout ! » cria-t-il.

Abrutis de sommeil et désemparés, nous nous levâmes d'un bond ; il n'y avait aucun danger, tout était paix et obscurité autour de nous. Huntley sacra, il déclara qu'il n'était pas nécessaire de nous appeler encore.

Jess répondit :

« Avançons un peu. Ici, il y a de la gelée blanche partout, le contremaître peut suivre nos traces depuis les étables et lui qui a un poney, il est bien capable de nous rattraper.

— Et alors ? demanda Huntley, on lui cassera la figure.

— Il peut nous descendre avant, répondit Jess, il a un fusil. »

Alors, nous repartîmes vers le nord.

A notre droite, on eût dit que le ciel se mettait à s'éclairer, ce petit somme nous avait fait du bien, nous avions repris du courage ; même Jess qui n'avait pas dormi semblait avoir retrouvé des forces, il marchait plus vivement et trébuchait plus rarement sur l'herbe inégale de la Prairie.

« Maintenant, ils se réveillent, à la section », dit Jess. Il regarda le ciel pour savoir l'heure. Peu après, il dit : « Maintenant, ils prennent leur petit déjeuner. Maintenant, il est sur nos traces. »

Nous pressâmes involontairement le pas tous les trois.

« Maintenant, il est en train de nous chercher », dit Jess.

J'entendais battre mon cœur.

« Ferme ta boîte ! cria Huntley. Tu peux pas t'empêcher de parler ? Tu peux pas te taire ?

— S'il doit nous rejoindre, il faut qu'il chevauche ferme, dis-je pour me donner du courage.

— Oui, tu as raison, répondit Huntley, il ne nous rattrapera jamais. »

Huntley était plein d'assurance. Nous l'entendîmes, peu après, se mettre à manger en douce le casse-croûte qu'il portait.

Le jour venait de plus en plus. Le soleil se leva. Jess s'arrêta et regarda derrière lui. On ne voyait rien, pas de cavalier, pas d'être vivant. Et il n'y avait ni maison ni arbre non plus sur la mer infinie de la Prairie.

Jess dit :

« On va prendre un peu vers l'est. Bientôt, le soleil fera fondre nos traces ; mais si nous gardons la même direction, le contremaître pourra encore nous rattraper.

— Tu as raison, dit de nouveau Huntley. S'il continue de chevaucher vers le nord, il ne nous trouvera pas. »

Nous marchâmes une bonne heure encore. Nous étions tous sur le point de nous effondrer. Plus le soleil montait, plus il faisait chaud, il avait fini par volatiliser la gelée blanche et par faire disparaître nos traces dans l'herbe. Il pouvait être sept ou huit heures du matin, nous nous étendîmes tous pour nous reposer.

Épuisé, je ne pus m'endormir. Je m'assis bien droit et regardai mes deux camarades. Jess le chemineau était un noiraud tout maigre, avec des mains et des épaules élastiques. Dieu sait, il avait peut-être eu toutes les situations possibles, il les avait sacrifiées pour errer, errer continuellement, mener la vie hasardeuse du chemineau. Il tenait, du temps où il avait été marinier, une connaissance de la boussole ; aussi avait-il pu parler de changer de direction de deux points vers l'est. Il s'y connaissait aussi en marchandises, il avait peut-être travaillé dans une boutique, en ville. C'était un camarade serviable : quand, cette nuit-là, il avait prétexté la fatigue, ç'avait été pour nous amener à dormir un moment ; lui, il avait veillé.

Huntley était un homme beaucoup plus grand et

plus fort, il semblait avoir un passé. Lors d'une brève conversation, un jour de pluie à la ferme, alors que nous étions désœuvrés, il avait vivement plaint l'homme « qui avait une épouse infidèle ». « Si tu ne l'aimes pas, descends-la ! avait-il dit ; mais si tu l'aimes, afflige-toi sur son compte toute ta vie, deviens une épave et un déchet ! » Il semblait avoir connu des jours meilleurs, mais c'était sans aucun doute un ivrogne, il avait une manière de penser digne d'un faux jeton. Il avait des yeux d'une douceur fantastique qu'il était répugnant de regarder. Sous sa vareuse, il portait toujours une vieille chemise de soie qui était devenue brune comme sa peau et qui ne faisait qu'une avec elle. A première vue, on eût dit qu'il était nu jusqu'à la ceinture. Comme il nous dépassait tous par la force, il jouissait d'une grande considération parmi nous...

Finalement, le soleil eut raison de moi et m'endormit. La brise bruissait dans l'herbe haute.

III

Ce fut un sommeil très agité. Je me levai d'un bond deux ou trois fois en criant, pour me recoucher, plus calme, en voyant où j'étais. Chaque fois, Jess dit : « Continue de dormir, Nut. »

Quand je me réveillai, plus avant dans la journée, mes deux camarades étaient en train de manger. Ils disaient qu'ils s'étaient enfuis sans avoir reçu leur salaire, que nous avions trimé quatre semaines à la ferme sans avoir été payés.

« Quand j'y pense, je pourrais retourner mettre le feu à la ferme », dit Huntley.

Il mangeait sans retenue son casse-croûte, sans en garder pour plus tard. Moi qui avais ma viande, je n'avais besoin que d'un peu de pain, que Jess me donna. A partir de là, nous eûmes chacun ses provisions.

Quand nous eûmes mangé, nous reprîmes notre marche. Le soleil baissa fortement, nous évaluâmes l'heure à quatre heures ou quatre heures et demie lorsque nous repartîmes. De nouveau, nous nous dirigeâmes vers le nord pour trouver la ligne de chemin de fer.

Nous continuâmes jusqu'à la nuit noire et recouchâmes dans la Prairie ; auparavant, Huntley mangea toutes ses provisions, il était de bonne humeur et repu quand nous nous endormîmes. La nuit, nous fûmes réveillés à intervalles par le froid glacial ; nous faisions quelques bonds en avant et en arrière, dans le noir, jusqu'à ce que nous tombions, la face dans l'herbe pleine de givre. Et de nouveau, nous nous rapprochions les uns des autres, dormant à demi et claquant des dents. Huntley avait un peu moins froid que nous parce qu'il était rassasié.

En fin de compte, Jess se leva et dit :

« Autant marcher jusqu'à ce que le soleil se lève, alors, on se couchera. »

Mais lorsqu'il fallut partir, Huntley voulut prendre dans un sens et Jess dans un autre. Il n'y avait pas de lumière et pas d'étoiles d'après lesquelles se diriger.

« Je vais avec Jess », dis-je en me mettant en route.

Et Huntley suivit, jurant et m'accablant d'insultes, moi particulièrement, en me traitant de pauvre chose stupide.

Quand le ciel s'éclaira, nous prîmes le petit déjeuner tout en marchant. Huntley, qui n'avait plus rien à manger, suivait en silence. Le jour venant, nous commençâmes à avoir soif, Jess dit alors : « Nous ne trouverons peut-être pas d'eau de la journée ; épargnez votre tabac, les gars, n'en prenez qu'un peu à la fois. »

Mais Huntley avait épuisé également son tabac, il fallut partager un peu avec lui.

Le soir, au crépuscule, quand nous ne pouvions plus voir, nous entendîmes le roulement d'un train, loin devant nous. Cela fit comme une musique chère à nos oreilles et nous marchâmes avec des forces neuves. Enfin, nos pieds heurtèrent les rails. Mais à l'est comme à l'ouest, il n'y avait rien d'autre à voir que des rails et il nous fallut nous coucher là où nous étions pour attendre l'aube. Mes camarades se couchèrent sur la voie, la tête sur le rail, moi, je n'osai pas, je n'avais plus de courage et, donc, je me couchai de nouveau dans l'herbe. Cette nuit-là aussi toucha à son terme bien que, pour ma part, j'eusse passé la plupart du temps à courir dans un sens et dans l'autre le long de la voie ferrée pour conserver ma chaleur.

Aux premières clartés de l'aube, Jess se leva soudain et dit : « Attention, les gars, voilà un train qui arrive ! »

Étant couché la tête sur le rail, il avait senti un léger tremblement au loin. Nous nous tînmes prêts tous les trois et fîmes signe au mécanicien, bien que nous n'ayons pas d'argent. Huntley, ce renard, se mit à genoux et leva ses mains jointes comme s'il priait Dieu. Mais le train passa dans un grondement. C'était un train de blé, il aurait fort bien pu nous prendre. Deux hommes noirs de suie se tenaient dans la locomotive, riant de nous.

Huntley se releva, furieux, il dit :

« Autrefois, j'avais un revolver, c'est une honte que je ne l'aie plus. »

Nous nous mîmes à marcher vers l'ouest le long de la voie, marche éprouvante, parmi des milliers de traverses, c'était comme de marcher sur une échelle posée à plat. Jess et moi mangeâmes quelques bouchées ; Huntley n'avait pas honte, il nous demanda un morceau, mais nous ne lui donnâmes rien. Et pour que le reste de mes provisions ne passe pas dans ses mains pendant que je dormirais, je mangeai tout, sous son nez.

« Tu trouves que c'est une jolie façon de faire ? » dit Huntley, haineusement.

Le jour venant, nous entendîmes venir un nouveau train de blé. Jess décida que nous nous posterions à un intervalle de deux ou trois cents mètres le long de la voie et que nous essaierions de sauter dans le train un par un. La fumée montait en l'air très loin, le train entier avait l'air si petit, on aurait dit une petite caisse. Nous étions dans une tension extrême.

C'est Huntley qui devait essayer le premier. Il s'agrippa à un wagon, mais il était trop lourd pour que ses jambes suivent, il eut le bras tordu et dut lâcher prise, il fut renvoyé loin dans l'herbe sous le choc. Moi, je ne fis aucune tentative pour y arriver, il ne me restait plus aucune audace. Jess avait sûrement déjà sauté dans un train, il fit quelques bonds rapides le long du train, lança la main sur la poignée, et, à l'instant même, se retrouva sur ses jambes sur la plate-forme.

« Le chien, il nous lâche », dit Huntley en recrachant l'herbe qu'il avait dans la bouche.

Soudain, le train s'arrêta, plus loin. Nous vîmes deux cheminots maîtriser Jess et le débarquer. Quand Huntley et moi courûmes vers lui pour lui porter secours, il était trop tard, le train repartait déjà et nous, les trois vagabonds, nous retrouvâmes dans la Prairie.

La soif nous accablait de plus en plus. Pour la deuxième fois, Huntley avait épuisé son tabac. Il n'avait aucun recours. Il s'envoya un petit crachat blanc dans la main pour nous montrer qu'il crevait de soif comme une bête. Alors, Jess et moi partageâmes notre tabac avec lui pour la dernière fois.

Et nous cheminâmes vers l'ouest, encore et encore. Le jour déclina.

Un homme venait vers nous sur la ligne de chemin de fer, il marchait vers l'est. C'était un vagabond comme nous, il avait un petit foulard de soir autour du cou, il était habillé plus chaudement que nous, mais il avait de mauvais souliers.

« As-tu des vivres ou du tabac ? demanda Huntley.

— Non, monsieur », répondit tranquillement le chemineau.

Alors, nous le fouillâmes et inspectâmes ses poches, sa poitrine : il n'avait rien.

Nous nous assîmes un peu tous les quatre, pour parler.

« Vous n'avez rien à faire vers l'ouest, dit le nouveau chemineau. Voilà deux jours et deux nuits que je marche sans rencontrer personne.

— Et qu'est-ce qu'on va faire vers l'est ? demanda Huntley. On en vient, on marche depuis ce matin. »

Pourtant, le nouveau chemineau nous amena à faire demi-tour avec lui et à aller vers l'est. Toute notre marche pénible depuis l'aube était gâchée ; plus que jamais, nous espérions qu'il arriverait un mécanicien qui nous laisserait monter dans un train de blé.

Pour commencer, notre nouveau camarade marchait d'un pas plus vif que nous, parce qu'il avait le corps léger et qu'il lui restait des forces ; mais à l'approche de la nuit, alors que nous étions sans doute revenus à l'endroit où nous nous étions couchés la nuit précédente, il se mit à ralentir le pas et à rester derrière nous.

Jess lui demanda depuis combien de temps il n'avait pas mangé, il répondit que cela faisait trois jours et trois nuits.

Nous marchâmes encore une heure avec ce camarade fatigué. Quand il fit noir comme dans un four autour de nous, il nous fallut lever haut les jambes et marcher comme des coqs pour ne pas heurter les traverses de nos bottes. Nous essayâmes de marcher main dans la main, mais il apparut que Huntley devenait paresseux, il nous laissait trop le soin de le maintenir debout, ce qui fit que nous le lâchâmes de nouveau. Pour finir, nous nous reposâmes.

IV

Quand l'aube pointa, nous fûmes de nouveau sur pied. Ce fut ce jour-là comme la veille : un train de blé passa en direction de l'est, mais il n'eut cure de nos signaux. Huntley lui tendit les deux poings en grinçant des dents. Il dit au nouveau chemineau :

« Si au moins tu avais emporté un peu de tabac, nous n'aurions pas si méchamment soif. Comment t'appelles-tu ?

— Fred, répondit l'homme.

— Alors, tu dois être un foutu Allemand ?

— Oui, de naissance.

— C'est ce que j'ai compris. J'ai vu ça rien qu'à te regarder », dit haineusement Huntley.

Fred en fut ragaillardi, il marchait comme un héros. Il semblait certain qu'il y avait une ferme ou une petite ville vers l'est ; sinon, il ne parlait que de temps à autre et n'intervenait pas dans ce que nous autres avions à dire. Au bout de quelques heures, il fut fatigué et, de nouveau, se tint en arrière de nous. Pour finir, il s'était assis par terre et quand nous regardâmes derrière nous, il était dans cette posture.

Le chemineau Jess dit :

« Il faut lui donner de nos provisions, Nut. »

Ça, c'était pure ostentation de la part de Jess, il savait que je n'avais plus de vivres ; mais il disait cela pour que nous voyions bien ce qu'il voulait faire. Il rebroussa chemin jusqu'à Fred et lui donna ce qu'il avait à manger.

« Tu fais ça uniquement pour te faire remarquer », lui criai-je, très échauffé parce que je l'avais percé à jour.

Cela fit tressaillir Jess.

« Et tout ce que tu fais, c'est seulement pour qu'on ait de la considération pour toi, criai-je encore. Quand tu as passé la première nuit à veiller pendant qu'on sommeillait, tu as pris soin qu'on ne le comprenne pas. T'es un fumiste. J'aime cent fois mieux Huntley qui est un sale type.

— Ferme ta sale gueule ! dit Huntley qui ne comprenait pas un mot de ce que je disais. Tu envies Jess parce qu'il est meilleur que toi. »

Il y eut bel et bien un demi-repas pour Fred et cela lui fut d'un grand secours. Puis, de nouveau, nous reprîmes la marche.

Mais d'avoir mangé fit à Fred à la fois du bien et du mal. Peu à peu, il entra dans une sorte d'égarement, il n'avait plus tous ses esprits. Il se mit à parler davantage et même à prendre des airs supérieurs, il avait de grands projets, avec une petite gare dans la Prairie. Il y avait un train de blé sur les rails, dit-il, et aussi un moteur qu'on pourrait mettre en marche.

« Pourquoi qu'on le mettrait en marche ? » demanda Huntley, agacé.

Il y eut une conversation ridicule sur ce moteur.

« Si on l'allume, il y aura une explosion, dit Fred. Alors, il arrivera des tas de gens qu'on pourra tuer.

— Ça fera beaucoup de nourriture », répondit moqueusement Huntley. A moi, il dit : « Ce cinglé-là devrait fiche le camp sur-le-champ. Il nous emmerde. Ça allait bien avant lui. »

Quand Fred eut divagué un moment, il retourna à son laconisme antérieur. Nous nous taisions, avançant assidûment ; seul, Huntley restait loquace.

« Qu'est-ce que tout ça va donner ? nous dit-il, vers midi.

— Je ne sais pas, répondis-je.

— Tu ne sais pas, non. Peut-être que tu as envie de retourner à Orange Flat ? Et qu'est-ce que tu y feras ?

— Il n'y a qu'à marcher tout droit », dit Jess.

Vers la fin de l'après-midi, nous nous assîmes pour nous reposer une heure. Huntley dit :

« Tu ne dis rien, Fred.

— Tu es un singe », répondit Fred, le regard furieux.

Cela irrita Huntley.

« Tu dois être tellement distingué que tu utilises un chausse-pied pour tes espèces de raquettes ? » dit-il en montrant les chaussures de Fred.

Fred se tut et soupira. Il comprenait sans doute qu'aucun de nous ne l'aimait. Plus tard, quand nous reprîmes notre marche, Fred essaya de faire l'intéressant en se penchant soudain sur la voie et en trouvant un caillou ou un clou rouillé qu'il examinait très soigneusement. Nous autres, courions voir et étions désappointés en voyant ce que c'était. Fred devait faire cela pour se sentir en sécurité un moment auprès de nous.

Nous arrivâmes à une baraque en ruine, en pleine Prairie. Elle devait dater du temps où l'on avait construit la voie ferrée. Nous y entrâmes et regardâmes autour de nous ; mais le chemineau Fred ne nous accompagna pas.

Jess et Huntley se mirent, à la mode des vagabonds, à graver leurs initiales dans les murs ; pendant ce temps, Fred restait dehors et Huntley se rendait de temps à autre à la porte, le surveiller. Quand il eut fini d'inscrire ses initiales, il alla de nouveau à la porte et regarda dehors.

« Voilà, il s'enfuit ! s'écria-t-il violemment. Ce chien, il nous quitte en douce. Donc il doit connaître un bon endroit où aller. »

Et nous courûmes tous les trois après le fuyard, hurlant autant que si nous voulions le mettre à mort. Se voyant poursuivi, il décrivit une grande courbe dans la Prairie ; mais nous étions trois à nous entraider et il ne pouvait parvenir nulle part. Huntley le secoua comme un enfant quand il put s'emparer de lui, en exigeant qu'il lui dise s'il avait un bon endroit en vue.

« Je n'ai pas de bon endroit, répondit Fred, mais je ne peux pas rester parmi vous. Vous êtes de méchants polichinelles. Oui, je vous en prie, tuez-moi, je m'en fiche. »

Nous nous retrouvâmes d'accord et reprîmes la marche ensemble jusqu'à la tombée de la nuit, où nous nous couchâmes de bonne heure pour cause d'épuisement. Avant cela, j'eus une altercation avec le chemineau Jess, altercation qui se termina par plusieurs coups qu'il m'infligea dans la figure parce que je l'avais traité de fumiste.

« C'est juste, il mérite une raclée », dit Huntley qui regardait avec curiosité.

Finalement, j'assenai à Jess un coup sous le menton, si bien qu'il tomba et me laissa tranquille. Et Huntley aussi me laissa tranquille.

La nuit, j'entendis Jess se lever et s'en aller par la Prairie. Son pantalon faisait un raclement dans l'herbe gelée. Il a quelque chose à manger ! pensai-je en le suivant silencieusement dans le noir. J'avais fait une dizaine de pas quand j'entendis Jess s'allonger dans l'herbe et manger. Il me sembla aussi sentir une odeur de viande. Ainsi, il a encore des provisions ! pensai-je. Je retournai silencieusement à ma place et fis semblant de dormir. Une demi-heure après, Jess revint aussi et se coucha.

A l'aube, je racontai à Huntley ce que je savais et lui réclamai de m'aider à fouiller Jess. Huntley fut d'accord aussitôt et saisit Jess dans ses bras. Il apparut que Jess avait du pain à trois endroits dans sa vareuse et que ce pain était plein de trous ; dans ces trous, il y avait de la viande. Cela nous délivra, nous partageâmes à égalité entre nous quatre et fîmes un petit repas. Quand nous eûmes mangé, nous remerciâmes Jess et lui rendîmes grâce, bien qu'il eût voulu nous trahir. Alors, Jess, de honte, se mit à siffloter, pensant nous divertir par là. Et il sifflait comme un artiste.

Puis nous poursuivîmes notre marche.

Au bout d'une heure, nous vîmes devant nous, à l'horizon, quelques petits carrés blancs.

Il nous fallut un bon moment pour y parvenir. C'était une ferme avec champs de blé et treuil sur le puits et tout. Avant d'y être arrivés tout à fait, nous tombâmes sur une femme, une jeune fille assise sur sa faucheuse et qui moissonnait le blé. C'était un spectacle délicieux pour nous qui venions de la Prairie et n'avions pas vu une femme depuis des éternités. Elle était jeune, elle portait un grand chapeau de paille contre le soleil et elle fit un signe de tête quand nous saluâmes. Huntley fut le premier à lui parler, il demanda un peu à manger et à boire.

La fille répondit que nous aurions tout ce que nous réclamions.

« Nous avons été renvoyés d'Orange Flat parce que la moisson était terminée », dit Huntley.

Jess voulut alors se faire valoir et être honnête, il dit :

« Non, nous nous sommes enfuis d'Orange Flat parce qu'on ne nous laissait pas assez de sommeil. C'est la vérité.

— Bon ! » dit la fille.

Chacun de nous fit l'intéressant devant elle. Je tenais mon chapeau à la main et, dans cette posture, lui parlai. Mais ce fut pourtant notre nouveau camarade, le chemineau Fred, qui remporta le prix parce que c'était un Allemand blond et que c'est lui qui avait le meilleur air. Elle le pria de la suivre à la ferme, chercher des vivres ; pendant ce temps, nous autres, nous nous occuperions des chevaux. Il n'y avait pas d'hommes à la ferme, dit-elle, et elle n'osait pas nous emmener tous, pour ne pas effrayer sa mère.

Oui, nous comprenions bien.

Pendant que la fille et Fred étaient partis, nous trois, nous nous installâmes, à tour de rôle, sur la faucheuse et menâmes les chevaux pour que le travail fût fait néanmoins. Et nous nous appliquâmes de notre mieux. Avec l'aide de Dieu, nous fauchâmes son champ jusqu'à ce qu'elle revînt, sur quoi nous dressâmes les gerbes en alignements modèles.

Peu après, le propriétaire de la ferme arriva. Il vit à quoi nous étions bons, et avant que la fille revînt avec les vivres, son père nous avait engagés, nous, les vagabonds, tous les quatre, jusqu'à ce que la moisson soit terminée.

V

La moisson nous prit cinq jours et le battage qui suivit, deux. Nous reçûmes donc un salaire pour sept jours, et nous nous retrouvâmes libres comme l'air. Le chemineau Jess se prépara aussitôt à quitter les lieux... comme il avait quitté des centaines de lieux auparavant : sept jours durant, il s'était abstenu d'errer. Je me mis en devoir de lui tenir compagnie ; mais Huntley et l'Allemand Fred, nous ne voulions pas d'eux.

Alors que nous étions dans la cour et que Huntley avait déjà fait un bon bout de chemin, le fermier dit qu'il pourrait employer deux d'entre nous pour un mois encore, jusqu'aux labours d'automne. Jess refusa de rester davantage, prétextant qu'il lui fallait absolument descendre dans l'Est séance tenante. Ce furent donc l'Allemand Fred et moi qui fûmes choisis pour rester à la ferme. Et d'ailleurs, Fred ne demandait rien d'autre. Il enleva aussitôt sa veste et alla au travail.

Jess me dit :

« Nous étions convenus de faire les vagabonds tous les deux ensemble. Accompagne-moi au moins jusqu'à la ville. Nous avons de nouveau de l'argent l'un et l'autre. Nous pouvons nous chercher un meilleur endroit qu'ici. »

Alors je dis au fermier que je reviendrais le lendemain et je partis avec Jess.

Après avoir marché quelques heures, le long de la ligne de chemin de fer, nous arrivâmes à une ferme, et quatre heures après, à une autre. Puis nous arrivâmes à la ville d'Eliot. En cours de route, Jess m'avait expliqué que maint petit profit pouvait surgir pour peu qu'on ne s'arrête pas pour une éternité à une ferme écartée. Or il y avait là une petite ville. Peut-être pourrions-nous nous engager au chemin de fer.

« Je voulais retourner à la ferme demain, dis-je.

— Je sais bien ce que tu t'es mis dans la tête, dit Jess. C'est la fille. Laisse-la, Fred est mieux placé que toi de ce côté-là et il a de meilleures espérances que toi, à cause de sa bonne mine.

— Je ne trouve pas que Fred soit tellement beau », dis-je.

Jess se tut. Mais un moment après, il fit remarquer :

« C'est pas ça, Fred n'aura pas la fille non plus.

— Tu crois que non ? dis-je, tout content intérieurement. Tu t'entends à ces choses-là comme un vrai diable, Jess, et tu ne crois pas que Fred l'aura ?

— Le vieux ne le permettrait pas... Ce que tu dois faire si tu veux avoir des espérances de ce côté-là, c'est d'être parti un bout de temps et de revenir avec beaucoup d'argent en poche. Voilà la façon de faire. »

A partir de ce moment-là, je brûlai de m'approprier beaucoup d'argent.

Nous entrâmes dans un débit de boissons en ville, et eûmes quelque chose à boire. J'étais si peu accoutumé à tout ce qui était fort que je fus aussitôt plein de joie et de plaisanteries Mais cela ne dura pas longtemps ; quand un orphéon de passage entra et se mit à jouer de la harpe et du violon, je me trouvai aussitôt humble et intérieurement plein de sanglots. Je donnai quelque argent à la femme à la harpe. Jess me regarda avec étonnement.

« Tu es amoureux, voilà l'affaire », dit-il.

Nous flânâmes d'un bistrot à l'autre parce que nous n'avions pas d'autre endroit où nous mettre. Et nous étions les bienvenus partout, puisque nous arrivions de l'ouest et nous comportions comme si nous avions de grosses sommes d'argent sur nous. Dans un de ces lieux, nous rencontrâmes aussi Huntley qui était déjà ivre et qui s'avança vers nous, couteau tiré pour nous tuer. Nous ne voulûmes pas lui tenir compagnie. Le soir, nous échouâmes dans le premier débit de boissons où nous étions entrés.

Alors que nous étions au comptoir, il y eut une petite conversation entre le patron et quelqu'un de la ville, un cheminot qui était entré prendre un whisky.

Le patron demandait :

« J'ai vu Mr Hart et sa femme prendre le train aujourd'hui, où allaient-ils ?

— A Chicago, répondit l'homme. Il devait aller dans les boutiques, à ce que j'ai entendu. Sa femme l'accompagnait, pour le plaisir.

— Alors, c'est sans doute George qui dirige la banque pendant ce temps ?

— Je suppose. George s'y entend sûrement, pour peu qu'il reste sobre. »

Cette conversation ne m'intéressait aucunement, mais mon camarade Jess écoutait attentivement, et il me demanda aussitôt de sortir pour me parler.

Nous marchâmes lentement par la ville, Jess ne

cessait de méditer. Nous arrivâmes à un bâtiment qui portait inscrit sur un panneau : HART & C°. FARMERS BANK. Là, Jess me dit d'attendre un instant, et entra. Lorsqu'il revint, je demandai :

— Qu'es-tu allé faire là-dedans ?

— J'ai changé mon dernier petit billet », répondit Jess.

Nous poursuivîmes notre marche et arrivâmes à la périphérie de la ville. Nous nous assîmes près d'un aiguillage où il y avait des piles de bois de construction le long des rails.

D'abord, Jess fit le tour de ces piles pour s'assurer que nous étions seuls en ce lieu, puis il revint et dit :

« Il ne reste de l'argent ni à toi ni à moi maintenant, non ?

— J'ai quelques dollars, dis-je en me mettant à leur recherche.

— Tu as un dollar de moins que moi : tu l'as donné à la harpiste. C'est bien la plus grande bêtise que tu pouvais faire, d'ailleurs.

— Bon, il n'est pas beaucoup plus raisonnable d'aller dans les bistrots boire son argent.

— As-tu remarqué de quelle façon je bois ? demanda Jess. Je bois la valeur d'un verre quand toi, tu prends un bock, chaque fois.

— De quoi est-ce que tu voulais me parler ? demandai-je.

— Et de plus, je n'aurais pas trouvé le plan que j'ai maintenant si nous n'étions pas allés dans les bistrots, poursuivit Jess.

— Qu'est-ce que c'est ton plan ?

— Mr Hart et Mrs Hart sont allés à Chicago aujourd'hui, dit Jess.

— Et alors ?

— Et George va diriger la banque pendant ce temps.

— Oui, c'est ce que j'ai entendu.

— George, c'est le frère de Mrs Hart, à ce que je sais.

— Ah bon ?

— Oui. Mais George est un ivrogne bien connu.

— Je le sais déjà, Jess. C'est des bêtises. »

Jess s'expliqua un peu mieux et je compris qu'il voulait tout simplement passer à la banque cette nuit-là ou la suivante. Je l'aiderais.

« Je n'ose pas, répondis-je.

— Alors, je prends Huntley. »

De cela, je ne voulais pas non plus. Je dis :

« Je n'ai jamais fait ça. Ça a l'air bien dangereux. Mais si tu veux m'apprendre...

— Il n'y a aucun danger, dit Jess. Si George se met à boire, le reste est une petite affaire. J'ai examiné les lieux. »

Et Jess me montra une scie à métaux et de formidables cisailles réglables pour couper les vis. Elles se terminaient par deux espèces de couteaux.

« Mais après ? dis-je. Ensuite ?

— Ensuite, on sera loin, répondit Jess. Il faut à Mr Hart trois jours pour l'aller et trois pour le retour, ça fait six ; il restera à Chicago quatre jours, ça fait dix en tout. Jess ajouta : d'ailleurs, je n'envisage pas de dévaliser complètement la banque. Ce dont tu as besoin pour la fille, c'est un solide fonds d'argent que tu peux économiser en attendant. »

Nous flânâmes quelques heures, les boutiques fermèrent, il y eut un moment d'animation dans la rue, à cause des gens qui avaient fini leur journée. Seuls, les bistrots étaient encore ouverts et ils le resteraient tant qu'il y aurait des clients.

« S'agit maintenant de trouver George et de voir ce qu'il va faire », dit Jess.

Nous allâmes de cabaret en cabaret, en buvant du whisky et de la bière : il n'y avait aucun client qui pût être George. Et de nouveau, nous échouâmes dans le premier cabaret.

Là, nous trouvâmes George.

VII

George avait tenu bon plusieurs heures sans vouloir sortir faire des gaudrioles, c'est ce qu'il dit lui-même en arrivant. Mais c'était une belle soirée d'automne, ajouta-t-il, et l'endroit où il passerait une heure n'avait pas d'importance, par une belle soirée d'automne comme celle-là.

C'était un petit homme corpulent d'au moins quarante ans, au regard d'une sensualité frappante. Il avait de beaux habits et des mains blanches parce qu'il était dans les écritures. Et il ne se méfiait absolument pas.

Il se mit aussitôt à boire d'importance. Des gens entraient, qui faisaient partie de ses connaissances. Il mena joyeuse vie avec eux toute la soirée. Chacun le traitait avec grande courtoisie. Quand Jess alla jusqu'au comptoir et l'invita à boire avec lui, il le renvoya avec hauteur parce qu'il était un grand homme dans cette ville et que Jess n'était qu'un trimardeur.

« Si ! bois avec lui, dit le patron. Ces deux messieurs ont de l'argent à ne savoir qu'en faire, dit-il de Jess et de moi.

— C'est plus que je n'en ai », répondit George en montrant son portefeuille.

Il avait quelques billets. Dès lors, il prit tous les frais à son compte et régala quiconque voulait quelque chose à boire. Le patron faisait son possible pour le satisfaire.

« Il me faut davantage d'argent, dit George. Attendez-moi ici, les gars. »

Il sortit. Il était en pleine forme, il chantait.

« Sacré type ! se disaient les gars. Il va tenir comme ça la nuit entière ! »

Je ne perdais pas un mot.

Quand George revint, il fit semblant, d'abord, de ne pas avoir trouvé d'argent ; mais il commanda sans vergogne tournée sur tournée et paya généreusement avec des billets tirés de son portefeuille.

Cela prit deux ou trois heures.

« Maintenant, on va au Conway », déclara George.

Le Conway, c'était un autre cabaret.

« Il est fermé, dit le patron.

— Alors, on rentre de force, dit George. Venez, les gars. »

Jess et moi, nous nous tînmes en arrière, comme si nous faisions les fiers.

« Vous ne voulez pas venir, vous deux ? demanda George. Je vous invite. »

Nous nous laissâmes convaincre.

Le Conway n'était pas fermé, il y avait joyeuse compagnie, là aussi, on souhaita la bienvenue à George et à ses gars : Jess ne voulut pas être en reste, pour ce qui nous concernait lui et moi, il se mit à siffler comme un artiste, obtenant grand succès.

« C'est un sacré siffleur », dirent-ils tous.

Nous restâmes là deux heures à ingérer de grandes

quantités de boissons fortes. D'un bout à l'autre, je bus modérément ainsi que Jess me l'avait appris, et la boisson n'eut plus d'effet sur moi, car j'étais dans une grande tension en raison de ce qui se préparait.

George compta son argent et dit :

« Maintenant, je vais voir les filles. Bonne nuit, les gars. Il faut que je retourne chercher de l'argent.

— Mais tu as beaucoup d'argent, objecta-t-on.

— Suffit pas », répondit George.

Il sortit en flageolant.

« Cette nuit, la banque sera plus pauvre de quelques centaines de dollars, dirent les gars.

— Ça en a l'air, répondit immédiatement Jess, approbateur. Il emploie son argent de main de maître. »

Mais comme personne ne voulait lier conversation avec Jess, qui était un trimardeur, on se tint à distance de nous.

Jess alla au comptoir et demanda à chacun en particulier ce qu'il voulait boire, mais ils remercièrent tous, ils ne désiraient rien de plus.

« Viens prendre un whisky », me dit-il.

Je le regardai, étonné.

« Tu en as besoin », dit Jess.

Et je bus deux whiskies, et je me trouvai résolu et invincible. J'aurais pu me mettre à expulser les gens du Conway.

Jess et moi dîmes « Bonne nuit » et sortîmes. La ville était sombre et déserte. Jess ouvrait la marche. Nous nous dirigeâmes vers la banque. Il y avait de la lumière aux fenêtres et nous comprîmes que George était chez lui.

« Attends ici ! » dit Jess, qui fit cinq bonds silencieux vers la maison. Il disparut par la grille du jardin.

« Où peut-il bien être allé ? » pensai-je.

J'attendis deux minutes et Jess revint. Il fit les mêmes bonds.

« Où es-tu allé ? dis-je.

— Je suis allé tripoter un peu la serrure de sa porte, répondit Jess. Il ne nous reste qu'à attendre ici. »

Soudain, Jess me saisit le bras et chuchota :

« Tu entends ? »

Nous entendîmes un homme s'évertuer sur une clef de serrure, et jurer avec de moins en moins de retenue.

« C'est George », dit Jess.

Nous nous cachâmes derrière un coin de la maison et attendîmes.

« Je n'arrive pas à refermer cette foutue porte ! dit George en sortant. Bon, il y a deux serrures au coffre, hein ! »

George allait voir les filles. Il titubait fortement.

« Maintenant, on fait un petit tour jusqu'à ce que tout soit tranquille », dit Jess.

En marchant, je dis :

« Je crois, maintenant encore, que tu n'oseras pas, Jess.

— Mais si ! » dit Jess.

Il examina les maisons, autant que cela pouvait se faire dans l'obscurité, et choisit une boutique à double porte, disant qu'il voulait me montrer quelque chose. Il s'élança sur la porte de toutes ses forces en vacillant. Il y eut une grande secousse dans la maison et les deux portes sautèrent.

Un homme qui montait la garde cria à l'intérieur de la boutique :

« Que diable se passe-t-il ? »

Jess restait à la porte à tituber comme s'il ne comprenait pas comment il était arrivé là.

« Qui est là ? demanda l'homme dans la boutique. Si tu ne réponds pas, je te descends, fils de chienne.

— C'est moi », dit Jess, complètement désemparé par l'ivresse, en se laissant choir sur le sol.

L'homme de la boutique dut, par-dessus le marché, le traîner dehors, sur le trottoir. Et Jess se comporta si maladroitement, à la façon des ivrognes, que le gardien comprit clairement que c'était là une effraction involontaire. Il referma la porte, il était furieux.

« C'est fâcheux qu'il y ait eu un homme dans la boutique, dit Jess en me rejoignant dans la rue, sans ça, on aurait peut-être fait une petite prise.

— Maintenant, je comprends que tu as du courage pour faire n'importe quoi », dis-je.

Et de nouveau, nous nous trouvâmes près de la banque. Jess dit :

« Tu vas ramasser une poignée de sable, ici, dans la rue, et tu la lanceras sur les fenêtres s'il arrive quelqu'un.

— Oui, dis-je en entendant battre mon cœur.

— Bon, j'y vais », dit Jess.

Je restai un moment à le regarder. Il disparut par la grille du jardin. Et si quelqu'un arrivait maintenant, et qu'il me demande pourquoi j'étais là, qu'est-ce que je pourrais répondre ? Je ramassai une poignée de sable et en enlevai les cailloux. La rue n'était pas pavée, le passage des roues était plein de sable sec. On ne voyait rien. La ville était silencieuse ; de temps à autre, vers la gare retentissaient les sifflements des locomotives qui alignaient les wagons de blé. Soudain, j'entendis des pas sur le trottoir de planches. Je voulus jeter le sable sur les vitres de la banque, mais au lieu de cela, j'allai à la rencontre de l'arrivant, lui dis bonjour et obtins une réponse. Et l'homme passa son chemin. J'avais pu m'éloigner quelque cinq minutes.

Alors, j'entendis distinctement de petits claquements qui venaient de l'intérieur de la banque, l'un derrière l'autre. Voilà que Jess coupe des boulons, pensai-je en m'émerveillant de son sang-froid. Je savais où je m'enfuirais si cela devenait nécessaire : vers la voie ferrée, vers les nombreux appentis et entrepôts le long de la ligne.

Cela dura longtemps, une éternité. Jess se mit à scier du métal à l'intérieur, c'était au point que j'entendais un coup de temps en temps, son toupet sans égal me mettait sur des aiguilles. Pourvu qu'il puisse voler quelque chose qui en vaille la peine ! pensai-je, avide d'avoir ma part. Au fur et à mesure que le temps passait, j'étais plus calme aussi, je faisais les cent pas sur le trottoir, en pensant. Je pensais aussi à la fille de la ferme. Elle s'appelait Alice Rodgers.

Il y avait maintenant une heure que Jess était parti, et sans aucun doute il n'était pas encore revenu. Au moment précis où je prenais mon courage à deux mains pour pénétrer dans le jardin et jeter un coup d'œil à l'intérieur, Jess sortit. Il passa devant moi et fila jusqu'aux piles de bois, près de la ligne de chemin de fer.

« Au diable cette malchance ! dit-il, en soufflant après son travail acharné.

— Qu'est-ce qui se passe ? demandai-je.

— Il faut que ce maudit George ait emporté toute la banque chez les filles, dit Jess. Le coffre était vide. Il n'y avait que des registres. »

A cette nouvelle, une satisfaction secrète me

traversa et je me découvris à Jess en le frappant d'un geste folichon sur l'épaule et en demandant :

« Alors, tu n'as rien pris ?

— Qu'est-ce que j'aurais pris, stupide animal ? dit Jess, fâché. Je ne veux plus rester ici, ajouta-t-il, échauffé, il faut essayer quelque chose d'autre. »

Sur ce, Jess se mit en route. Il suivit les rails jusqu'à la gare et je l'accompagnai.

J'étais complètement flasque après ma longue garde, et je dis :

« Pour parler net, je ne crois pas qu'il serve à grand-chose de faire un autre essai non plus. Abandonnons.

— Essayons encore une chose », dit Jess.

Il entra dans la gare et demanda au télégraphiste à quelle heure arriverait le train pour l'Est. Dans une demi-heure, répondit le télégraphiste en regardant l'horloge.

« Alors, il n'y a rien à faire avant que ce train soit passé », me dit Jess.

Nous nous assîmes à proximité de la gare et attendîmes durant cette demi-heure, quoique nous eussions bien froid. Le matin venait.

Dès qu'on entendit venir le train, Jess se leva en me demandant de l'attendre là. Il rentra dans la gare et disparut à ma vue.

J'attendis. Le train arriva, s'arrêta puis repartit. J'attendis vainement une heure. Le jour commençait à se lever à l'est. « Il doit être en train de guetter », pensai-je. J'entrai dans la gare et demandai au télégraphiste s'il avait vu mon camarade.

« Il a pris le train, répondit le télégraphiste.

— Ah bon ! il a pris le train », dis-je sans oser me montrer étonné davantage. Je m'étais mis à avoir des soupçons sur le compte de Jess, peut-être avait-il tout de même trouvé autre chose que des registres à la banque. Il était si fébrile et il s'était comporté si étrangement envers moi.

Le télégraphiste demanda en souriant :

« Il t'a faussé compagnie ? »

Je lui rendis son sourire d'un air gêné et répondis que non, je savais qu'il était parti.

« Je ne le connaissais absolument pas », dis-je, et je lui dis alors que je ne voulais rien avoir affaire avec lui non plus.

Je disais cela pour me garder de ce qui pourrait s'ensuivre.

Je sortis de la gare, agité de mille pensées. Je tombais des nues devant l'effronterie de Jess. Bien entendu, il avait eu la chance pour lui, ce misérable, il avait trouvé une somme rondelette à la banque. Et il n'avait pas envisagé de me donner la plus petite participation. Que le diable le prenne !

Je pris le chemin d'un hôtel garni dont j'avais vu l'enseigne dans la journée, je voulais trouver un lit. Chemin faisant, j'étais de plus en plus satisfait de ne pas m'être sali les mains avec cet argent volé. « C'est tout de même un plaisir que de vivre merveilleusement propre et intact en ce monde ! » pensais-je en frémissant de joie. Ho ! ho ! quel plaisir ! Soyons plutôt pauvre et travaillons comme un nègre pour les autres, jusqu'à la dernière goutte de sang.

Arrivé devant l'hôtel garni, je résolus de descendre jusqu'aux piles de bois et de dormir un peu, gratis. Il ne me restait plus que les deux dollars et je voulais pouvoir apporter à Alice Rodgers un porte-plume doré que j'avais vu à la devanture d'un bijoutier.

VII

« Je croyais que tu étais dans l'Est avec ton camarade, dit le fermier Rodgers lorsque je revins à la ferme. J'apprécie que tu aies tenu parole.

— J'avais bien dit que je reviendrais aujourd'hui, répondis-je. Pour ce qui est de mon camarade, nous nous sommes quittés en mauvais termes, je n'ai pas voulu lui tenir compagnie.

— Tu vas avoir froid si tu te mets à la charrue avec ces chaussures-là. Tu aurais dû t'en acheter une paire de neuves alors que tu étais en ville et avais de l'argent », dit Mr Rodgers.

On m'envoya dans la Prairie pour choisir moi-même l'attelage de mules que je voulais. Je fis courir tout le troupeau pour voir quelles étaient les bêtes qui faisaient spontanément paire ensemble et choisis mon attelage en conséquence.

« C'est mon attelage, dit Alice quand je revins pour mettre les harnais, sers-t'en gentiment !

— Sûrement, Miss », répondis-je.

J'avais ajouté ce « Miss » comme si elle avait été une dame, sinon, on n'employait pas ce titre à la ferme.

Je ne devais pas garder longtemps l'attelage d'Alice. Un jour, l'une des bêtes de l'Allemand Fred s'abattit et mourut d'un entortillement intestinal. Fred suggéra qu'il pourrait reprendre mon attelage. Je m'y opposai et le vieux Rodgers lui-même fut de mon côté. Mais Alice et Fred remportèrent la victoire sur nous. Le lendemain matin, Fred se leva plus tôt que d'habitude et quand j'arrivai à l'étable, mon attelage était parti. C'était une raison suffisante pour que je quitte la ferme ; mais Mr Rodgers dit qu'il ne fallait pas me soucier de cela, au contraire, je n'avais qu'à me choisir un autre attelage. Et je me trouvai un nouvel attelage au moins aussi bon que le premier, et plus résistant. Comme je nourrissais bien mes bêtes, que je leur lavais les sabots et les pansais à toute heure du jour, je parvins bientôt à distancer sérieusement Fred au labour.

La première semaine que je passai à la ferme, j'étais anxieux que le cambriolage de Jess le scélérat fût découvert et que je fusse mêlé à son mauvais coup ; mais lorsque les deux gazettes de la ville d'Eliot arrivèrent à la ferme, et qu'il ne s'y trouva rien sur le cambriolage, je repris courage et ne me fis plus de souci. Ou bien Jess n'avait tout simplement pas fracturé le coffre-fort, mais seulement voulu fanfaronner devant moi pour montrer son courage, ou bien la banque avait été dévalisée, mais George, pour couvrir sa propre faute, n'avait pas voulu le dire. J'appris ensuite que George était fils d'un riche meunier de la ville, si bien qu'en l'occurrence, son père avait dû combler le déficit.

Fred avait constamment l'avantage sur moi auprès d'Alice. Je pouvais faire ce que je voulais, il se mettait sur mon chemin et triomphait. Déjà pendant la moisson, il se parait plus que nous autres et quand il devait venir à table, il restait longtemps à se faire une raie dans ses cheveux blonds. Il s'affligeait d'avoir perdu une de ses canines de sa mâchoire supérieure et que le trou fût visible quand il riait. Qu'aurais-je dû dire, moi qui avais perdu presque tous mes cheveux dans la Prairie et qui était devenu presque chauve en un an ! En outre, j'avais cessé de me raser, je portais barbe, et de plus, le soleil et le vent avaient effacé mes sourcils. Je ne pouvais me mesurer à Fred.

En revanche, le vieux Rodgers et sa femme étaient très aimables envers moi et ils me traitaient bien.

Il arrivait souvent à Mrs Rodgers de me dire à table de manger plus de pudding ou de gâteaux. De temps en temps, elle me demandait d'un air intéressé comment c'était dans le pays dont j'étais originaire, elle ne questionnait pas Fred puisqu'il était né en Amérique, et même dans la ville de Fargo.

Un matin, Alice s'était parée. Je crus qu'elle devait aller en ville et insinuai déjà que je pourrais l'y conduire. Mais il apparut que c'était seulement dimanche et que c'était pour cela qu'elle s'était parée. Je me rendis à mon travail ce jour-là comme la veille en ne pensant plus à cela ; mais peu après, je vis Alice, dans tous ses atours, se diriger vers Fred, loin dans la Prairie, pour lui rendre une visite. Moi, elle ne vint pas me voir.

C'était ainsi chaque jour. Je ne faisais aucun progrès auprès d'Alice, bien que je l'appelasse Miss et que je fusse plein d'égards. Fred était plus naturel que moi et ne faisait pas les moindres manières. « Tu vas voir que tu en fais trop ! » pensais-je. Mais j'avais déjà donné l'habitude à Alice et quand je cessai de lui dire Miss, l'appelant seulement Alice, elle prit cela pour de l'impertinence de ma part et ne me répondit pas.

Un jour, je mis à exécution un tour que j'avais médité. Il y avait eu des pluies d'orage plusieurs heures durant, si bien qu'il était impossible de labourer. Nous dételâmes et entrâmes. Je n'avais pas de veste sèche, mais je passai une chemise sèche et m'installai en bras de chemise dans la salle familiale, où il faisait chaud. Là, je me mis à écrire quelques lettres. Je voulais montrer ma grande aisance de plume et j'utilisais le porte-plume doré comme si c'était à celui-là que j'étais habitué.

« Je n'ai jamais vu son pareil pour écrire ! » dit Mrs Rodgers, ébahie.

Alice, malgré elle, me jeta un coup d'œil ; Fred était là aussi, et c'était avec lui qu'elle parlait.

« Tu te sers d'un porte-plume en or ? dit-elle.

— Vous le trouvez beau ? demandai-je.

— Oui.

— Vous pouvez le prendre, Miss, dis-je en le lui tendant.

— Moi ? Je n'en veux pas, répondit-elle tout net. Je m'étonnais seulement que tu te serves d'un porte-plume si précieux.

— On se sert de ce qu'on a », dis-je. J'ajoutai qu'on m'avait donné ce porte-plume et je fis en sorte qu'elle crût que je l'avais reçu d'une jeune fille.

Mais cela non plus ne l'impressionna pas. Et je ne pus pas davantage lui faire cadeau du porte-plume bien que j'eusse employé la ruse.

Je m'ingéniais du mieux que je pouvais, faisant toutes sortes de plans. Une semaine, j'essayai d'être silencieux et effacé pour qu'elle éprouve pour moi de la compassion féminine, une autre semaine, je fus joyeux et tentai de rayonner par de bonnes répliques rapides. Alice se contenta de dire :

« Combien de temps as-tu été en Amérique ?

— Plus de six ans en tout, répondis-je, j'y suis pour la deuxième fois.

— Et toi, Freddie ?

— Je suis né ici, répondit Fred.

— Tu as l'air différent », me dit Alice.

Car le plus chic, c'était d'être né américain. Elle appelait Fred Freddie parce que cela faisait américain, pas allemand.

« Regardez ses cheveux ! dit Alice en parlant de ceux de Fred. C'est comme de l'or. Et qu'as-tu fait des tiens, Nut ?

— Je les ai perdus dans la Prairie, dis-je. Mais on

dirait maintenant qu'ils commencent à repousser un peu.

— Ah bon ! » dit Alice.

VIII

Mais le jour devait venir où mon étoile monta bien haut et où je fus le triomphateur de la ferme pour un court moment. Ce furent de fières heures.

Était venu en visite un fils d'une fille de Rodgers ; il s'appelait Edwin. Ce petit gars-là était très souvent avec moi, il m'accompagnait dans la Prairie, où je le mettais sur la charrue et le laissais mener l'attelage. Un jour qu'il était avec son grand-père à la ferme, il lui arriva un accident. Le vieux s'affairait autour de quelques planches qu'il jetait en bas le long de l'escalier, depuis le grenier d'une annexe. Une de ces planches partit de travers et vint frapper l'enfant de biais au-dessus de l'oreille. Edwin fit la culbute et resta étendu, comme mort.

Il y eut grande désolation à la ferme. Alice me cria, à moi qui étais le plus proche, de venir immédiatement. Je dételai les mules de la charrue, les laissai aller où elles voulaient et courus à la maison. Mais ce devait être par mégarde qu'Alice s'était adressée à moi ; elle se reprit et appela également Fred car elle se fiait plus à lui. Elle pressa Fred d'atteler le cheval à la carriole et de se précipiter à la ville pour chercher un médecin.

Quand j'arrivai à la ferme, les deux grands-parents étaient au désespoir, ils ne pouvaient retenir leurs cris, Mr Rodgers retournait l'enfant en tous sens sur le plancher de la salle sans parvenir à le ranimer. Un vieux souvenir d'enfance vint à mon aide, il me souffla aussitôt ce que j'avais à faire. « Enlevez-lui sa veste ! » dis-je. J'avais mon rasoir sous l'oreiller de mon lit, je courus le chercher. Quand je fus revenu, je remontai la manche de la chemise d'Edwin et me mis à lui piquer une veine du bras.

Les femmes poussèrent un cri et se jetèrent comme folles sur moi. Alice, surtout, perdit la mesure en disant que je voulais massacrer cet enfant. Je tapai du pied et lui ordonnai de s'en aller ; il y allait de la vie et je voulais sauver l'enfant ! Le vieux Rodgers se rendit à ces fortes paroles et aida à tenir le bras. « Une saignée va-t-elle faire du bien ? » demanda-t-il seulement.

Quand je fus parvenu à faire une incision correcte, le sang vint, d'abord seulement un petit saignement, puis sous la forme d'un mince jet. J'ouvris la chemise et écoutai la poitrine d'Edwin ; le cœur ne battait pas. Alors, je le pris par les jambes et le ballottai d'avant en arrière, tête en bas ; ce fut alors que le sang se mit à jaillir. Puis je reposai l'enfant et écoutai... Le cœur battait un peu. C'était l'opération la plus délicate que je pusse souhaiter. Nous regardions tous l'enfant. Les petits doigts de l'une de ses mains remuèrent un peu. « Il a remué les doigts ! » dit Mr Rodgers à demi suffoqué de joie. « Il a remué les doigts ! » dit aussi la vieille grand-mère qui sortit en sanglotant. Peu après, l'enfant ouvrit des yeux égarés et les referma. « Il a levé les paupières ! » dit Mr Rodgers, « il vit ! » Il appela sa femme pour qu'elle rentre et lui dit la même chose.

« Allez me chercher un linge », dis-je à Alice.

Alice resta longtemps partie. J'étais intérieurement de plus en plus autoritaire et je saisis la première chose que j'aperçus. C'était un linge qu'on venait de commencer à déchirer pour Dieu sait quoi, j'en arrachai un carré pour faire de la charpie, puis une longue bande pour un pansement.

Alice rentra et dit :

« C'est mon joli bonnet que tu as mis en pièces !

— Je vous le paierai », dis-je en continuant à faire de la charpie.

Mrs Rodgers était déjà réduite à rien par mon pouvoir. Elle dit à sa fille :

« Tais-toi, Alice. »

Edwin ouvrait les yeux de plus en plus souvent en geignant ; pour finir, il voulut porter la main à sa blessure à la tête, chose dont je l'empêchai. Alors, il leva tout à fait les yeux et je compris qu'il me reconnaissait.

Je plaçai la charpie sur la veine ouverte et la pansai, chose que, peut-être, j'aurais pu faire avant. Puis nous le portâmes dans son lit et le déshabillâmes. Il fut pris d'une torpeur pendant laquelle je lavai la plaie de sa tête que je pansai également.

« Maintenant, le docteur peut venir ! » dis-je.

Intérieurement, j'étais comme un dieu.

Mais lorsque la tension se fut relâchée en moi, je devins tout mou et commençai à me laisser aller. Je m'affaissai sur une chaise. Peu après, je me levai et sortis de la maison, les genoux tremblants, et m'assis derrière l'étable. J'étais anéanti. Je dus rester là dix minutes ; puis, je me ragaillardis un peu, repartis vers mes montures, les attelai et me remis à labourer. Il s'en fallut de peu que je ne m'endorme sur mon siège.

Deux ou trois heures durant, je menai la charrue. Alors, le vieux Mr Rodgers vint jusqu'à moi me dire que le docteur était venu, il avait refait les pansements d'Edwin et lui avait donné quelques gouttes.

Mr Rodgers me demanda de dételer pour ce jour-là.

Je dételai et le suivis jusqu'à la maison. Il n'y eut presque rien de dit, mais je vis combien le vieil homme était reconnaissant.

La vieille Mrs Rodgers vint au-devant de nous et me dit :

« Le docteur est venu. Il croit qu'Edwin s'en tirera sûrement.

— Il a dit que tu avais bien fait de le saigner, dit Rodgers.

— Il a dit que tu lui avais sauvé la vie », coupa sa femme.

De nouveau, je fus comme un dieu altier et un seigneur.

Je flânai le reste de la journée sans rien faire. Mais il n'y avait aucun plaisir à ne rien faire, j'allais d'un endroit à l'autre dans la ferme et m'ennuyais ; si ce n'avait été une affaire de dignité, je me serais remis à la charrue. Alice aurait pu prendre la peine ne fût-ce que de me dire quelques paroles cordiales. Au lieu de cela, elle vint dire d'un ton aigre :

« Tu as tapé du pied par terre à mon intention, Nut. Ne recommence pas. »

A cela, je ne parvins pas à répondre un mot, tellement elle me parut impossible. En revanche, les vieux se mirent en tête que j'étais certainement un homme remarquable qui s'y connaissait en maintes choses. Ils écoutaient attentivement quand je parlais et il me sembla qu'ils commençaient l'un et l'autre à faire entre Fred et moi une petite différence, à mon avantage. Ainsi, un jour, on m'envoya à la ville porter du blé et faire des emplettes, et Fred n'en était pas.

Mais même si j'avais été sorcier, je ne pouvais m'en tirer éternellement avec ce seul miracle. Les jours passant, le petit Edwin reprit des forces et tout redevint comme avant. Mon grand exploit tomba dans l'oubli et je me retrouvai circulant dans la ferme, pauvre et vaincu. En cela, il n'y eut aucun changement.

Fred vint me trouver et dit :

« Les gelées viendront bientôt, les labours sont terminés. Qu'est-ce que tu vas faire ?

— Du diable si je le sais, répondis-je. Mais il y aura bien une issue. »

Fred et moi, nous nous entendions bien, il n'y avait pas d'hostilité entre nous et je ne le détestais pas parce qu'il s'était approprié mon attelage. C'était la faute d'Alice. Fred n'était nullement un mauvais chemineau, ce n'était que cette année, où il s'était trouvé sans travail, qu'il s'était mis au trimard. En revanche il se faisait gloire de sa jolie figure et quand il riait, il n'ouvrait qu'un tout petit peu la bouche pour cacher le trou de sa dent perdue. Cela lui donnait l'air de rire comme s'il avait les lèvres gercées. Pourtant, le fait d'ouvrir si parcimonieusement la bouche lui allait bien car la nature lui avait donné des lèvres un peu épaisses. « Ris davantage ! » arrivait-il à Alice de lui dire. Elle était férocement amoureuse.

Bien que ma situation fût bien pire et que mon amour ne fût pas partagé, les choses n'allaient pas tellement bien pour Fred. Il me raconta qu'Alice avait parlé de lui à ses parents et qu'elle avait avoué qu'elle l'aimait ; mais les parents avaient exigé qu'elle renonce à lui.

Fred me dit :

« Il faut nous aider, Nut. »

Je me sentis un peu exhaussé par cette prière et je répondis :

« C'est avec le consentement d'Alice que tu me demandes ça ?

— Oui, dit Fred, elle le désirait. »

Je dis :

« Alors, je vais le faire. »

J'imaginais confusément que, peut-être, je pourrais damer le pion à Fred par mon incroyable générosité.

J'avais l'oreille des deux vieux et je demandai un jour à Mrs Rodgers si elle venait d'une ferme ou d'une ville.

« D'une ferme, répondit Mrs Rodgers.

— La vie devait être bizarre pour une jeune fille dans une ferme isolée, poursuivis-je. Comment faisait-on la connaissance d'autres gens ? »

Mrs Rodgers répondit qu'il y avait des fermes alentour. Et puis, on allait chaque semaine à la ville. Mais bien entendu, on ne rencontrait pas beaucoup de gens.

« Et comment se mariait-on ? demandai-je. Est-ce qu'on se contentait de prendre quelqu'un de passage ? »

Alors, les deux vieux se regardèrent. Ils avaient une fille plus âgée qui s'était enfuie avec quelqu'un de passage. Mais tout s'était bien passé pour ce couple, les jeunes avaient pris de la terre et étaient devenus fermiers, le petit Edwin était un fils à eux.

« C'était une chose risquée, fis-je remarquer encore. Bien des fois, une jeune fille peut tomber amoureuse d'un être indigne uniquement parce qu'elle ne connaît personne d'autre et n'est pas en état de choisir. »

Oui, en cela, j'avais parfaitement raison. C'était bien ainsi.

« Il est certain qu'il faudrait être prudent à l'égard

de gens comme nous qui viennent en passant », dis-je pour finir.

De nouveau, les deux vieux se regardèrent et me comprirent parfaitement.

« La vieille mère racontera ça à sa fille ! » pensai-je. Alice n'abandonnera sans doute pas Fred pour le moment, mais elle se fera une idée de l'opinion lugubre que j'ai sur maintes choses.

Mais il ne fallut pas longtemps pour que j'aie peur à mon tour de ce que j'avais dis, j'étais allé trop loin, Alice comprendrait sûrement que je desservais Fred. Je saisis donc la première occasion pour dire à Mrs Rodgers que, pour Fred, c'était une autre affaire, c'était très certainement un type formidable, une perle, que je choisirais, moi, si j'étais fille. Je réussis aussi, cette fois-là, à amener la vieille à m'écouter, et je notai qu'elle découvrait à quel point j'étais une âme désintéressée.

Je guettai Alice, un soir, dans l'obscurité, et voulus l'amener à parler la première.

« Tu n'es pas l'ami de Freddie, dit-elle.

— Qu'est-ce que j'ai fait ?

— Tu as dit du mal de lui. »

J'entraînai Alice jusque chez sa mère et demandai quel mal j'avais dit de Fred.

« Tu as dit qu'il fallait se garder des vagabonds, mais que Fred était une exception et une perle, répondit la mère.

— Mais, maman, tu ne m'as pas dit ça ! cria Alice, Dieu te bénisse, Nut ! »

Je m'en allai, fier et fâché, exploitant ma position favorable. Quand, une nouvelle fois, Fred me demanda de l'aider encore, je répondis qu'en raison de la conduite d'Alice, je ne voulais plus rien avoir affaire avec sa cause.

IX

Alice vint me voir en pleurant pour me demander de dire davantage de bien sur Fred à ses parents. C'était un soir, une fois le travail fait. Alice était tout contre moi, tripotant par moments le bouton de ma vareuse, si bien que je me trouvais plus près d'elle que jamais et sentais sa respiration. Je fus possédé de ce bonheur et je répondis en termes décousus : « Fred ? Bon. Que dois-je dire ? Oui, je vais faire tout ce que vous voudrez. »

Et je ne savais pas que Fred était à l'affût : il était dans l'étable et nous écoutait.

« Que dois-je faire, en fait ? demandai-je. Vous savez ce que vous me demandez ? Vous avez dû comprendre que, moi aussi, je vous aime.

— Non, je n'ai pas compris ça, répondit-elle. Tu ne l'as jamais dit.

— Je ne l'ai pas dit, non. Je reste à ma place. Je sais que je suis un vagabond et que je ne suis pas digne de vous.

— D'ailleurs, ça ne fait ni chaud ni froid, dit Alice. Parce que c'est Freddie que j'aime.

— Et vous me demandez de l'aide !

— Non, non, dit-elle, restons-en là.

— L'idée ne vous est jamais venue que je me suis déjà montré passablement désintéressé ? dis-je. Je n'ai pas entendu un seul mot de remerciement de votre part. Et s'il fallait que je continue, cela passerait les forces humaines.

— Je sais que tu es un homme bon, dit Alice.

— Mais pas davantage ?

— Si, tu es aussi un homme instruit, avec des idées profondes sur tout. Tu écris comme un éclair. »

Mais ce que je voulais entendre : que j'avais presque aussi bonne apparence que Fred et que j'étais aussi séduisant, Alice ne le dit pas.

« Jamais vous ne pourriez m'aimer ? demandai-je.

— Si, dit Alice, un peu, c'est-à-dire... »

Je me fis encore plus cajoleur et demandai :

« Vous ne croyez pas que je dirigerais notre ferme et gagnerais de l'argent à foison, et serais aux petits soins pour vous ? Mais Fred, qu'est-ce qu'il fera ? »

Alice se taisait.

« Vous ne savez pas quelle sorte d'homme je suis, dis-je mystérieusement en insinuant qu'elle n'avait pas la moindre idée de ce que j'étais.

— Mais moi, j'en ai idée ! cria Fred en sortant soudain de l'étable. Il avait une fourche dans les mains. L'idée que j'ai de toi, c'est que tu es une méchante créature et un sale bougre, dit Fred, furieux, je vais te tuer comme un chien. »

Alors, j'eus peur et me protégeai du bras. « Reste calme, Fred, et laisse-moi partir, dis-je.

— Partir ? Je te tue sur la seconde ! » cria Fred en cherchant à me décocher un coup de fourche.

Alice ne fit rien pour s'interposer.

« Ne le tue pas, se contenta-t-elle de dire.

— Tu es un assassin, dis-je à Fred. Je te demande de jeter ta fourche, assassin. »

Mais Fred ne voulait pas m'épargner.

« Si tu bouges d'un pouce, je t'embroche », dit-il.

Je m'assis par terre. Je voyais que Fred était absolument furieux et que je n'arriverais à rien avec lui. On sait qu'une piqûre de ce genre se cicatrise très lentement et peut-être jamais, et j'avais peur pour ma vie.

« Qu'est-ce que tu as dit aux vieux sur mon compte ? cria Fred.

— Tu es un âne, dis-je. Je n'ai rien dit et je ne te rendrai pas le moindre service. »

Fred retourna la fourche et me donna un coup sur la tête avec le manche. Cela ne fit pas spécialement mal. Je me relevai. Quand, de nouveau, la fourche s'approcha, je fis un grand geste de la main et m'en emparai. Au même instant, Alice comprit qu'il allait y avoir du danger pour Fred, elle courut à la maison et fit sortir son père.

« Restez calmes, les gars, dit Mr Rodgers depuis l'escalier. Qu'est-ce qui se passe ?

— Demandez à Fred, répondis-je. Il est arrivé en courant, avec une fourche.

— Ils ont pris la fourche à tour de rôle », dit Alice.

Je compris qu'Alice était une méchante personne, et bien que je fusse méchant, moi aussi, elle était bien pire. Je m'en allai, indigné, laissant les deux amoureux s'expliquer et s'excuser et dire ce qu'ils voulaient derrière mon dos. Mais le lendemain, j'allai trouver Fred alors qu'il labourait et lui ordonnai de descendre de la charrue. Il ne voulut pas. Alors je lui assenai un coup sous la mâchoire, si bien qu'il chancela et tomba de son siège. Et pour cela, Fred ne trouva pas d'autre vengeance que de déchirer complètement le dos de ma veste, une nuit, pendant que je dormais...

Nous labourâmes jusqu'à ce qu'il y ait une mince couche de glace dans les champs, et même jusqu'à ce que le gel prenne la terre. Un jour, Mr Rodgers dit : « Maintenant, les gars, il faut arrêter le labour. »

Nous dételâmes aussitôt et rentrâmes. Pour la dernière fois, j'étrillai les mules, lavai leurs sabots et leur donnai du fourrage.

« Le soir tombe, il fera nuit bientôt, vous pouvez rester jusqu'à demain », dit Mr Rodgers.

Il calcula ce qui nous était dû et nous paya. Je n'avais pas demandé d'avance, si bien que je reçus plus que Fred qui avait reçu une avance pour s'acheter des habits neufs et un chapeau en ville.

Mr Rodgers offrit de me prêter, pour aller faire un tour en ville, une veste un peu meilleure que la mienne : je pourrais l'accrocher chez son marchant à Eliot, dit-il. Je retournai alors les poches de sa veste pour qu'il voie qu'il n'y avait rien d'oublié dedans. C'était de ma part un petit tour inutile, pour montrer mon honnêteté.

La nuit, je fus réveillé par le bruit que fit Fred en se levant de sa couchette et en enfilant sa veste.

« Où vas-tu ? » demandai-je.

Il ne répondit pas.

Il sortit et ne revint pas. « Il machine quelque chose ! » pensai-je en me coulant jusqu'à la porte, que j'ouvris. Dehors, il faisait noir et froid, avec quelques étoiles dans le ciel. Je n'osai espionner davantage, je rentrai ; quoi qu'il arrive, il valait mieux se tenir à l'écart. Je m'étais gelé à la porte et je dormis bien lourdement, je ne me réveillai pas avant le lendemain matin.

Quand je me levai et allai trouver les vieux, Fred n'était pas encore revenu.

« Où est Fred ? demanda Mrs Rodgers, qui avait préparé le repas.

— Je ne sais pas », répondis-je.

Elle sortit et appela, mais il n'y eut pas de Fred pour répondre. Alors la vieille eut un pressentiment, elle ouvrit la porte de la chambre d'Alice et regarda à l'intérieur. Elle était vide. Elle referma la porte et dit :

« Où Alice peut-elle bien être ? »

Son visage était d'un gris de cendre.

Nous les cherchâmes tous les deux, dans tous les

coins, sans les trouver. Mais dans l'étable, l'attelage d'Alice avait disparu. Nous comprîmes que le couple s'était enfui.

« Exactement comme notre fille aînée », dit Mrs Rodgers médusée.

Le vieux Rodgers était affligé et silencieux, il circulait en faisant une chose ou une autre, sans esprit de suite. Sa femme fut la première à retrouver son calme et dit que tout était bien allé pour leur autre fille, si bien que tout irait bien aussi, peut-être, pour celle-ci. Et, selon la coutume des grands-parents, ce n'étaient pas non plus leurs enfants adultes qui leur tenaient le plus à cœur, c'étaient leurs petits-enfants, le petit Edwin était la plus grande joie de la maison.

« Si tu repasses par ici, je te donnerai du travail aussi vrai que j'en aurai, me dit Mr Rodgers. Où t'en vas-tu ?

— Plus loin vers l'ouest, répondis-je.

— Tu ne devrais pas, dit Rodgers. Tu devrais te trouver une place en ville et rester de ce côté du pays. »

Mais je m'en allai jusqu'aux vignobles de Californie.

CHRONOLOGIE BIOGRAPHIQUE*

4 août 1859 : Naissance à Garmostraet, dans le Lom, de Knut Pedersen, quatrième des six enfants de Peder Skultbakken de Vågå, dans le Gudbrandsdalen, tailleur, qui avait épousé en 1852 Tørøe Olsdatter Garmotraedet.

1862 : Peder Skultbakken et sa famille émigrent pour le Nordland, où ils tiennent, dans des conditions d'extrême pauvreté, la ferme de Hamsund à Hamarøy.

1868-1873 : Pour aider les parents de Knut, un oncle piétiste rigoureux prend chez lui l'enfant et l'élève rudement, lui apprenant à lire, à écrire et à tenir ses écritures.

1873 : Après avoir achevé ses études primaires à l'école de Hamarøy, Knut Hamsun est confirmé. Aussitôt après, semble-t-il, il entreprend divers métiers. Ainsi, il est commis de boutique chez un grand commerçant de Tranøy, puis docker sur le quai de Bodø où il porte des sacs de charbon, puis colporteur (ou mercier ambulant : *skeppe-*

* Établie pour l'édition Garnier-Flammarion de *Victoria* et reproduite avec l'autorisation gracieuse de l'éditeur.

kar), apprenti cordonnier, aide du bailli local, maître d'école intérimaire et conférencier itinérant.

1877 : *Den Gaatefulde. En Kjaerlighedshistorie fra Nordland* (L'Énigmatique. Histoire du Nordland), récit imprimé à Tromsø.

1878 : *Et Gjensyn* (Retrouvailles), poème épique. *Bjørger*, récit à caractère plus ou moins autobiographique. Aidé par un riche bienfaiteur, Knut Hamsun va dans la région du Hardanger où il écrit un récit dans le goût paysan, à l'imitation des récits paysans de B. Bjørnson, *Frida*. Il le porte à Copenhague : le manuscrit est refusé par l'éditeur Gydendal. Sur le conseil de Bjørnson, il veut faire du théâtre : il est éconduit.

Hiver 1879-1880 : Il est à Kristiania où il connaît la famine. Il vit d'errances et d'expédients comme il le décrira un jour dans *La Faim*. On suit difficilement sa trace.

De février 1881 à octobre 1884 : Premier voyage aux États-Unis. Sur recommandation de Bjørnson, il obtient un passage sur un bateau. Il est dans le Wisconsin puis le Minnesota, pratique toutes sortes de métiers, notamment conducteur de tramway, carrier, et ouvrier agricole dans la Prairie. Il y découvre la vie à l'américaine, la colonie scandinave et ne parvient pas à se fixer ni à gagner correctement sa vie. Il tombe gravement (semble-t-il) malade ; il s'agirait d'une phtisie galopante.

Novembre 1884 : Il rentre en Norvège, malade, s'installe dans le Valdres où il guérira complètement. Il est cantonnier deux ans à Toten, écrit des articles dans divers journaux et fait des conférences. Il connaît une nouvelle période de faim et de misère à Kristiania.

Automne 1886 : Il s'embarque une seconde fois

pour les États-Unis, après avoir fait imprimer un feuilleton dans le quotidien *Dagbladet*, où il est secrétaire du journaliste et conférencier littéraire Kristofer Janson qu'il suit à Chicago et à Minneapolis. Il rentre en Norvège la même année, puis va se fixer pour un temps à Copenhague.

1888 : La revue danoise *Ny Jord* publie la première partie d'un étrange récit intitulé *Sult (La Faim)*.

1889 : Il publie un long article : « Fra det moderne Amerikas Aandsliv » (« De la vie intellectuelle de l'Amérique moderne »), violent pamphlet contre la vie à l'américaine et contre Emerson et Whitman. Il prodigue des pamphlets amers contre les grands hommes norvégiens du jour, notamment Lars Oftedal.

1890 : Publication intégrale de *Sult (La Faim)*. Cet ouvrage étrange attire immédiatement l'attention de la critique et va l'imposer du jour au lendemain. En automne, nouvel article important : « Fra det ubevidste Sjaeleliv » (« De la vie inconsciente de l'âme »), qui pourrait passer pour son « programme » en matière d'analyse psychologique notamment.

1891-1892 : Il fait une tournée de conférences dans la Norvège cultivée, où il s'en prend avec violence et passablement d'injustice aux grands noms, notamment à H. Ibsen. Ces conférences seront publiées par son fils Tore, en 1960, sous le titre *Paa turné — Tre foredrag om litteratur* (En tournée — Trois conférences sur la littérature).

1892 : *Mysterier* (Mystères), roman.

1893 : *Redaktør Lynge* (Le Rédacteur Lynge), pamphlet romanesque contre les journalistes. *Ny Jord* (Terre nouvelle), pamphlet romanesque contre les artistes et les poètes à la mode. Il se fixe quelque temps à Paris où il commence la rédaction de *Pan* qu'il terminera en 1894.

1894 : *Pan*.

1895 : *Ved Rigets Port* (Aux portes du royaume), drame, premier volet d'une trilogie qui comprendra aussi *Livets Spil* (Le Jeu de la vie) et *Aftenrøde* (Crépuscule).

1896 : *Livets Spil* (Le Jeu de la vie), drame, second volet de la trilogie.

1897 : *Aftenrøde* (Crépuscule), dernier volet de la trilogie dramatique. *Siesta*, recueil de nouvelles.

1898 : Il épouse Bergljot Bech (divorce en 1906). Sous le charme de cet amour passionné, il rédige et publie *Victoria*, roman. Il voyage en Finlande où il restera un an, en Russie, notamment dans le Caucase, et en Turquie. Il publiera ses impressions de voyages en 1903. C'est la période où il affiche un grand mépris de toute littérature qu'il qualifie de *skriveri* (scribouillardise).

1900 : Il vit en Nordland.

1902 : *Munken Vendt*, « drame itinérant » *(vandrigspill)* et en vers.

1903 : *I Aeventyrland* (Au pays des contes), souvenirs de voyages.
Kratskog (Fourré), recueil de nouvelles.
Dronning Tamara (La Reine Tamara), drame, joué en 1904.

1904 : *Det vilde Kor* (Le Chœur sauvage), son unique recueil de poèmes. *Svaermere* (Rêveurs).

1905 : *Stridente Liv* (Vies en lutte), recueil de nouvelles.

1906 : *Under Høststjaernen* (Sous l'étoile d'automne), premier volet d'une trilogie romanesque qui comprendra aussi *Un vagabond joue en sourdine* et *La Dernière Joie*.
Divorce d'avec Bergljot Bech.

1908 : Diptyque romanesque *Benoni* et *Rosa*.

1909 : Il épouse Marie Andersen, d'Elverum, actrice. Ils auront quatre enfants. Ses *Lettres à Marie* ont été publiées après sa mort.
En Vandrer spiller med Sordin, suite de *Sous l'étoile d'automne*, roman.

1910 : *Livet i vold* (Au pouvoir de la vie), drame.

1911 : Il achète la ferme Skogheim à Hamarøy dans le Nordland. Il l'exploitera six ans (jusqu'à 1917 inclusivement).

1912 : *Den sidste Glaede* (La Dernière Joie), suite d'*Un vagabond qui joue en sourdine* et fin de la trilogie qui a commencé avec *Sous l'étoile d'automne*. Le personnage central de la trilogie porte le nom même de l'auteur, Knut Pedersen.

1913 : *Børn af Tiden* (Enfants de leur temps), roman, premier volet d'un diptyque qui comprendra *La Ville de Segelfoss*. Avec la trilogie et le diptyque *Benoni-Rosa*, ce sont là les grands romans « sociaux » où Hamsun stigmatise le modernisme qu'il rend responsable de tous nos maux et dévoile ouvertement ses nostalgies pour la vieille Norvège et ses valeurs. Les sept romans sont tissés de souvenirs autobiographiques voilés.

1915 : *Segelfoss By* (La Ville de Segelfoss), roman, suite d'*Enfants de leur temps*.

1917 : Il inaugure une nouvelle manière et développe des thèmes résolument antimodernistes avec *Markens Grøde* (Les Fruits du sol ; titre d'une traduction française : *L'Éveil de la glèbe*).

1918 : Il achète la ferme de Nørholm, près de Grimstad dans les Aust-Agder, où il passera le reste de sa vie. Il en fait une ferme modèle, conformément aux vues exposées dans *Markens Grøde*.

1920 : Il obtient le Prix Nobel pour *Markens Grøde. Konerne ved Vandposten* (Femmes à la fontaine), roman, qui retrouve la veine satirique des romans « sociaux » des années dix.

1923 : *Siste Kapitel* (Le Dernier Chapitre), roman.

Hiver 1926 : Il subit une psychothérapie à Oslo.

1927 : *Landstrykere* (Vagabonds), départ d'une nouvelle trilogie qui comprendra *August* et *Men livet lever.* C'est la résurrection en majeur du fameux héros hamsunien de *Mystères* et de *Pan*.

1930 : *August*, roman, le titre donne le nom du personnage central de la trilogie.

1933 : *Men livet lever* (Mais la vie continue), dernier volet de la trilogie consacrée à August.

1936 : *Ringen sluttet* (Le cercle s'est refermé), roman au titre significatif, il clôt l'œuvre de fiction de Knut Hamsun.

Juin 1943 : Knut Hamsun représente la Norvège au Congrès de la Presse à Vienne (Autriche). Il prodigue des témoignages de sympathie au nazisme en général et à Hitler en particulier.

30 avril 1945 : Il rend publique la célèbre nécrologie de Hitler en soixante-dix mots.

A compter du 26 mai 1945 : Il est assigné à résidence à Nørholm.

14 juin 1945 : Admis à l'hôpital de Grimstad, il fera de fréquents voyages à Oslo pour y être examiné à la clinique psychiatrique où on le soigne pour « facultés mentales durablement affaiblies ».

A partir du 2 septembre 1945 : Admis à l'hospice de vieillards de Landvik.

Décembre 1947 : Il comparaît devant le tribunal où il lit sa propre défense.

1948 : Il est condamné à payer 575 000 couronnes norvégiennes, ce qui le laisse complètement ruiné.

1949 : Il publie *Paa gjengrodde stier* (Sur les sentiers où l'herbe repousse), sorte d'autobiographie où il se défend des accusations portées contre lui tout en retrouvant la verve de sa jeunesse.

1950 : Il obtient le droit de rentrer à Nørholm.

19 février 1952 : Mort de Knut Hamsun à Nørholm.

Bibliographie

1. *En norvégien. Œuvres de Knut Hamsun.*

- La meilleure édition des *Œuvres complètes* est celle de l'éditeur Gyldendal :

Knut HAMSUN : *Samlede verker* 1-15, Oslo, Gyldendal Norsk Forlag, 1976. Détail : Sult, Mysterier : vol. 1 ; Redaktør Lynge, Ny Jord, Pan : vol. 2 ; Siesta, Victoria, I aeventyrland : vol. 3 ; Kratskog, Svaermere, Stridente liv, Under Høtstjaerne : vol. 4 ; Benoni, Rosa, En vandrer spiller med sordin : vol. 5 ; Børn av tiden, Segelfoss by : vol. 6 ; Den siste glaede, Markens grøde : vol. 7 ; Konerne ved vandposten : vol. 8 ; Siste kapitel : vol. 9 ; Landstrykere : vol. 10 ; August : vol. 11 ; Men livet lever : vol. 12 ; Ringen slutter : vol. 13 ; Vet rigets port, Livets spil, Aftenrøde, Munken Vendt : vol. 14 ; Dronning Tamara, Livet ivold, Det vilde kor, Paa gjengrodde stier : vol. 15.

- On y ajoutera : *Artikler*, Oslo, Gyldendal, 1939. *Brev til Marie*, Oslo, Aschehoug, 1970.

Études sur Knut Hamsun : A l'heure actuelle, il n'existe pas d'étude complète sur Knut Hamsun sous forme de volume en français.

2. *Traductions françaises.*

Presque toute l'œuvre romanesque de Knut Hamsun a été traduite ou adaptée en français :

- *Au pays des contes. Choses rêvées et choses vues en Caucasie /I aeventyrland/*, tr. S. R. Peyronnet, Paris, Rieder, 1923.
- *Au seuil du royaume /Ved rigets port/*, pièce en 4 actes, seule pièce de Knut Hamsun qui ait été rendue en français, tr. F. de Spengler et P. J. Jouve, Paris, 1924.
- *Auguste le marin /August/*, tr. M. Gay et G. de Mautort, Paris, 1953.
- *Benoni*, tr. G. Sautreau, Paris, Rieder, 1930. Tr. Régis Boyer, Paris, Calmann-Lévy, 1980.
- *Le Dernier Chapitre /Sidste kapitel/*, tr. I. Guilhon, Paris, Calmann-Lévy, 1976.
- *La Dernière Joie /Den siste glaede/*, tr. Régis Boyer, Paris, Calmann-Lévy, 1979.
- *Enfants de l'époque /Børn av tiden/*, tr. G. Sautreau, Bruxelles, Éditions universitaires, 1944. *Enfants de leur temps*, tr. Régis Boyer, Paris, Calmann-Lévy, 1983.
- *L'Éveil de la glèbe /Markens Grøde/*, tr. J. Petihuguenin, Paris, Flammarion, 1937.
- *La Faim* a fait l'objet de nombreuses traductions, adaptations, souvent rééditées. Entre autres :
  — tr. Edmond Bayle, Paris-Leipzig, Albert Langen, 1895 ;
  — tr. G. Sautreau. Reprise de nombreuses fois (dernière éd. Paris, P.U.F., 1978). Avec une préface d'André Gide et une introduction d'Octave Mirbeau. Meilleure édition : Lau-

sanne, Guilde du Livre, 1961. Première éd. Paris, Rieder, 1926 ;
— action dramatique de Jean-Louis Barrault d'après le roman, sur la tr. de G. Sautreau, dans *La Nouvelle Saison*, Paris, 1939.

- *Femmes à la fontaine /Konerne ved vandposten/*, tr. Régis Boyer, Paris, Calmann-Lévy, 1982.
- *Mystère /Mysterier/*, tr. G. Sautreau, Paris, Rieder, 1932. Tr. I. Guilhon, Paris, Calmann-Lévy, 1976.
- *Pan*, tr. Mme Rémusat, Paris, Éd. de la Revue Blanche, 1901. Tr. G. Sautreau, Paris, Rieder, 1932, rééd. P. J. Oswald, 1972. Calmann-Lévy, 1985.
- *Rêveurs /Svaermere/*, tr. G. Sautreau, Paris, Kra, 1927.
- *Rosa*, tr. G. Sautreau, Paris, Rieder, 1930. Tr. Régis Boyer, Paris, Calmann-Lévy, 1980.
- *Sous l'étoile d'automne /Under Høststjaernen/*, tr. G. Sautreau, Paris, Rieder, 1928. Tr. Régis Boyer, Paris, Calmann-Lévy, 1978.
- *Sur les sentiers où l'herbe repousse /Paa gjengrodde stier/*, tr. Régis Boyer, préface de Manès Sperber, suivi d'une étude de Régis Boyer : « Pour l'amour du Viking », Paris, Calmann-Lévy, 1981.
- *Un vagabond joue en sourdine /En vandrer spiller med sordin/*, tr. G. Sautreau, Paris, Rieder, 1924. Tr. Régis Boyer, Paris, Calmann-Lévy, 1979.
- *Vagabonds /Landstrykere/*, tr. J. Petithuguenin, Paris, Grasset, 1986.
- *Victoria*, tr. S. Peyronnet, Paris, Rieder, 1920. *Victoria. Histoire d'un amour*, tr. Ingunn, Guilhon, Paris, Calmann-Lévy, 1977.
- *La Ville de Segelfoss /Segelfoss By/*, tr. Régis Boyer, Paris, Calmann-Lévy, 1984.

Régis BOYER.

[illegible] 1949 [illegible]
[illegible]
[illegible] Nouveau [illegible] 1949
[illegible]
[illegible], Calmann-Lévy, 19[illegible]
[illegible]
[illegible], 1901 [illegible]
[illegible]
[illegible] Paris [illegible]
[illegible], Calmann-Lévy, 1980
[illegible]
[illegible] Paris, Calmann-Lévy, [illegible]
[illegible]
[illegible], Paris, Gallimard, 19[illegible]
[illegible]
[illegible], Paris, Gallimard, 19[illegible]
[illegible], Calmann-Lévy, 19[illegible]
[illegible]
[illegible]

Table

Cahiers de l'Herne

(Extraits du catalogue du Livre de Poche)

Samuel Beckett 4934

Mystères d'un homme et fulgurance d'une œuvre. Des textes de Cioran, Kristéva, Cixous, Bishop, etc.

Louis-Ferdinand Céline 4081

Dans ce Cahier désormais classique, Céline apparaît dans sa somptueuse diversité : le polémiste, l'écrivain, le casseur de langue, l'inventeur de syntaxe, le politique, l'exilé.

Mircea Eliade 4033

Une œuvre monumentale. Un homme d'exception, attaché à l'élucidation passionnée des ressorts secrets de la vie de l'esprit. Par Dumézil, Durand, de Gandillac, Cioran, Masui...

Martin Heidegger 4048

L'œuvre philosophique la plus considérable du XXe siècle. La métaphysique, la pensée de l'Être, la technique, la théologie, l'engagement politique. Des intervenants prestigieux, des commentaires judicieux.

René Char 4092

Poète de la dignité dans l'épreuve et chantre de la fraternité des hommes, René Char confère à son écriture, au lyrisme incantatoire, le style d'un acte et les leçons d'un optimisme en alerte. Par Bataille, Heidegger, Reverdy, Eluard, Picon, O. Paz...

Jorge Luis Borges 4101

Enquêtes, fictions, analyses, poésie, chroniques. L'œuvre, dérive dans tous les compartiments de la création. Avec Caillois, Sabato, Ollier, Wahl, Bénichou...

Francis Ponge 4108

La poésie, coïncidence du parti pris des choses et de la nécessité d'expression. Quand le langage suscite un strict analogue du galet, de l'œillet, du morceau de pain, du radiateur parabolique, de la savonnette et du cheval. Avec Gracq, Tardieu, Butor, Etiemble, Bourdieu, Derrida...

Henri Michaux 4107

La conscience aux prises avec les formes et les intensités de la création. Par Blanchot, Starobinsky, Lefort, Bellour, Poulet...

Carl Gustav Jung 4140

L'initiateur à la « psychologie des profondeurs ». Le déchiffrement des symboles qui révèlent les grands schèmes de l'inconscient collectif et marquent le lien de l'expérience individuelle à la gnose.

Composition réalisée par C.M.L., Montrouge

IMPRIMÉ EN FRANCE PAR BRODARD ET TAUPIN
Usine de La Flèche (Sarthe).
LIBRAIRIE GÉNÉRALE FRANÇAISE - 6, rue Pierre-Sarrazin - 75006 Paris.

ISBN : 2 - 253 - 04731 - 7 42/3103/1